DEATH OF CLASSICALITY

+

+

Wonderful Essays Edition 美文版

古典之殇

王开岭 + 著

山西出版传媒集团
山西教育出版社

无穷的远方，无数的人们

Infinite Far away, innumerable People

王开岭，作家，媒体人。历任央视《社会记录》、《24小时》、《看见》等节目指导，著有散文集和思想随笔集《精神明亮的人》、《古典之殇》、《跟随勇敢的心》、《精神自治》、《激动的舌头》等十余部，入录国内外数百种选集和年鉴，曾获“百花文学奖”“在场主义散文奖”等奖项。其作品因“清洁的思想、诗性的文字、纯美的灵魂”而在年轻一代中拥有广泛影响，被誉为“中国校园的精神启蒙书和美文鉴赏书”。

Wang Kailing is a writer and a media man. He has served as the instructor of many programs in CCTV, such as *Society in the News*, *24 Hours*, *Insight*, etc., and has written more than 10 collections of prose and ideological essays, like *A Simple Bright Man*, *Death of Classicality*, *Following the Brave Hearts*, *Spiritual Autonomy*, *Excited Tongues*, etc. His essays have been included in hundreds of selections and yearbooks at home and abroad, and have won awards such as Baihua Literature Award and Presence Prose Award. His works were very popular among the younger generation because of "the clean thought, poetic words and pure and beautiful soul" in books and were also reputed to be "Spiritual enlightenment books and Appreciation books on beautiful essays in Chinese schools".

Contents **目 录**

第二辑　天上的那件事

第三辑　生活在险境中

第四辑　那些消逝的歌

这是最好的时代，这是最坏的时代（自序）

当我们正在为生活疲于奔命的时候，生活已经离我们而去。

——约翰·列侬

如果我说我们对它既是不能忍受的、又与它相处得不错，你会理解我的意思吗？

——萨特

1

19世纪的狄更斯在《双城记》开头写道："那是最美好的时代，那是最糟糕的时代；那是智慧的年头，那是愚昧的年头；那是信仰的时期，那是怀疑的时期；那是光明的季节，那是黑暗的季节……"

这是段让人隐隐动容的话。

他的指向是法国大革命。起先，我以为这样的评语只适于精神激昂、大变革和大撕裂的时代——分泌的希望和绝望同样多、创造力和破坏力同样大。但现在，我改了看法，觉得它几乎匹配任何岁月，每个人都会对自己的现世发出类似感慨。

前几天，接受一位独立制片人采访，地点是明城墙旁的酒吧，当被问"你怎么评价这个时代"时，狄更斯的话猛然在空气中一闪，像玻璃片的反光，我本能地眯起眼。朋友说，你眯眼的样子像是皱眉和闪躲，又像憧憬或陶醉。

那个寒风尖锐，但有阳光和红茶的下午，我说："这是个最好的时代，也是个最坏的时代。"

两个"最"，说明逻辑的极度矛盾和混乱。但感情上，我们没理由不爱现世、不支持和肯定当代价值，因为我们只有它，我们的摇篮和坟墓、生涯和意义都住在里头——就像蚯蚓湮没在泥土里。我们把一辈子，仅有的一辈子都抵押给它，献身于它了。

俄国乡村诗人叶赛宁自杀后，高尔基哀鸣：他生得太早，或太晚了。

我以为，这是句悲伤过度的话。其实，每个人都生逢其时，每个人都结实地拥抱了自己的时代。每个人，都在厌恶与赞美、冷漠与狂热、怀疑与信任、逃避与亲昵中完成了对时代的认领。

更何况，每个人都从周围的人堆里找到了恋人、情人、友人，都娶了当代某女为妻，或以幸福的名义嫁给了某男，而对方，恰恰是时代的分泌物。

当你说爱一个人的时候，其实说的就是爱这个时代。

除了爱，别无选择。连敌视和诅咒，亦属同样感情。

2

采访中，对方还提了个有趣的问题：能说说“世界”的含义吗？

我犹豫了一下，断续表达了这样的意思——

世界是谁的？人类的吗？不，世界至少有两个组成、两个系统：人间和“非人间”，或者说社会与自然、文明与荒野。前者是人类自身的成就，诸如国家、民族、政治、经济、文化、伦理等一切文明范畴，这项成就的历史尚不足万年；而后者乃大自然成就，即原始地理和物种繁衍，诸如山岳、湖泽、沙漠、冰川、海洋、生物、矿藏、气候，其历史已达46亿年。可你细打量，即会发现这样一个事实，围绕在我们身边的，几乎全是人类自己的成就：城乡、街巷、交通、社区、学校、医院、银行、商场、法律……20世纪中叶后的人类，正越来越深陷此境：我们只生活在自己的成就里！正拼命用自己的成就去篡改和毁灭大自然的成就！

可别忘了：连人类也是大自然的成就之一！

有个最新的科学推测：正是19亿年前某个瞬间猝现的一种可用阳光生产氧气的细菌，激发出了植物和生命，并彻底改变了地球进化史。而这记瞬间，偶然得不能再偶然，脆弱得不能再脆弱，堪称一个荒唐的奇迹。

许久许久以来，人类的价值观犯了个大错：想当然地以为世界即人间，即人类领地和家园，实则谬矣。人和万物一样，只是地球的匆匆过客，投宿而已。人不是地球业主，只是它的孩子，和草木虫豸细菌一样，受地球抚养……你可以视地球为家，但须看到它也是老虎、狮子和一棵草的家；它不止你一个孩子，而且在它眼里，所有孩子都是平等的，一视同仁。也许它无法阻止你去侵害别的孩子，但会颁布最严厉的惩罚，那就是：当它的孩子越来越少时，人——这个野心勃勃的物种也将面临末日，或精神上孤独而死，或肉体上被烈日席卷、缺氧窒息……在自然伦理上，若不能克服“人本位”、“人类中心论”，人终将死于自己，死于欲望的腐败。

人的悲剧尚在于，他凭借强大的智商、逻辑和麻木，早已把现实给无理地合理化了。

人必须学会节制和谦卑，必须承认占有了很多不该占有的地盘，消耗了很多不该消耗的资源。我们目前所有的伦理、美德和情怀，都只对内部成员才使用，一旦越过了物种边界，人类就变成了纳粹，野兽的能量即释放出来了……

我想，也许人类还有一种成就的可能，亦堪称最高成就：保卫大自然成就的成就！只是，留给人类的机会和时日，恐怕不多了。

3

那个阳光和红茶的下午，说着说着，我发觉自己的情绪陡然激烈了，像烧柴一样噼啪响，有点失态。

我清楚，这和哥本哈根有关。那个童话之城，刚结束了一场所谓“拯救人类最后机会”的大会，其悲怆堪比哈姆雷特的那句名言：活着，还是死去？

就在此前，好莱坞刚推出了世界末日大片：《2012》。而在印度洋岛国马尔代夫，刚上演了一场悲情的“行为艺术”：总统纳希德和14名部长佩带呼吸器，潜入海底召开内阁会。照现在的气候变暖趋势，本世纪内，该国将被海水淹没。而在喜马拉雅山，为抗议冰川速融，尼泊尔总理与众幕僚，头戴氧气罩，空降在海拔五千多米的珠穆朗玛峰地区。还有沉陷中的威尼斯，还有斐济人的哭泣，还有乞力马扎罗的雪，还有极地冰层和北极熊的忧郁……

然而，这却是个让人类蒙羞的政客大会。13天里，上万名代表围绕所谓“共同而有区别的责任”吵得面红耳赤，一群孩子为赡养母亲讨价还价、唇焦舌燥，不外乎义务的大小、摊派的多少……这是怎样地不敬不孝？他们还把自己当成生存共同体吗？延期一天后，大会终于在遮羞布中落幕了，用“绿色和平”执行干事长库米的话说：“如罪男罪女般逃往机场。”

而这13天里，我所在的电视频道每天直播这群人的吵架，不仅充当光荣的看客，还当起了裁判。

关于环境和人类命运，我不想再多说了，我愿采摘二十年前比尔·麦克基本在《自然的终结》里的几束声音：

将来，飓风、雷暴和大雨已不再是上帝的行动，而是我们的行动。

人类第一次变得如此强大，我们改变了周围的一切……从每一立方米的空气、温度计的每一次上升中，都可找到我们的欲求和习惯。

如果有人对我说，2010年世界将发生极其不幸的事，我会在表面上显得关切，而潜意识里把它撂到一边。

我们没有创造这个世界，我们正忙于削弱它。我们需要找到如何使我们自己变小一些、不再是世界中心的办法。

4

十几年前，《读书》杂志刊过李皖的一篇文章，《这么早就回忆了》。内容忘了，但题目记住了。这是一个时代的精神题目。

世界变得太快，让人眼花缭乱，来不及驻留，来不及回味，来不及告别和回头再看一眼。一眨眼工夫，无数事物只剩下背影，成了往事和收藏。你跟不上，一个敏感者，一个内心喜欢稳定和秩序的人，会痛苦，会失措和迷惘。

伤逝提前降临了，这是对清晨的怀念。

现代人过早地进入了心灵黄昏。

大约十年前，我写过一篇文章，《古典之殇》。主题是：当我们大声朗读古典诗词时，殊不知，那些美丽的乡土和自然风物、那些曾把人类引入美好意境的物境，早已荡然无存；现实空间里，我们找不到古人的精神现场，找不到对应物，连遗址都没有……古诗词，成了大自然的悼词和殇碑。

其实，何须祭奠古诗，何须凭吊人类童年，连我这代人的儿时记忆也被摧毁了：那些草长莺飞、鱼戏虾翩，那些青山绿水、星河灿烂，那些夏夜流萤、遍地蛙声，还有古老的祠堂、绕村的小河和隆重的民俗……皆一夜间蒸发了。从乡村到城市，每个人的故乡都在沦陷，每个归来的游子都成了陌生人。而这，远非“发展”、“进步”、“新貌”、“建设”等词所能遮掩得了的。

有个写作构想我频频对朋友提起，我说你们拿去写吧，一个非常有意义但我无暇顾及的题目，那就是：对比古代生活和人类童年，搜索一下我们今天究竟流逝了什么？用美学的眼睛，用心灵的触角，从自然和人文角度，列个清单，慢慢建档，别急于评论……我说你知道古人取什么水煮茶吗？江河水！《茶经》中，它的名次排在井水前。我说你耳朵里还住着寂静吗？你读“长安一片月，万户捣衣声”的最大感受是什么？我觉得那会儿的夜真静啊！我说你有多少年没见过萤火虫、没遇到过黑夜了？真正的黑夜！我说你见过蹦蹦跳跳自己上学或放学的城市孩子吗？我们那代人全是在这条路上长大的呀！我说这些年，你见过一只登堂入室的燕子吗？你见过一只自然长大的鸡或猪吗？你嚼过不含添加剂的馒头吗？你尝过不喂化肥、农药的蔬菜吗？你吃过自己种的哪怕一丁点儿的粮食或瓜果吗……

是啊，这么早就开始怀念了。

说上述话的时候，我 30 岁。

5

人是高于自然的吗？文明是以摆脱自然性为标志的吗？

我绝不承认。和社会的复杂性、文明的深邃与诡异相比，我越来越支持人的本位落户于自然，和草木鸟兽没什么两样，唯一差异即人能更深刻地领悟这点。正像霍尔姆斯·罗尔斯顿所称：“生命是自然赋予人类的，我们有着自然给予的脑和手、基因和血液中的化学反应，我们生命内容的百分之九十仍是自然的，只有剩下的那点属于人为。”

距狄更斯一百年后，他的话被一个人所重复——

我们生于一个野蛮、残忍，但同时又极美的世界。判定这世界无意义成分还是有意义成分居多，这由个人性情决定……我珍视这样一种渴望，即有意义的成分将居主导，并取得胜利……有这么多东西满溢了我的心：草木、鸟兽、云彩、白昼与黑夜，还有人内心的永恒。我越对自己感到不确信，即越有一种想跟万物亲近的感觉。（卡尔·荣格）

与狄更斯的政治民生——这一经典社会矛盾相比，作为心理学大师，荣格把现代人更隐深的精神困境和灵魂危机，抖落了出来。对 21 世纪的我来说，荣格的感受来得更强烈和清晰，更贴近我的日常状态，仿佛每天醒来要说的第一句话，也是我与自己对话时最重要和频繁的内容。

责备和爱、尖锐与温情、落寞和信心，是我对当代的基本态度，如此矛盾又如此和谐。与荣格一样，我内心常涌起一股“永恒”和“安宁”——当我把双脚插入泥泞和草丛时，当我觉得生命像蜻蜓稳稳落于枝头、落在自然本位上时。

那一刹，我知道了自己是谁，我从哪里来，到哪里去。

那一刹，我清楚了生命真相、世界真相、灵魂真相。

当真相大白，当事物恢复了它的本来面目，惶恐和悲伤就散去了。

正像海子的醒来：“从明天起，做一个幸福的人，喂马，劈柴……

从明天起，关心粮食和蔬菜……”

6

关于这本书，再说点什么呢。

让我想想，我为什么要写它。

它大概基于这样一个印象——

造物主最初颁发给人类的世界——那个“原配的世界”，那个天光明澈、风物灿烂的世界，正渐行渐远。无数草木和生灵消逝了，似乎只剩下我们自己。

大自然身负重伤，古老的秩序和天然逻辑被破坏，乃现代化之最大恶果。它冒犯的不仅是神性，损害的不仅是生态和资源，更有精神美学和心灵家园。物性决定人性，物境塑造心境；物移则心移，物改则心易；人之灵源于山水之灵，人之德师于草木之德。所谓“人心不古”，盖因江山不古，万象不古。

我们损失惨重。许多疼痛和惊悚要等到未来，待神经复苏之后，才发出一声巨响。

原配的世界，人类的童年，真的结束了。

此乃天大的事，值得人类号啕大哭的事。

我们真要好好回忆一下，给自己一个郑重交代了。

前面我提到，曾反复向朋友推荐这条精神线索，但多年过去，发现竟还空着，只好自己来做了。其实，这是个很长很长的清单、很大很大的地图，除了消逝的风物资源，还有人生和心性的方方面面。我做不完，一群人也做不完……

总之，这是一本追溯古典、保卫生活的书。

一本修复记忆、唤醒感官和心灵美学的书。

我的注意力将从自然细节开始，从那些曾经来过却消逝的风物开始，从那些被人类辜负的美好元素开始，从儿时的记忆和笑声开始，比如荒野、河流、泉井、水桥、城丘、寂静、黑夜、流萤、虫鸣、鸽哨、燕巢……比如农历、节气、故乡、劳动、女织、脚力、街坊、漫步、放学路上……

它们被丢弃和典当了。有的或许能赎回来，有的则永远不能。

但我不承认这是本悲观的书，因为我是怀着爱和暖意来写的。

在那次采访的尾声，被问道：你对未来的希望是什么？

我说，我希望人间重建美好的秩序，我希望自然恢复古老的面目。

最后，借海明威的话结束这篇不知从何谈起的序言吧——

“这世界很美好，值得我们去奋斗！”

2010年

01 第一辑

再见，原配的世界

谁还记得从前的世界?

谁还记得生活本来的样子?

再见，萤火虫

映水光难定，凌虚体自轻。夜风吹不灭，秋露洗还明。

——谜语

曾经，我住得离玉渊潭很近，逢夏夜，即去湖边遛弯儿，每挨近黑魆魆的灌林，总禁不住东张西望，朝窸窸窣窣的草丛打听什么……

你们在哪儿呢？捉迷藏？还是被风刮跑了？

扳指一算，我有二十余年没见萤火虫了。

发源于西山的昆玉河，加上湖、林、塘、苇、野鸭……玉渊潭堪称京城最清洁的水园子了，也是唯剩野趣的地儿，她的湖冰和早樱都很美。即便如此，其夏夜却让我黯然神伤，那一盏盏清凉似风的小灯笼呢？那明明灭灭、影影绰绰的小幽灵呢？

连续几个夏季，我一无所获。我知道，对水源有洁癖的萤火虫，若不在这里落脚，恐怕城里也就无处投亲了。

天上的星星，地上的流萤。

小时候，这是我沉迷夏夜的两大缘由。

故乡有个说法：天上几多星，地上几多萤。所以，每捉了它，都不敢久留，先请进小玻璃瓶，凝神一会儿，轻轻吹口气，送它跑了。

我怕天上少了一颗星。

无人工照明的年代，自然界唯一的光华，唯一能和星子呼应的，就是它了。

我徂东山，慆慆不归……町畽鹿场，熠燿宵行。

这是《诗经·豳风》里的景象。一位思妻心切的戍边男子夜途返乡，替之照明的，竟是漫山遍野的流萤，多美的回家路啊！

萤虽为虫，但古代很少以虫称之，其绰号多得数不过来：蚈、照、夜光、景天、挟火、宵烛、宵行、丹鸟、耀夜、熠燿、夜游女子……我最喜欢的还是“流萤”。一个“流”字，将其隐隐约约、稍纵即逝、亦真亦幻的飘曳感、玲珑感、梦游感——全勾画了出来。萤之美，除了流态，更在于光，那是一种难以形容的光，或者说它只能被用去形容别的。

那光，或说青色，或说黄绿，还有说冰蓝，我觉得皆似，又皆非。你刚想说它忧郁，又觉不失灿烂；你刚想说它冷幽，又觉颇含灼情……总之，有一抹谜语的气质，一股童话的味道。

它静静的、微微的，很聪慧、很羞涩，像什么人的目光。

它能激发你无穷的灵感和描述欲望，虽然换来的是沮丧。

插点趣事。小时候第一次看见荧光灯，尤其见它启动时不停地眨眼，我以为里面住着萤火虫。想必受了“囊萤夜读”的蛊惑，觉得它能盛在容器里照明。另外，我30岁之前，一直把荧光灯写成“萤光灯”。

娱乐界有个动词叫“闪亮登场”，形容某个人隆重上台，不知咋的，一听之我即想起萤火虫，用在它身上太贴切了。

农历七月，流萤最盛。清嘉庆年的四川《三台县志》这样描述：“是月也，金风至，白露降，萤火见，寒蝉鸣，枣梨熟，禾尽登场。”巧得很，俗称“七月半，鬼乱窜”的送衣节（又称中元节、盂兰会、鬼节）正值七月十五。据民俗家推测，鬼节位于此，大概和田野里流萤闪烁让人联想到鬼魂有关。

这联想真的很美。相传七月初一，阴曹地府打开鬼门关，鬼魂们可到人间散散心，也就是休探亲假。而人间七月，瓜果稻粟皆已入仓，酷暑亦过，也该置衣备寒了，从物资到节气，正是孝敬先人的好时候。

朵朵流萤，鬼魂返乡……很温馨。少时读《聊斋》，即觉得鬼魂很美，一点不可怕。成年后，尤其是父亲去世，我更加想，若没有魂，若魂不可现，若阴阳两界永无来往，多么可怕啊。

我爱鬼魂，爱一切鬼魂传说。

民间的两个说法，“腐草化萤”和“囊萤夜读”，都被科学证了伪，指成迷信和虚构。我想，现代人真蠢啊，竟拿这么浪漫的事开刀，没劲。古人重意境和梦游，不问虚实，擅长诗意地消费。面对这般影影绰绰的流萤，人的精神难道不该缥缈些吗？

腐草化萤，化腐朽为神奇，多可爱的想象，多灿烂的心愿。

心愿即事实。一点不逊于事实。

较之现代人的刻板和物理，古人的生活有种务虚之美。

长大后翻古书，方知白日听蝉、黑夜赏萤，乃文人最心仪的暑乐。一聒一静，一炎一凉，没有这俩伴儿，夏天就丢了魂，孩子就丢了魂，风雅者就丢了魂。

“银烛秋光冷画屏，轻罗小扇扑流萤。天阶夜色凉如水，卧看牵牛织女星。”杜牧这首《七夕》，我以为是萤文中最好的。

作为虫，“萤”字飞入古诗中的频率，大概超过蝴蝶，堪与蟋蟀并列。“长信深阴夜转幽，瑶阶金阁数萤流”、“于今腐草无萤火，终古垂杨有暮鸦”、“夕殿萤飞思悄然，孤灯挑尽未成眠”……我想，一方面和彼时萤繁有关，抬头不见低头见；一方面古人对萤的注视和美学欣赏，已成雅习。

那时候，不仅有萤，且有闲、有心、有情。问问现在的城里孩子，谁见过流萤？我问过，一个没有。现代人与一只萤火虫相遇的概率，已小于日全食。

若论对流萤的感情和消费程度，古代中国排第一。

现在排第几呢？

估计末位了。思情尚存，消费谈不上了。

和华夏一样，东瀛日本也热爱萤火，而且，这份爱从古到今一路飘移，始终不渝，不减不损。它现设十几个供流萤栖息的“天然纪念物地区”。小小微虫，享如此待遇，举世罕见。

动漫大师宫崎骏，有部电影叫《萤火虫之墓》。其中最打动我的，是让漫天流萤给灵魂伴舞，或者说，流萤即灵魂，灵魂即流萤……

这是典型的东方美学和古式情怀。日本人没有丢，牢记着。

我看到一篇哀悼萤火虫的科普文章，称其比华南虎等明星更重要，因为它属于“指示物种”。意思是说，在自然界，它属广泛性、基础性、标识性的生物，若其濒危，证明生态环境已极其恶劣。萤很单薄，水污染、光污染、农药化肥，乃其致命敌。

为什么美丽的东西都脆弱？为什么人类活得越来越顽强？

在北京后海边，我对朋友说，未来我想干这样一件事：养萤火虫！

除了自个儿放赏，还可卖与酒吧、露天餐厅、聚会和盛典场所……朋友哈哈大笑，你想学隋炀帝啊。他说的是“集萤放赏”的故事。炀帝酷爱流萤，逢夏夜，要把好几斛的萤虫放至山上，游累了才肯回去睡觉。皇帝的想法，若抛去腐败因素，往往都很美。让人羡慕的是，他行动力强，不空想。

如今，北京夜空中常见一朵一朵的闪烁，比树高，比云低……

那是人在放夜筝，上面绑了发光器。

还有一年，和朋友在厦门海滩放孔明灯，当它飘到很远很远，只剩一个似是而非的小点时，我觉得像极了流萤……

每见它们，总是想起童年的萤火。

想起流萤照亮的草丛和小径，想起那会儿的露天电影，想起父母的手电筒和唤孩子回家的喊声，那时他们比我现在还年轻……

那一刻，我体会到了难以名状的美和疼痛。

我们只剩下荧光灯了？

只剩下霓虹闪烁了吗？

2009 年

江河之殇

君子见大水必观焉。

——孔子

01 +

河流一词，我惜的是个“流”字。

“流”，既是水的仪表，更是水的灵魂。

有次在朋友的画里，发现一条极美的河。我问，你是怎么想象它的？她说，画的时候，我在想，它是有远方的水。

这念头太漂亮了。流水不腐，当一条水有了远方，有了里程，才算真正的河罢。

水，在天为星，在地为流。

每一滴水，都有跑的欲望，哪怕一颗露珠。

水的冲动，水的匀细，让古人发明了滴漏，收集光阴。河姆渡出土的陶罐，早期刻的是水波纹，后来是浪花纹、漩涡纹、海水纹……人类最初的美，是从水里捞起来的。

翻开汉语字典，偏旁部首中，消费量最大的是那个叫三点水的“氵”。

我以为，人有两个层面的时间觉悟：生物的，哲学的。

在远古，人的生物时间是被季节惊醒的。二十四节气，俨然是二十四个刻度的农业闹钟。而哲学维度的光阴意识，则是被流水之鸣启蒙的。

逝者如斯，不舍昼夜。

江河不息，皆东逝之付。万象倏忽，盖无常有常。

人不能两次踏进同一条河流。

流，是水的信仰。逝，是生的本质。

江畔何人初见月，江月何年初照人？

水字头上驻一点，就是永。

会觉得全世界一片清寂，心境安谧至极，连发丝坠地都听得见。

古人真有耳福啊。

耳朵就像个旅馆，熙熙攘攘，谁都可以来住，且是不邀而至、猝不及防的那种。

其实，它最想念的房客有两位：一是寂静，一是音乐。

我一直认为，在上苍给人类原配的生存元素和美学资源中，“寂静”，乃最贵重的成分之一。音乐未诞生前，它是耳朵最大的福祉，也是唯一的爱情。

并非无声才叫寂静，深巷夜更、月落乌啼、雨滴石阶、风疾掠竹……寂静之声，更显清幽，更让人神思旷远。美景除了悦目，必营养耳朵。对人间美好之音，明人陈继儒曾历数：“论声之韵者，曰溪声、涧声、竹声、松声、山禽声、幽壑声、芭蕉雨声、落花声，皆天地之清籁，诗坛之鼓吹也。然销魂之听，当以卖花声为第一。”（《小窗幽记》）

当以卖花声为第一。

儿时，逢夜醒，耳朵里就会蹑手蹑脚溜进一个声音，心神即被它拐走了：厅堂中有一盏木壳挂钟，叮当叮当，永不疲倦的样子……那钟摆声静极了，全世界似乎只剩下它，我边默默帮它计数，一、二、三……边想象有个孩子骑在上面荡秋千，冷不丁，会想起老师说的“一寸光阴一寸金”，我想，这叮当声就是光阴，就是黄金了罢。

回头看，那会儿的夜真静啊，童年的耳朵是有福的。

多年后，读“湖上笠翁”李渔的《闲情偶寄》，谈到睡，他说：“睡必先择地，地之善者有二：曰静，曰凉。不静之地，只睡目不睡耳，耳目两岐，岂安身之善策乎？”

古人以睡养生，睡之有三：睡目、睡耳、睡心。睡之第一要素，静也。

耳根的清静

这个崇尚肉体的时代，竟从未想过要为耳朵做点什么。所有感官中，它被侮辱与损害的程度最深。

——题记

从前，人的耳朵里住过一位伟大的房客：寂静。

长安一片月，万户捣衣声。（李白）
雨中山果落，灯下草虫鸣。（王维）
鸟宿池边树，僧敲月下门。（贾岛）

在我眼里，古诗中最好的句子，所言之物皆为“静”。读它时，你富饶、最完臻的。无论山壑泉林、花草鸟兽、河泽湖海、大漠绿洲……

古语的“江”字，即长远之意。我想，造物主抟人之初，大概是想好了让那些精心置办的“原配”——以不动产名义荫佑苍生的罢。今天，若老人家来个回访，必大惊失色，自个儿的家业竟如此不经折腾！

除大洋深处的海沟和珠穆朗玛峰上的雪，世间还剩多少“原配”？

晚清有个叫魏源的大知识分子，算是近代改革的先驱，这位维新之士面对萎缩的洞庭湖，作如是哀鸣——

> 气蒸云梦泽何在？波撼岳阳城已殊；无复波涛八百里，唯余洲土半分潴。放歌高论惭先哲，围垦拦河愧后愚；愿睹沧桑重变易，还川有日更还湖。

魏公为岳阳城失去的“原配”哭泣、悲愤、招魂。

是啊，就像去拜访一对伉俪，一路上忆着对方当年的恩爱，忆着庭院里的盈盈笑语，谁知开门的竟是一陌生女，老友已弃妻另娶。

那美好岁月中的原配，那青春旧影里的女子，被休遣到哪儿了呢？

俗语说，人生诸相皆为水。

江之污，即心性之污。

河之腐，即时代之腐。

流之枯，即精神之枯。

一个好的时代，必有旭日般的精神——加上大自然的“原配”。

2009 年

流水载物，古人早就谙此。然其所为，只是泛舟履波，现代人不同了，他们想让所有的垃圾和排泄物都搭乘这趟免费公交。

水，终于盛不下、载不动了，气喘吁吁，奄奄岌岌。

江河世纪，正走向液体年代。

这是可怖的事，比地震、海啸更骇人。

不错，女子乃水做的骨肉，但这水一定是流水，绝非液体。

“逝者如斯”，不逝，孔子怀里那块伟大的表还走得动吗？

“曲水流觞”，没有潺流载杯，人生的朦醉诗意何处觅寻？

若无流水可依、可沐、可饮，人生该多么刻板，心灵该多么黯然，爱情该多么乏津。我们口口声声的“热爱生活”，还剩几多依据？

问君能有几多愁？恰似一江春水向东流……

古之贞女洁士，多有葬水情结。舜帝南巡驾崩，娥皇、女英二妃殉投湘江；杜十娘伤恸难寄，纵身仆水；拒垢避辱，柳如是邀夫共坠瑶池……再如屈原、王国维和老舍，皆选择了娶水为棺，魂宿大泽。

在诸君眼里，水似乎比青山更值得托付，何以如此呢？除了水的洗刷之意与心境相合，也可见事主们对水品的一贯信任吧？至少据其经验，水有个好名声，清白干净，不会脏了身子。

若换了现在，我想她们和他们一定会集体变卦。

随便往现代水沟里跳，是件很难堪很蒙羞的事。

04 +

我有个观点：对大自然来说，一切“原配”都是最好的，也是最仁者乐山，智者乐水。其实，无论仁智，都会对水寄予厚望，向浩荡江河呈上敬意。老子云："上善若水，水善利万物而不争。"荀子则在《宥坐》中讲了一故事——

> 子贡问："君子之所以见大水必观焉者，是何？"孔子曰："夫水，遍与诸生而无为也，似德；其流也卑下，裾拘必循其理，似义；其洸洸乎不淈尽，似道；若有决行之，其应佚若声响，其赴百仞之谷不惧，似勇；主量必平，似法；盈不求概，似正……其万折也必东，似志。是故君子见大水必观焉。"

大水，必载大势大象、大道大德、大情大义。观瞻江河，实乃一门人生大课，可悟玄机、铸品格、升境界、晓事理。

03 +

孤帆远影碧空尽，唯见长江天际流。

过尽千帆皆不是，斜晖脉脉水悠悠。

无边落木萧萧下，不尽长江滚滚来。

不必再多说了，江河，既是满载神性和诗意的实体，亦是伟大的精神智库和美学资源。当然，这一切一切，源于水之流性。水滞则为液。"液体"和"河流"——多么截然不同的存在。现代社会，鲜见的是清流，残剩的是液体，且只追求液体。他们用了个词，叫淡水资源，所谓的水危机，也仅仅指液体危机，而非清流危机。

02 +

最美的水在《诗经》。最俏的女子在溪畔。

关关雎鸠，在河之洲；窈窕淑女，君子好逑。

蒹葭苍苍，白露为霜；所谓伊人，在水一方。

最深的心事锁于水。最远的眺望付于水。

汉有游女，不可求思。汉之广矣，不可泳思。江之永矣，不可方思。

这男子爱得神魂颠倒，近乎绝望。诗很美，只是感情有点绕，我更喜欢那首大白话——

我住长江头，君住长江尾；日日思君不见君，共饮一江水。

这是我最怜惜和欣赏的一位妇人。她的露骨、她的裸、她的痴，空前绝后。

秋水涟漪，乃尘间最大诱惑。临波之人，必心生荡漾。

水，是爱的基因，情的种子。“水性杨花”、“鱼水之欢”，多美的词！汁液饱满，动感十足。

除了情草缠绵，水中还藏何玄机？还能带来更大的精神视觉和冲击波吗？

为求静中之颐，那些神仙级的古人还有游觅“安榻”的风尚，即四处借地儿睡，比如深林泉畔、石竹幽窗……总之，在“静”上添更多的附加值。以古天地之清宁，还朝三暮四、环肥燕瘦，真奢靡啊。试看当下星级酒店，哪个在“静”上达标？

今天，吾辈耳朵里住着哪些房客呢？

刹车、喇叭、拆迁、施工、装修、铁轨震荡、机翼呼叫、高架桥轰鸣……它们有个集体注册名：喧嚣。这是时代对耳朵的围剿，你无处躲藏，双手捂耳也没用。

耳朵，从未遭遇这般黑压压、强悍而傲慢的敌人，我们从未以这么恶劣和屈辱的条件要求耳朵服帖。机械统治的年代，它粗大的喉结，只会发出尖利的啸音，像磨砂，像钝器从玻璃上狠狠刮过。

一朋友驾车时，总把“重金属”放到最大量，他并不关注谁在唱。按其说法，这是用一个声音覆盖一群声音，以毒攻毒，以暴制暴。

我们拿什么抵御噪声的进攻呢？

耳塞？地下室？使窗户封得像砖厚？将门缝塞得密不透隙？当然还有，即麻木和迟钝，以此减弱耳朵的受伤，有个词叫“失聪”，就是这状态。偶尔在山里或僻乡留宿，却翻来覆去睡不着，那份静太陌生、太异常了，习惯受虐的耳朵不适应这犒赏，就像一个饿者乍食荤腥会滑肠。

人体感官里，耳朵最被动、最无辜、最脆弱。它门户大开，不上锁、不设防、不拦截、不过滤，不像眼睛嘴巴可随意闭合。它永远露天，只有义务，没有权利。

其实，耳朵也是一副心灵器官。人之烦躁和焦虑，多与耳朵有关，故有种医术，叫音乐疗法。

但，耳朵总要反抗点什么。它的反抗即生病：失眠、憔悴、抑郁……科学家做一研究：观察马路两岸的树，噪音污染越重，树越无精打采，枝头耷拉，叶子萎靡，俨然一个惊恐的孩子。和人一样，树是有情绪的，是长耳朵的。

为抚慰可怜的耳朵，我淘过一张 CD，叫《阿尔卑斯山林》，采的是纯粹的自然之声：晨曲、溪流、雀啾、疾风、松涛……买回家的那个下午，我急急关好门窗，打开音响，一个人浸泡到傍晚。

那个下午，耳朵在逃窜，我携它一起私奔，向着遥远的阿尔卑斯。

弥漫山林的，无论什么动静，都是“静”。久违的静，亘古的静，伟大的静。我给耳朵美滋滋过了个节，像杨白劳给喜儿买了尺红头绳。

此后，我多了个习惯，每逢机会，便录下大自然的天籁：秋草虫鸣、夏夜蛙唱、南归雁声、风歇雨骤、曙光里的雀欢、树叶行走的沙沙……我在储粮，以备饥荒。城里的耳朵，多数时候是饿的。

我对朋友说，现代人的特征是：溺爱嘴巴，宠幸眼睛，虐待耳朵。

不是么？论吃喝，我们食不厌精，脍不厌细。华夏之饕，举世无双。视觉上，美色、服饰、花草、橱窗、广场、霓虹，所有的时尚宣言和环境主张无不在“色相”上下功夫。

口福和眼福俱饱矣，耳福呢？

无一座城市致力于“音容”，无一处居所以“寂静”命名。

我们几乎满足了肉体所有的部位，唯独冷遇了耳朵。

甚至连冷遇都不算，是折磨，是羞辱。

做一只现代耳朵真的太不幸了，古人枉造了“悦耳”一词。实在对不住，我们更多的是“虐耳”。

有个说法叫“花开的声音”，一直，我将其当成一个比喻和诗意幻觉，直到遇一画家，她说从前在老家，中国最东北的荒野，夏天暴雨后，她去坡上挖野菜，总能听见苕树梅绽放的声音，四下里噼啪响……

苕树梅，我家旁的园子里就有，红、粉、白，水汪汪、亮盈盈，一盏盏像玻璃纸剪出的小太阳。我深信她没听错，那不是幻听和诗心的矫造，我深信那片野地的静，那个年代的静，还有少女耳膜的清澈——她有聆听物语的天赋，她有幅画，叫《你能让满山花开我就来》，那绝对是一种通灵境界……我深信，一个野菜喂大的孩子，大自然向她敞开的就多。

我们听不见，或难以置信，是因为失聪日久，耳朵被磨出了茧子。

是的，你必须承认，世界已把寂静——这大自然的“原配”，给弄丢了。

是的，你必须承认，耳朵——失去了最伟大的爱情。

我听不见花开的声音。

我只听见耳朵的惨叫。

2009 年

蟋蟀入我床下

——纪念虫鸣文化

夜晚，虫子在吹口哨。而世间，人在大声争吵，乃至什么也听不见。

——题记

01 +

蟋蟀在堂，岁聿其莫。今我不乐，日月其除。

《诗经》中无处不充满着对光阴的警觉与热爱，提醒同胞惜时和勤勉，比如这首《唐风 · 蟋蟀》，即在冲人喊：蟋蟀已跑到你屋里了，天凉好个秋，赶紧寻乐吧，别磨磨蹭蹭啊。

蟋蟀躯微，入室难见，但可聆察。所以，虫鸣的意义在于醒耳，耳醒则心苏。

在我眼里，史上最伟大的田园诗要属《豳风·七月》，它不仅是一年农事的全景画，且是一部旷野奏鸣曲。除了天上飞的——“春日载阳，有鸣仓庚（黄莺）”、“五月鸣蜩（蝉）”、“七月鸣鵙（伯劳鸟）”，我尤喜地上的那一小节：“五月斯螽动股，六月莎鸡振羽，七月在野，八月在宇，九月在户，十月蟋蟀入我床下。”

在音乐未诞生前，世上最美妙的动静，竟是从虫肚子里发出的。

小小软腹，竟藏得下一把乐器。

喓喓、嘁嘁、嗞嗞、嚁嚁、唧唧、聒聒、嗤嗤、啨啨……

自然音律里，虫声最难绘，但各种象声词还是纷纷扬扬。

古人不仅崇拜光阴，更擅以自然微象提醒时序，每一季都有各自的风物标志。

秋呢？谁是它的形象大使和新闻发言人？

“以鸟鸣春，以雷鸣夏，以虫鸣秋，以风鸣冬”（韩愈），该说法基本权威，古人鸣秋，借助最多的即虫，“梧桐飘落叶，秋虫情更痴”，秋风萧瑟时，虫是旷野最生动的音符。

虫族中，名声大的属蟋蟀、蝈蝈、油葫芦、金铃子，我儿时亲近过前两位，喂之辣椒、葱头和苹果。记得课上学“蟋蟀”，怎么也写不对，直恨这字儿咋长那么多腿，结果像画画，不是多一撇，就是少一捺，腿数总不对。除“蛐蛐”，蟋蟀还有个别称——“促织”或“趋织”。据说此别称从魏晋兴叫，原因是农妇一听到它，即知天要凉，得赶紧织布缝衣了，故幽州有谚：趋织鸣，懒妇惊。

关于虫效，有民间说法：夜晚，将蝈蝈或蛐蛐笼悬于睡榻前，蚊子即躲得远远的。我试过，**“嚯嚯”**声带来的神经兴奋比蚊叮更让我睡不着。

02 +

若以性情论四季，我以为春烂漫、夏聒烈、秋清幽、冬肃沉。

我最喜秋。秋让生命知觉最细锐、心灵层次最丰富、想象力最驰远……一个人最有和自己对话的冲动。

为何？大概因为静。

秋之静，有虫语之功。秋收后，天空疏阔、旷野清朗，突然，丝丝缕缕、高高低低的**“嚯嚯”**、“唧唧”飘来（这时，很像发生了一件事，有人将一根手指竖立唇边：嘘——），世界便一下子静了，一年的尘嚣都被涤散了，吹远了。

虫声制造凉意，你会倏地一惊，身体收紧，接着，某些东西开始苏醒。你会清晰地意识到生命进度，触到某个不易觉察的部位和愿望……

少时，虫比声更诱惑我，虫声在我听来也总是欢悦、灿烂的。而立后，我才品出它的清冷、它的沁凉，才算领会了那些引虫入诗的古人心境——

喓喓草虫，趯趯阜螽。未见君子，忧心忡忡。（《诗经·召南》）

秋月斜明虚白堂，寒蛩唧唧树苍苍。（李郢）

大火流兮草虫鸣，繁霜降兮草木零。秋为期兮时已征，思美人兮愁屏营。（张衡）

秋风袅袅入曲房，罗帐含月思心伤。蟋蟀夜鸣断人肠，长夜

思君心飞扬。（汤惠休）

淅淅沥沥之鸣，怎能不勾起思情离愁？

03 +

论精神线条和心灵耳朵，古人比今人要敏细、精巧得多，后者太糙太钝了。试问，我们能识几种虫语？谁配做一只蟋蟀的知音？

明人袁宏道在《蓄促织》中，论虫语之异：蝈蝈“音声与促织相似，而清越过之……凄声彻夜，酸楚异常，俗耳为之一清”。金钟儿“如金玉中出，温和亮彻，听之令人气平……见暗则鸣，遇明则止”。

虫微弱，和鸟兽的张扬不同，其性谦怯，其态隐忍，故生命触须极细，对时令、天气、晨暮、地形的体察极敏，这也是其声之幽、之迂、之邃的原因。所以，凡悟其语、知其音者，耳根必须异常清静，心灵必须有丰富的褶皱与纹理，方能共鸣。否则，对牛弹琴。

梅妻鹤子、山鬼结拜，在师法自然上，古人真是身体力行。

他们比今人性灵、彻悟、烂漫，所以能出公冶长那般通鸟语之人，恐怕这也是古典文学出没灵异精怪的原因。一部《太平广记》，近乎仙妖大全。

他们走得远、走得幽，一个人敢往草木深处闯，所遇蹊跷和神奇也就多。

这和科学及生产力无关。

几千年来，古人的生活美学和精神空间里，虫鸣文化一直是重要构件。

和“天人合一”的心旨有关，也与早年大自然的完整性和纯净度有关。

说到这儿，忽想起一档游戏来。儿时，有一种“鸡、虎、虫、棒”的斗牌，现在想，后人无论如何发明不出这玩法了，因为世界的元素变了，常识也变了。不信你看：野虎没了吧？那“虎吃鸡”之经验即立不住了；对笼养鸡来说，“鸡食虫”岂非白日梦？虫也给农药灭净了吧？“虫咬棒”从何谈起？几条生物链都断了，现代视野里只剩棒和鸡，没得玩了。

大自然的完整性一旦受伤，古老游戏的内在逻辑也就撑不住了。

04 +

对古人心境而言，虫鸣是一位如约而至、翩然而降的房客。

娉娉、袅袅、衣冠楚楚、玉树临风……略含忧郁，但不失笑容与暖意。尤其在百姓和孩童的耳朵里，那分明是高亢的快活。

“怀之入茶肆，炫彼养虫儿”，“燕都擅巧术，能使节令移，瓦盎植虫种，天寒乃蕃滋”……在《锦灰堆》里，大师级玩家王世襄忆述了亲历的京城虫戏，从收虫、养虫到听虫（斗虫为我所憎，故本文不及），从罐皿到葫芦的植术造式，淋漓详尽。

为挽续虫语，古人从唐代开始宠虫，“每至秋时，宫中妃妾辈，以小金笼捉蟋蟀闭于笼子，置之枕函畔，夜听其声，庶民之家皆效也”（《开元天宝遗事》）。经一路研习，蓄虫术愈发精湛，学得孵化后，虫声即可从秋听到冬，听到过年了。

古人会享受，擅享受，懂享受。

想想吧，大雪飘零，风声凛冽，而斗室旮旯里，清越之声蓦起，恍若移步瓜棚豆架……而且此天籁，皆取材于大自然，几尾草虫、半盏泥盆、一串葫芦，即大功告成，成本极低。

有句俗话，叫“入葫听叫”。

太美了，真是点睛之笔啊，正可谓一葫一世界，一虫一神仙。你看，秋虫和葫芦，动静搭配，皆出身草木，多像一副妙联的上下句。

虫声高涨，带动了它的商品房——葫芦业。清咸丰年间，有个河北三河县人，别号“三河刘”，他种造的葫芦，音效特好，至今为收藏界念叨。过去的北京琉璃厂，一度虫鸣沸腾，葫芦满街，有位叫张连桐的人，也是养葫高手。

那年逛地坛庙会，我购得一玩意儿：一对乌色的草编蟋蟀，翘翅攀在半盏束腰葫芦上，神态警觉，栩栩如生。作者亦有来头，裕庸老先生。该翁 1943 年生，满族正黄旗，爱新觉罗氏，曾拜师北派的齐玉山、南派的毅正文，被誉为“京城最后的草编大师”。

至今，它仍摆在我书案上。冷不丁搭一眼，心头滑过一句“雨中山果落，灯下草虫鸣”或“竹深树密虫鸣处，时有微凉不是风”，甚是惬意。

05 +

城市豢养的器官是迟钝的，秋虫知音者，寥寥无几。

王世襄先生乃其一。这位大爱大痴的老人，那种蚂蚁般的天真，那种对幼小和细微的孜孜求好，那种茂盛的草木情怀和体量……当世恐难见其二。

他在《锦灰堆》里回忆的那番青春好风光，乃中国养虫人最后的黄金时代，亦是虫鸣文化的绝唱和挽歌。

此后，水土、心性、耳根、居境、世风……皆不适宜了。

空间越来越只为人服务，环境侍奉的对象、卫生标准的主体，都是人。比如水污、地污、光污、音污，比如农药、化肥、除草剂，其量于人不足致命，于虫则不行了，虫清洁成癖，体弱身薄，一点微毒即令之断子绝孙。

古时秋日，不闻虫语是难以想象的。那是耳朵渎职，是心性失察，是人生事故。足以让人惊悸、懊恼，羞愧难当。

可当今，一年到头，除了人间争吵和汽车喇叭，我们什么也听不见了。

或许耳朵失聪，或许虫儿被惊跑了，躲得远远的了罢。

总之，不再与人共舞，不再与人同眠。

七月在野，八月在宇……十月蟋蟀入我床下。

何年何夕，那尾童年的蟋蟀，能再赴我枕畔，窃窃私语呢？

2009 年

谁偷走了夜里的“黑”

01 +

你见过真正的黑夜吗？深沉的、浓烈的、黑魆魆的夜。

儿时是有的，小学作文里，我还用过“漆黑”，还说它“伸手不见五指”。

从何时起，昼夜的边界模糊了。夜变得浅薄，没了厚度和深意，犹如墨被稀释……渐渐，口语中也剥掉了“黑”字，只剩下“夜”。

夜和黑夜，是两样事物。

夜是个时段，乃光阴的运行区间；黑夜不然，是一种境，一种栖息和生态美学。一个是场次，一个是场。

在大自然的原始配置中，夜天经地义是黑的，黑了亿万年。即使有了人类的火把，夜还是黑的，底蕴和本质还是黑的。

“夜如何其？夜未央。庭燎之光。”这是《诗经·庭燎》开头的话，给我的印象就是：夜真深啊。

那会儿的夜，很纯。

一位苗寨兄弟进京参加“原生态民歌大赛”，翻来覆去睡不着，为什么？城里的夜太亮了。没法子，只好以厚毛巾蒙面，诈一回眼睛。在他看来，黑的浓度不够，即算不上夜，俨然掺水的酒，不配叫酒。

习惯了夜的黑，犹如习惯了酒之烈，否则难下咽。

宋时，人们管睡眠叫“黑甜”，入梦即“赴黑甜”。意思是说，又黑又甜才算好觉。睡之酣，须仰赖夜之黑：夜色浅淡，则世气不宁；浮光乱渡，则心神难束。所以古人养生，力主“亥时”（约晚10点）前就寝，唯此，睡眠才能占有夜的深沉部分。

现代人的“黑甜”，只好求助于厚厚的窗帘了，人工围出一角来。伪造黑夜、虚拟黑夜……难怪窗帘生意如此火爆。

02 +

昼夜轮值，黑白往复；日出而作，日落而息……乃自然之道，人生正解。

夜，是上天之手撒下的一块布，一座氤氲的罩体，其功能即覆护万物、取缔喧哗、纳藏浮尘，犹若海绵吸水、收杂入屉。无夜，谁来叫停芸芸众生的熙攘纷扰和劳顿之苦？何以平息白昼的手舞足蹈与嘈沸之亢？夜，还和精神的营养素——“寂”、“定”、“谧”相通。“夜深人静”的意思是：夜深，心方静远……而这一切，需靠结结实实的“黑”来完成：无黑，则万物败露，星月萎殆；无黑则无隐，无隐则无宁。

所以我一直觉得，黑，不仅是夜之色相，更是夜的价值核心。

黑，是夜的光华，是夜的能量，是夜的灵魂，也是夜的尊严。

“不夜城”，绝对是个贬义词。等于把夜的独立性给废黜了，把星空给挤兑和欺负了。它侵略了夜，丑化了夜，羞辱了夜，仿佛闯到人家床前掀被子。

将白昼肆意加长，将黑夜胡乱点燃，是一场美学暴乱，一场自然事故。无阴润，则阳萎；无夜育，则昼疲。黑白失调，糟蹋了两样好东西。

往实了说，这既伤耗能源，又损害生理。我一直纳闷为何现代鸡发育那么快？真相是：笼舍全天照明，鸡无法睡觉，于是拼命吃。见光吃食，乃鸡的秉性，人识破了这点，故取缔了黑，令其不舍昼夜地膨胀身子。

现代鸡是在疯狂的植物神经紊乱中被速成的。它们没有童年，没有青春，只有起点和终点。人享用的，即这些可怜的被篡改了生命密码的鸡，这些一声不吭、无一日之宁的鸡。毕其一生，它们连一次黑夜都没体会，连鸣都没打过。

我想，应给其重新起个名：昼鸡，或胃鸡。

无黑，对人体的折磨更大，可谓痛不欲生。据说逼供多用此法，不打不骂，只用大灯泡照你，一两日挺过去，第三天，你会哭喊着哀求睡一会儿，哪怕随后被拉出去枪毙。

03 +

黑夜，不仅消隐物象，它还让生命睁开另一双眼，去感受和识别更多无形而贴心的东西。

成年后，我只遇上一回真正的夜。

那年，随福建的朋友游武夷山，在山里一家宾舍落脚。夜半，饥饿来了，大伙驱车去一条僻静的江边寻夜宵。

吃到一半，突然一片漆黑，断电了。

等骚动过去，我猛然意识到：它来了，真正的夜来了。

亿万年前的夜，秦汉的夜，魏晋的夜，唐宋的夜……来了。

此时此刻，我和一个古人面对的一模一样？

山河依旧？草木依旧？虫鸣依旧？

是，应该是。那种弥漫天地、不含杂质、水墨淋漓的黑，乃我前所未遇。

星月也恢复了古意，又亮又大，神采奕奕。还有脚下那条江，初来时并未听到哗哗的流淌，此刻，它让我顿悟了什么叫“川流不息”，什么叫“逝者如斯”，它让我意识到它已在这儿住了几千年……

我被带入了一幅古画，成了其中一员，成了高山流水的一部分。

其实，这不过是夜的一次显形，恢复其本来面目罢了。

而我们每天乃至一生面对的，皆是被改造过的不实之夜。

几小时后，灯火大作，酒消梦散。

21 世纪又回来了。

这是一次靠“事故”收获的夜。

对都市人来说，这样的机会寥寥无几。第一，你需熄掉现代光源，遭遇或制造一次停电。第二，你需走出足够远，甩掉市声人沸的跟踪，最好是荒山野岭、人烟稀少之处，否则一束过路车灯、一架红眼航班，即会将梦惊飞。

所以，这是运气。

04 +

夜的美德还在于，其遮蔽性给人生营造了一种社会文化：个体感和隐私性。

如果说，白昼之人，不得不在光天化日、众目睽睽下演绎集体生活模式，那么，黑——则让人生从“广场状态”移入“角落状态”，夜——成了除住宅空间外更辽阔的私生活舞台。所以，“夜生活”即同义于“私生活”。

我向来觉得，生活的本质即私生活，私生活才是真正的生活。白天，人属于人群，不属于自我。正是夜，让世界还原成一个个私人领地和精神单元，正是黑的降临，才预示着生活帷幕的拉开。

但棘手的是：现代之夜的“黑”，明显减量了，不足值了。现代生活和城市发展的一个趋向是：愈发的白昼化，愈发的广场性。风靡各地的“灯光工程”、“不夜工程”以及无孔不入的摄像头，即为例证。

凡诱惑之物，必成为一种资源，进而孕育一份产业。

终于，有人瞄上了“黑”，并把它变成了巧克力一样的东西——

2005 年，北京商务区开了一家名为“巨鲸肚”的黑暗餐厅。顾名思义，这是个伸手不见五指的人造空间。该餐厅分亮光区和黑暗区，客人先在亮光区点餐，将手机、打火机、表链等发光品存储起来，再由佩戴夜视镜的侍者引入黑暗区。

一时间，该餐厅生意火爆，预订期长达一周。说是进餐，不如说猎奇，因为没人把吃当回事，据说饭菜并不可口，大家消费的是黑——绝对的、久违的、正宗的、业已消逝的“黑”。

我想，谁要打造一栋类似“夜未央”的诗意空间，肯定更卖座。

我也会去消费。夜如何其？夜未央，夜未央……

说了这么多，其实我一点不厌光，相反，我深爱星月之华、烛火之灿。

夜里，微光最迷人，最让人心荡漾。

我厌倦的是“白夜城市”、“不夜工程”，它恶意篡改了大自然的逻辑和黑白之比，将悦目变成了刺眼。

对“黑”怀有偏见并驱逐——这个时代有点蠢。

我觉得，人类应干好两件事——

一是点亮黑夜。一是修复黑夜。

同属文明，一样伟大。

2009 年

林美 摄

人生树下

“内宫传诏问戎机，载笔金銮夜始归。万户千门皆寂寂，月中清露点朝衣。”

政治家，能把诗写到这个份儿上的，似不多见。这首《长安秋夜》，对晚唐宰相李德裕来说，不过是一篇劳顿之余的日志，但其中的淡定和气度，足以令天下仕人为之倾倒。论功业，他有“万古良相”（李商隐语）之誉，内清宦祸，外复失地，终遭妒陷，谪落天涯而终。论风雅，他堪称生活上的美学大师，洛阳郊外那栋被唤作李府的“平泉山居”，在中国园林史上，始终是个童话般的传说。李德裕一生最美好的诗文和才情，都献给了这座私园。这是他的乐土，是他心灵休憩的隐地，寄存着他的宁静和素怀，盛放着他对“家”的全部温情和美学理想。

“吾乃剪荆棘，驱狐狸，始立班生之宅，渐成应叟之地。”这篇《平泉山居诫子孙记》，一边记述筑巢之辛苦，一边严厉地颁布家训："鬻吾平泉者，非吾子孙也；以平泉一树一石与人者，非佳子弟也……《诗》曰：'维桑与梓，必恭敬止。'言其父所植也。"

爱惜自家的宅园，疼怜亲植的树石，竟放此狠话，确属罕见。

不否认，此中有自珍自恋的成分。但我想，李德裕真正重视的，恐不在物，亦非财，而是"家"——是"家"之构造的完整性，是与这个"家"的品位相匹配的心性、心质、心境，是对这个"家"的欣赏能力和持有资格。简言之，他看重的，是子孙对美的态度，是祖物之于他们的精神意义——对人生的熏染和塑造。

"维桑与梓，必恭敬止"，语出《诗·小雅》，意思是说：桑树梓树乃父母所栽，见之必肃立生敬。父母者，为何要在舍前植这两种树呢？答案是"以遗子孙给蚕食、具器用者也"(《朱熹集传》)，即让子孙有衣裳穿、有家具使。后来，"桑梓"便成了"故里"的代称。

树，不仅实用，还意味着福佑、恩泽和繁衍；不仅赐人花果和木质，还传递亲情和美德，还承载光阴与家世。树非速生，非一季一岁之功，它耐受、持久、长命，春华秋实，像一位高寿的家族长者，俯看儿孙绕膝。

所谓"荫泽"、"荫蔽"、"荫佑"之说，皆源于树。

有祖必有根，有宅必有树。再穷的人家，也能给后人撑起一大片荫凉。

这是祖辈赠与子嗣最简朴最牢固的遗产了。

幼时，父亲带我回乡下祖宅，院子里有一棵粗壮的枣树，上有鹊窝，下落石几。逢孩子哭闹，祖母便将房梁上的吊篮勾下，摸出红油油的干枣来。后来，老人去世，老屋拆迁，"老家"便没了。

虽非桑梓，但我知道，此树乃祖辈所植，在其下纳过凉、吃过枣子的，除了我，还有我的父亲，还有父亲的父亲……它是一轮轮人生的见证者，见证了他们从跌撞的蒙童、攀爬的顽少，变成拄杖的耄耋……

这样的树，犹若亲属。

老人们讲，闹饥荒时，都是树先枯，人后亡，因为果腹的最后一样东西，是树皮。人，只要熬到春天就不会饿死了，因为这时候，树抽芽了。

几千年来，凡村首，必有一棵神采奕奕的老树。民谣中唱，“问我祖先何处来，山西洪洞大槐树”、“祖先故里叫什么，大槐树下老鸹窝”。树，是家舍的象征、是地址的招幡。离家者，最后一眼回望的是它；返乡者，远远眺见的也是它。

游同里古镇，听到一个说法：江南殷实人家，若生女婴，便在庭院里栽一棵香樟，女儿待嫁时，树亦长成，媒婆在墙外看到了，即登门提亲；嫁女之际，家人将树伐下，做成两只大箱子，放入绸缎作嫁妆，取“两厢厮守”（谐音“两箱丝绸”）之意。

多美的习俗！女儿待字闺中时，对该树的感情定是窸窸窣窣的微妙，那是自己的树啊，盼它长大，又怕它长大。想想吧，它像儿伴一样耳鬓厮磨，像丫环一样贴身随嫁，多么暖心，多么私密，多么亲昵。

我若有女，必种一棵香樟。

如今的家业里，少了样东西：树。

没有了庭院，没有了户外，没有了供根深入的大地，只剩下盆栽、根雕和花瓶。这个时代，可稳定传续的事物越来越少，“不动产”越来越少，“祖”的符号和痕迹越来越少。

“家”，失去了树荫的覆护，光秃秃曝于烈日下。

我们的家什、器皿、陈设，包括果蔬稻粟，几乎无一源于自产和自制。我们的双手不再沾染泥土，不再是播种者，不再是采摘者，我们的最大身份是购买者，是终端消费者，我们彻底“脱农”了。不仅如此，我们解除了与草木共栖的古老契约，我们告别了在家门口折朵撷果的实用和浪漫，我们放弃了对一棵树、一株花的亲近与认领，我们失去了对四季和年轮的细辨……大自然里，不再有我们的一方蒲团、一张凉席、一具竹榻。

树，在马路上流浪。我们只是乘车迅速地掠过它们，透过玻璃扫视它们。它们身上，没有我们的指纹和体温，没有儿童的笑声和攀爬的身影。

人和树，亲情已断，形同陌路。

大自然中，没有了我们的亲属。我们只是那路人，那淡漠的旁观者。

那年去贵州，走到从江县的月亮山，遇一苗地，叫岜沙，据说这支部落是蚩尤的后代。它给我的第一印象是：林子可真密啊！那些人、房子、生活，全躲在翠绿里。撞见人，感觉他不是走出来，而是像泥鳅一样，突然从绿潭里钻出来。林中有径，当你跨外一步，去沟边小解时，才醒悟到森林的“森”字——那“木”真是密密匝匝、层层叠叠，难以落脚。

岜沙，即苗语“草木茂盛”。

恐怕再没有比岜沙人更膜拜树的族群了，男子蓄起直直的发髻，象征山上的树干，而身上的粗布青衣，模仿树皮。

树，是岜沙人的神。他们尊崇树的能量和美德。

在岜沙，凡重大活动和节庆仪式皆在林中进行，祈愿、盟誓、婚约的“证人”是大树；大伙有了心事，也向大树倾诉。按俗约，盗木者除了退赃，还要罚 120 斤米、120 斤酒、120 斤肉，请族人谅恕。

最触动我的，是岜沙人的葬礼。一个婴儿降生时，村民会替之栽一棵树苗，祈祝他像它一样茁壮、正直、坚韧；待他年迈去世，家人就找到那棵树，凿空作棺，去密林深处下葬，不设坟头、不立墓碑，最后，在平填好的新土上，埋下一棵小树苗，预示生命的再次启程，也象征灵魂的回家之桥（若黑发人早逝，则取用长辈的树）。这一切，都要赶在太阳落山前完成。

他们是大森林的孩子。森林里诞生，森林里消失。

“我们都认得哪棵树是自己的祖先。”岜沙人说。

有一棵树，将陪伴一个人出生、长大，直至死去。

除了葱茏，生命在世间不留任何痕迹。

这是我听过的关于人和树最好的故事。

那天，夕阳西下，听着山风和鸟鸣，我坐在岜沙的石头上，心想——

在这个世界上，每个人都应有一棵关系亲密的树。

至少一棵。

我们要在大自然里，找到自己的亲属，找到自己的根和床。

2014 年

古典之殇

01 +

今人不见古时月，今月曾照古时人。

然而，多少古人有过的，在今天的视野中却杳然了。

比如古诗词中的盛大雪况：“隔牖风惊竹，开门雪满山”、“夜深知雪重，时闻折竹声”……吾等之辈，虽未历沧海桑田，但一夜忽至的“千树万树梨花开”，还是亲历过的。满嘴冰淇淋的现代孩子，谁堆过雪人？谁滚过雪球？令之捧着课本吟诵“燕山雪花大如席”，他们会不会牙疼呢？

没有雪的冬天，还配得上叫“冬”吗？

流逝者又何止雪？在新辈人眼里，不知所云的“古典”比比皆是——

立于黄河枯床上，除了唇干舌燥，除了满目的干涸与皲裂，你纵有天才想象，又如何模拟出“黄河之水天上来”的磅礴？谁还能托起李太白心中的汪洋与豪迈？除了疑心古人夸饰矫伪、信口开河，还会作何想呢？

今天的少年真够不幸的。父辈把祖先的文学遗产交其手上，却没法把诞生那些佳句的空间和现场一并予之，当孩子动情地吟哦时，还能找到多少与之相配的物境和诗意？如果说，今日中年人，还能使出吃奶的劲去想象一把“落霞与孤鹜齐飞，秋水共长天一色”（毕竟其孩提时，大自然尚存一点原汁，他还有残剩的经验可依），那其儿女们，连这点怀旧的资本都没了，连遐想的云梯都搭不起，连残羹都讨不上了。

或许不久后，这般猜测古文课的尴尬亦不为过——

一边是秃山童岭、雀兽绝迹，一边是“两个黄鹂鸣翠柳，一行白鹭上青天”的书声琅琅；一边是泉涸池干、枯禾赤野，一边是“西塞山前白鹭飞，桃花流水鳜鱼肥”的遍遍抄写；一边是霾尘浊日、黄沙漫漶，一边是“山光悦鸟性，潭影空人心”的诗情画意……这是何等遥远之追想，何等费力之翘望啊。明明“现场”荡然无存，现实空间中全无对应物，却要少年人硬硬地抒情和陶醉，这岂非无中生有、画饼充饥？这不荒唐、不悲怆么？

古典场景的缺席，不仅意味着风物之夭折，更意味着众多美学信息与精神资源的流逝。不久，对原版大自然丧失想象力的孩子，将对古籍中那些伟大的美学华章和人文体验——彻底不明就里，如坠雾中。

02 +

温习一下这随手撷来的句子吧："水光潋滟晴方好，山色空蒙雨亦奇"、"谢公宿处今尚在，渌水荡漾清猿啼"……

那样的户外，那样的四季——若荷尔德林之"诗意栖息"成立的话，至少这天地洁净乃必须要。可，它们今天在哪儿呢？那"人行明镜中，鸟度屏风里"的天光明澈，那"长安一片月，万户捣衣声"的皎夜寂静……今安在？

从审美资源上讲，古代要比当今富饶得多，朴素而优雅得多。地球自 35 亿年前诞现生命以来，约有五亿种生物栖居过，今多已绝迹。在地质时代，物种的自然消亡极缓——鸟类平均三百年一种，兽类平均八千年一种。如今呢？联合国环境规划署推测说：上世纪末，每分钟至少一种植物灭绝，每天至少一种动物灭绝。这是高于自然速率上千倍的"工业速度"，屠杀速度！

多少珍贵的动植物永远地沦为了标本？多少生态活页从视野中被硬硬撕掉？多少诗词风光如《广陵散》般成了遥远的绝唱？

"蒹葭苍苍，白露为霜"、"呦呦鹿鸣，食野之苹"、"关关雎鸠，在河之洲"、"河水清且涟漪"……每每抚摸这些《诗经》中的句子，除了对美的隐隐动容，内心总有一股冰凉的战栗和疼痛。因为这份荡人心魄的上古风情，已无法再走出纸张——永远！人类生活史上最纯真的童年风景、人与自然最相爱的蜜月时光，已挥兹远去。或者说，她已遇难。

由于丧失"现场"，人类正在丧失经典，丧失重温和体验她的能力。我们只能像眺望"月桂娥影"一样待之，却不再真的拥有。

阅读竟成了挽歌，竟成了永诀和追悼，难道不该放声痛哭吗？

03 +

语文课本中的诸多游记，无论赏三峡、登黄山，还是临赤壁、游褒禅，及徐霞客的足迹……除了传递水墨画般的自然意绪，更有着“遗址”的凭吊含义，更有“黄鹤杳去”的祭奠意味。我们在对之阐释时，难道只会停留在汉语字解上？（比如“蒹葭”、“雎鸠”，除了“某植物”、“某水鸟”，再也领略不出别的了）除了挖掘莫须有的政治伦理，就不为大自然的鬼斧神工油然而生敬畏和感激？除了匆匆草草的娱情悦性，就涤荡不出“挥别”的忧愤来？

我想建议老师：为何不问问孩子，那些美丽的“雎鸠”、“鹿鸣”哪儿去了？何以再不见它们的身影？甚至促之去想：假若诗人来到当代，他又会有何遇？作何感？发何吟？难道，这不会在孩子心里掀起一场精神风暴吗？

或许有人忍不住了：社会总得变迁吧？古老元素难免在光阴中遗失啊。

是，失乃必然，但失的速度和规模是否太惊人？变之方向、节奏和进程是否合情合理？

远的毋论，且说朱自清的《荷塘月色》吧。今天的清华学子，谁重温过 1927 年的那场夜游呢？即使荷塘犹存，不乏“田田的叶子”，但“树上的蝉声与水里的蛙声”呢？如今京城，连一处泥土都难觅了，地面早已被水泥、沥青砌死，一丝气孔不留，无穴可居，无枝可栖，何来蝉声？还有，若想月色“如梵婀玲上奏着的名曲”，若想“叶子和花仿佛在牛乳中洗过一样”，那养耳的寂静、养眼的清疏，在市声鼎沸的不夜城里，何以寻得？

04 +

每一词语本身，无不包藏着生态、民俗、历史、美学和社会学信息。那“蒹葭”、“涟漪”、“鹿鸣”、“雎鸠”、“猿啼”……不仅代表草木或动物，更指向一种生存文化和栖息美学，也是一部人间记忆。它让今人在阅读“自然圣经”的同时，更对眼下境遇和空间有一种检验、校对和反思。韩少功有本社会符号学意义的小说——《马桥词典》，其试图通过对方言俚语的搜集与解读，为一个地域的文化流逝建一座纪念碑。在某种意义上，古典文学也为后人矗起了一座纪念碑，是丰碑，更是殇碑。一座冰冷的刻有灭绝名单的青苔之碑，沧桑之碑。

1912 年 4 月的一天，在纽约自然历史博物馆，75 岁的作家约翰·巴勒斯向孩子们说：“每逢参观博物馆，我即有一种参加葬礼的感觉……一只被打死的鸟，已不再是一只鸟了……当自然被移动了两次之后，便毫无价值。只有你伸手触及的自然才是真正的自然。”

我不知道我们的孩子能不能听到这样的声音，能不能遇到巴勒斯这样的讲解员。

我不知道老师们在领读“飞流直下三千尺，疑是银河落九天”、“青山横北郭，白水绕东城”之时，有没有升起一股隐痛？并把它悄悄传递给台下的孩子？如果有，如果能把这粒“痛”埋进孩子心里，我要替教育感到庆幸，要为这位老师鼓掌——感谢他为孩子接种了一支珍贵的“精神疫苗”！在未来，这粒小小的“痛”会生出郁郁葱葱的良知……

谁拥有孩子，谁就拥有未来。

我相信，携带这支疫苗的孩子，多少年后，当面对一片将被伐倒的森林、一条将被铲平的古街时，至少会有一丝心痛和迟疑吧？这就有救了，最终阻止粗鲁和野蛮的，或许正是那迟疑。而它的源头，或许正是当年的某一堂课。

05 +

其实，何止语文，地理、音乐、美术、生物、历史、哲学……哪个不包含丰饶的自然信息和生命审美？哪个不蕴藏着比词条、年代、人名、因果、正反……更辽阔的人文资源和精神风光？关键看有无感受到它们，能否深情地领略并分享它们。

若连最初级的课堂都无法帮孩子立起“敬仰自然”、“尊重生灵”、“万物和平”的精神路标，当他们进入成人序列后，那些坚硬的环保口号又有何用呢？影响一个人终生价值观的，一定是童年的记忆和知觉——那些最早感动过其心灵的生命细节！

遗憾的是，我们的教育大多停留在了逻辑说教和结论灌输上，而在最重要的“审美”和“信仰”方面——做得远远不够。我们的教育太实用，太缺乏审美习惯和信仰热量了……所以，当被“广州餐桌日均‘吃猫’一万只”的新闻惊得目瞪口呆时，我突然想：这些食客也曾是孩子，也曾是学生，可谁告诉过他们人不是什么都可以吃的呢？

看过两则报道，皆和树有关——

一个叫朱丽娅·希尔的少女，为保护北美一株巨大的被称为“月亮”的红杉树，从1997年12月10日起，在树上栖居了738天，直到树的所有者——太平洋木材公司承诺不砍伐它。

在瑞典的语文课本和旅游手册中，皆可见这样一件事：1971年，斯德哥尔摩，当市政铲车朝古树参天的“国王花园”逼近时，一群年轻人站了出来，他们高喊“拯救斯德哥尔摩”的口号，用身体当盾牌，挡在那些美丽的大树前……终于，政府作出让步，地铁站绕道而行。多么幸运的树！而它们，也给新一代瑞典人撑起了盛大的精神荫凉。

几十年来，那些护树的青年，一直被瑞典民众视为英雄。

读这些故事，我被深深打动。多么充满童话色彩的心灵啊，其力量源于健康的生命知觉，源于天然的性灵和秉质。他们保卫的不仅仅是树，更是生活和生活的美学理想。我相信，这些勇敢的举动，一定与其童年启蒙有关，与早年关于树的种种童话和生命情结有关——正是那些印象刺激并召唤着他，使之奋不顾身地去行动。

十年树木，百年树人。我们的教育何以“树”不出这样的青年呢？

像树一样，郁郁葱葱、根深叶茂的人。

2002 年

茶憾

山水上，江水中，井水下。

——陆羽《茶经》

烹茶，水之功居大。

我觉得，佳水的范围大致是：有源头的水，有历程的水，有深度的水。

古代茗人的目光，即投向了这片汪野。

陆羽《茶经》说："山水上，江水中，井水下。"崇尚活水，流动良于安静，真源无味，真水无香，乃茗家共识。

流动之水——可曰泉，曰溪，曰瀑，曰江湖。

以泉为首，自无异议，但茶圣把江水排第二，则大大出我意料。观今日大小江河，哪个不黏稠暮沉、淤滞呆钝，俨然藏污纳垢之穴，谁个还敢径取一瓢饮？

《全唐诗》有一首《六羡歌》，为陆羽所撰："不羡黄金罍，不羡白玉杯；不羡朝入省，不羡暮登台；千羡万羡西江水，曾向竟陵城下来。"

念及竟陵（今湖北天门）乃茶圣故里，此歌不免有溢美之嫌。但无论如何，在这位挑剔的鉴水大师眼里，老家这条河应不负愧天下杯盏。

唐人张又新在《水记》中记载：刑部侍郎刘公讳，学识渊博，有风鉴之称，他把宜茶之水分七等：扬子江南零水第一；无锡惠山寺石水第二；苏州虎丘寺石水第三；丹阳县观音寺井水第四；大明寺井水第五；吴淞江水第六；淮水第七。并称曾亲自乘船以瓶取水，一一校验，然也。

七水中，有三水产自江河，可见唐朝的在野之水普遍上乘。

不仅千年前的野水令人鼓舞，郑板桥亦云："汲来江水烹新茗，买尽青山当画屏。"这说明，至清代，野水尚天生丽质。

有则广告，是吹捧"农夫山泉"的，我以为颇见智商，它只嘟囔了一句："有源头的水。"

有源头的水，了不起啊。现代社会，每天浇灌我们身体的水至少有几大桶，谁知它的身份和来历呢？

无源，乃水之首忌，乃水之大尴尬，亦是现代水的真相。

古人向来推崇水源："问渠哪得清如许，为有源头活水来。"朱熹称颂的水，我小尝过一勺，在闽西文公故里五夫镇，紫阳楼荷塘上游，丛中有一眼石泉，白虾翩跹，清冽有骨，妙水也。

流水家族中，溪最幼，也最生动和普及。然如今的北方，即便乡下，除了暴雨季节，溪也几乎绝迹。记得三十年前，在我童年时，虾戏蟹舞的清溪随处皆是。这些多是没有名字的溪，就像农家娃多了，懒得一一取名。

登武夷山，俯瞰九曲溪，“曲曲山回转，峰峰水抱流”，这条中国最美的溪流，在我这个北方佬眼里，已蔚为大观、洋洋若大河了，闽人真阔气啊。

幽泉迷雾、灵芝仙草的武夷，大红袍和岩茶闻名天下，在天心禅寺品之，“两腋清风起，飘然欲成仙”毫不夸张。奇怪的是，随后捎了茶叶在福州冲泡，却舌感大逊，“岩骨花香”明显丢了几分。问究竟，朋友说水之故。武夷采的是山涧天然水，福州用的是商场瓶装水，水改则茶易。

是啊，茶是有灵魂的水，灵魂的一半出自水源。不仅是茶叶这种胚芽，凡世间美好之物，无不柔弱，常招损，易受侵。

清人陆庭灿在闽西当了几年知县，精识岩茶之妙，退休后撰了本册子，叫《续茶经》，与唐朝先人作了记唱和。

他说：“煮茗之法有六要：一曰别，二曰水，三曰火，四曰汤，五曰器，六曰饮。”“别”，指茶别，不同的茶要待之有别；其次便是水了，除水源水质，他尤强调水的品鉴，其挑剔程度超越前辈，“山厚者泉厚，山奇者泉奇，山清者泉清，山幽者泉幽，皆佳品也。不厚则薄，不奇则蠢，不幽则喧，必无用矣”，又称“茶不宜近阴室、厨房、市喧、小儿啼、野性人、僮奴相哄、酷热斋舍”。

茶如君子，有洁癖，择水苛于择友。

不过，我倒为陆氏门徒忧心起来，若活至今，莫非当绝茶断饮乎？君不见江河色变，水华殆尽。即便依庭灿所嘱，汲水时跑远一点，“须遣诚实山僮取之，以免石头城下之伪”，可如今从任一城池出发，方圆百里，恐难觅一活泉。至于那趋“山幽”、避“市喧”，更无从谈起了。凡奇山险峰和藏泉之地，哪个不车水马龙、人声鼎沸？

甚器尘上，真水绝矣。

《续茶经》里，陆庭灿还有段话，虽不经意，却让我吃惊：“余在京三年，取汲德胜门外水烹茶，最佳。”

德胜门，那地儿我熟啊，其水居然最佳？

不过联想其他旧事，便也不疑了。比如一本京城谈吃的书里就说：晚清时，阜成门外的河里产大青虾，东直门外产大白虾，皆有名，菜馆趋之若鹜。

旧京还有句俗话：玉泉山的水，东直门的冰。意思是东直门一带的冰最好，老北京过去有挖窖存冰、冬储夏用的习惯。冰好，水肯定也不差啊。

真是江河日下，恍若隔世啊……

可怜天下嗜茶人，生不逢水，为时晚矣。

2009 年

桥是水的情书

桥，水梁也。

——许慎《说文解字》

在北方，有句长者讥笑后生的话：我吃的盐比你咽的粮多。到南方，这话换成了：我过的桥比你走的路多。

南方水盛桥密，以桥佐证一个人的生涯和阅历，确不虚妄。如小城绍兴，古誉“三山万户巷盘曲，百桥千街水纵横”，至清代，尚存河道六十公里，湖池近三十，石桥逾二百。再看那描绘城郭的古诗，无不渠满塘涨，水色烂漫——

据龙蟠虎踞之雄，依负山带水之胜。（南京）

片叶浮沉巴子国，两江襟带浮图关。（重庆）
五岭北束峰在地，九州南尽水浮天。（广州）
七条琴川皆入海，十里青山半入城。（常熟）

不过，前辈对小儿的上述矜夸，恐今后不宜说了。

因为水没那么盛了，水萎则桥颓。况且，桥的含义也变了。

孩提时，我用蜡笔在纸上画桥，末了，总要在下方仔细描几条曲线，象征波浪。近日观儿童画展，遇几幅桥，但觉哪儿不对劲，后倏醒：桥下无水！如今小儿画里，桥下已然是旱地街衢，车水马龙。

白驹三十年，桥的逻辑大变。水纹，被时间的橡皮擦去。

回头想，儿时的我脑子里是有定势的：水生桥，桥生水；无桥之水和无水之桥，皆为残疾。二者，天然即厮磨关系，仿佛姊妹，仿佛唇齿，仿佛伴侣。

也可以说，水是桥的魂曲，桥是水的情书。

这天设地造的姻缘，不仅是我稚时的天真，也是几千年的风物常态。

《说文解字》云："桥，水梁也。"

一句话奠定了桥和水的组合。先人搭桥，最早以木，故落"乔"音。山涧遇一独木，即显示此处并不荒凉，有人已来过。后石桥渐多起来，至明，文震亨《长物志》里说桥："广池巨浸，须用文石为桥；小溪曲涧，用石子砌者佳。"

可见在明人眼里，桥还是不脱水的，一定要以水为床，一定要娶水才行。

这部爱情，这门婚事，又是怎么散伙的呢？是桥之背叛，还是水的嫌弃？

我想，更多还是水的早逝吧。

许多古老的桥仍在，以碑的名义，曝晒于滩壁。

水已遥远，像传说，像呜咽的风。

桥，不再波粼荡漾，不再烟笼袅袅，不再青苔漉染，不再垂柳映月。剩下的，是枯石的寂寞，是风化的煎熬，是皲裂的沧桑。

犹如鳏夫寡娘。

无数新桥轰鸣降生，钢筋水泥，旱地拔葱。

现代化的天桥、高架桥、立交桥，已完全和水没瓜葛了。其墩梁，已无水淫浸之痕；其脑海，已无水之记忆。

从“跃水”到“凌空”，桥的古义已变。桥，不再是水的共栖词，不再留恋水的婚床。那条万年的丝带，涣散了。

没有爱情的桥，大概无须徘徊，甚至不值得看罢。

我从未在立交桥上散过步。它是物理的，无体温、无灵魂。你没法和它交流，一句也不想说。

老北京的地名多含桥，“白石桥”、“虎坊桥”、“高梁桥”、“双桥”……说明旧时水是很盛的。现在桥更多了，从二环到六环，每个叠叉口都叫桥，但已和水绝缘，乃彻头彻尾的旱桥，也是最让人迷路的地方。

其实不该叫桥，叫啥都行。

走在福建，最惊讶的是，八闽先人竟如此舍得在户外下功夫，那么多银子和心思都花在了桥——这种公共设施上。而桥之精美、之文气，又远超实用，真应了《长物志》里的那些讲究。

泉州古称刺桐，因海贸沸腾，有“市井十洲人”之说。在那儿，我偶遇两座宋代跨海石桥：一是当地郡守、书法家蔡襄督造的洛阳桥，长 834 米、阔 7 米，首创“筏型基础”以造桥墩，种植牡蛎以固桥基。此桥虽沐千年风雨，岿然完好。另是号称“天下无桥长此桥”的安平桥，藏于晋江安海镇，桥长 2225 米，俗称 5 里。它属漫水桥，潮起潮落，暮伏晨出，其龄仅比前者短 80 年。

洛阳桥、安平桥，其桥程和雕饰，仅走马观花就各耗我半日，尤其那五里桥，真是名副其实的长啊，幸好不断有桥亭歇息。立其上，遥想当年的烟波浩淼，先人的视界、手笔、匠心乃至消耗，皆让人动容。

古代纳富之地，必卧虹藏桥。如此浩大的石方工程和建筑标准，一千年前，除“东方第一大港”，谁还有实力和胸怀收留它们？

听说，这两座桥，都是民间集资修的。

而在福建的屏南、连城，我又屡屡邂逅世间最浪漫的桥——木拱廊桥。它们像是被鸟儿从某处叼来，突然搁在那儿似的。这些空中走廊，衔山跃水，专供旅者休憩。如今，仅屏南一地，尚存 56 座，至于早年多少，唯鸟儿知晓了。

如此深僻之地，如此精美建构，究竟要满足谁的目光，谁的验收呢？

无论海边的千年石桥，还是深山的木拱廊桥，我都钦佩那背后的完美主义和诗情画意，钦佩那打造永久性建筑的决心和定力。

它们不妥协，不打折，不偷工减料，不唯利是图。且有一共征：桥亭或桥屋，皆有记载建桥年月、工匠、董事和捐资人姓名的碑铭。为什么呢？

我猜有二：一是答谢和瞻仰，以激励过往，促人效仿；二是质量监督和舆论问责，谁直接或间接筑桥，名刻于上，或流芳千古，或速朽速亡，自个儿看着办吧。

诸桥虽逾千年却完好传世，是否和此机制有关呢？

不像现在的桥，虽说是钢筋混凝土，却这儿塌那儿陷，人走着走着就掉下去了……

而且，也没听说古时哪些桥是收费的。

桥，作为跋涉必经，是人生最珍贵的路段之一。

桥，作为露天公器，是社会最重要的标点之一。

它的质量、美丑、品格，不仅是某个地域的名片，也是一个时代的脸面。

八闽，乃朱熹朱文公故里，桥好，理所当然。

为什么好建筑都是古人造的？

为什么好文章都是古人写的？

为什么好恋爱都是古人谈的？

……

最后，想起沈从文的一句话来：

“我行过许多地方的桥，看过许多次数的云，喝过许多种类的酒，却只爱过一个正当最好年龄的人。”

说得真好，轻飘飘的一句，把人间大美都串在了一起。

沈先生去世有年，也算古人了。

2009 年

追着井说声“谢谢”

掘井而饮，耕田而食。

——《击壤歌》

“井”，一个标准的象形字。

犹如大地突然睁开了眼睛。

若没有井，人类生活会是啥样子呢？

恐怕仍是逐水草而居、顺河沿一溜排开的格局罢。

井，改变了栖息，结束了游荡和漂移，使人过上了定居的小日子。有了井，才诞生了宅，“家”一词才有了“地点”的涵义。

渐渐，井成了锚，成了根。远走他方又称“背井离乡”。

建村落，筑城池，首要事即挖一眼井。

有了井，家才有据点，人生才有地址。尔后，才有街衢和商铺，才有了社区景象。所以，民间有个代词：市井。

据说一些边寨，至今还有这样的习俗：新娘进寨后第一件事不是入洞房，而是赴井挑水，目的并非解渴，而是认井——认井即认家，或者说让井认一下这位新成员。

凡有井水饮处，即能歌柳词。

柳永和朱熹是老乡，同住闽西的五夫镇。那村子我去过，柳荷生烟，街心必遇古井，水澈见鱼，汲饮延今。少时我不懂“井饮”和“柳词”有何瓜葛，多年后才醒悟：井即人烟啊，这是在说一个人的知名度呢。

如此看来，柳永的粉丝比刘德华多，且世世代代。

北京乃胡同王国。称街谓巷的暂不算，直接叫胡同的，明代有四百，清代近一千，现今一千三百多。胡同之说，元代即有。在元剧《沙门岛张生煮海》中，张羽问梅香：“你家住哪？”梅香答：“我家住砖塔儿胡同。”砖塔儿胡同在西四南大街，至今未改名。但有件事一直折磨着史学界：“胡同”怎么成为街巷名的？这个古怪的发音究竟是何意呢？

后来研究出来了：“胡同”最初非汉语，乃蒙古语“忽洞格”的变音，而“忽洞格”的意思即“井”。建元大都时，北京一片荒野，紧挨“海子”（蒙语，意“湖”）的地盘优先给了皇宫，百姓街区则掘井吃水，渐渐因井成巷，取名时自然也不离“井”字了。

另外，有些胡同名颇让人费解，要么很难听，要么讲不通，比如

"屎壳郎胡同"、"巴儿胡同"、"碾儿胡同"、"帽儿胡同"……其实，也是蒙语作祟，意思分别为"甜的井"、"小的井"、"细的井"、"废的井"。待至明清，蒙语渐去，但被汉语修正的巷名仍恋"井"字，什么"三井胡同"、"四井胡同"、"七井胡同"、"甘井胡同"、"湿井胡同"、"沙井胡同"、"铜井胡同"、"罗家井胡同"……因叠名太多，只好将字更易，比如今天的"镜儿胡同"、"景儿胡同"、"前井胡同"，原先都叫"井儿胡同"。

着实意外啊，京城表面是胡同的天下，幕后的操盘手竟然是井。

井，谋划和布局着"城"这盘大棋。

无井则无宅、无市、无城。井，代替江河，聚拢着人气和城乡的繁荣；井之多寡，决定了社会容积和人丁数量。而且，井水和现代自来水不同，它属天赐，除了挖掘，没有后续成本，一经诞生，即和空气一样是免费的。

好东西都是免费的。

越贵重、越必须，越需要免费、越值得免费。

免费是一种伟大的现象，也是一种伟大的思想。

我常常觉得古代了不起，原因之一即免费的事物多。山让你随便登，佛让你随便拜，桥让你随便走……多一种免费，即多一份自由，人生即少一份压力。

说起免费，忍不住多唠叨一事。

"姑苏城外寒山寺，夜半钟声到客船"，一缕清冷的唐句，让寒山寺声彻天下。这钟声我从未耳闻，但一直在心里收藏、想象它，触摸那份美到极致的寂静。但从上世纪末起，媒体不断以赞许的口吻报道一创举：在苏州市旅游局的主持下，千年古刹寒山寺公开拍卖"新年钟声"，预订者踩破庙槛，首撞权的角逐尤其激烈，第一撞×××元，之后递减，逢八又涨……

闻此，我的第一反应是：那夜我若不幸过寒山寺，必捂耳猛跑，生怕那钟声追上来。

免费的钟声死了。寒山寺，让人寒心。

井有大德、厚泽，故苍生敬之、祭之。

《礼记》载："天子命有司，祈祀四海、大川、名源、渊泽、井泉。"可见，井享有和山岳江湖一样的威望。从远古起，百姓习俗中就有"五祀"说，即日常生活里要感恩的五样东西。汉班固《白虎通义》中说："五祀者，谓门、户、井、灶、中溜也。所以祭何？人之所处出入、所饮食，故为神而祭之。"各地祭井方式不同，或以桃柳枝封井（即遮蔽井口，暂停汲水），或摆果蔬洁食作贡，多择于冬至或春节，与换桃符、贴春联一并进行。不仅汉族，据说在西南一些苗寨和侗乡，人们跋涉途中逢井必祭，即便身无携物，也要捡一草标投下。

于井的尊崇，使人对之作了很多注脚，传奇不必说了（比如杭州"龙井"、长沙"白沙井"的故事），一些建筑也傍井而立，比如井栏、井碑、井亭、井龛，乃至设殿立庙，奉以香火。

有"水傣"之称的傣族，笃信人源于水、归于水，有一民谣："泡沫随浪漂，傣家跟水走。"出于对"井神"的虔敬，他们常要盖一座漂亮的井罩，或似佛塔，或似华盖，并施以彩绘和大象、孔雀等雕饰。不仅维护井身的洁净，连周边环境也要每天清扫。

在傣寨，只要找到了最精美的屋舍，即找到了井。

至今，虽然许多傣寨通了自来水，但村民仍习惯井饮，他们笃信神赐之水比管道来水要甜、要纯洁、要吉祥。

迷信的人是幸福的，只是越来越少。

为了生，人找到了井，并祈求它生生不息，恒如日月。

大概人从未料想，有一天自己会主动弃之。无数的井荒了，被铲、被砸、被填、被掩盖得了无痕迹。

大地，重又闭成了一个严肃的面孔，似从未睁开过眼，也从未向人类笑过一般。

是的，人不需要的东西，必定会死，会瞑目。

但我不能落井下石，我要饮水思源，我要追着那背影说声“谢谢”。

没有它，人至今仍在大地上游晃，以盲流的身份。所有的鸿书、异地的相思和问候，也无址可落。

它帮过我们，救过人类。

我要追着喊着哭着笑着大声说“谢谢”。

2009 年

消逝的地平线

——纪念古代“登高”

江涵秋影雁初飞，与客携壶上翠微。
尘世难逢开口笑，菊花须插满头归。

——杜牧《九日齐山登高》

有天，忽意识到，古人比今人多一股冲动：逢高即上，遇巍则攀。

奇峰巨顶不必说，即便丘峦高阁，也少有无视者，总要上去站一站，临风凭栏，意气一番，感慨几许。所以，凡山亭江楼，词赋楹句总爆满。

也巧了，古代好辞章，尤其是时空激荡的豪迈与峭拔之文，多与“登高”有关。王勃《滕王阁序》、陈子昂《登幽州台歌》、李白《梦游天姥吟留别》、杜甫《望岳》、崔颢《登黄鹤楼》、范仲淹《岳阳楼记》、岳飞《满江红》……皆为“高高在上”所得。

闲云潭影日悠悠，物换星移几度秋。阁中帝子今何在？槛外长江空自流。

昔人已乘黄鹤去，此地空余黄鹤楼。黄鹤一去不复返，白云千载空悠悠。

在古人那儿，登高眺远，既是抒怀酬志的精神仪式，又是放牧视野、孜求彻悟的心智功课。

前不见古人，后不见来者。念天地之悠悠，独怆然而涕下。

高，带来大势大象，带来疏旷与飘逸，带来不羁与宏放，带来生命时空的全景式阅读。视野对心境的营造、地理对情思的熏染，使得“往高处走”——有了强烈的召唤力，成了风靡千年的诱惑，于诗家墨客，更是一味精神致幻药。

然而，“登高”并非文人独嗜，百姓亦胸有丘壑。尤其在一个特殊日子里，更是趋之若鹜、乐此不疲，此即九九重阳的登高节。

我始终认为，这是中国先民一个最浪漫、最诗意的节日。

秋高气爽，丹桂飘香，心旷神怡，菊色暴涨……值此良辰，若不去登高放目、驰骋神思，实在辜负天地、有愧人生。

从“登高”意义上说，这几乎是个绝版的节日。今人仅视为“敬老节”，无疑让它的美折损大半，伤了筋，动了骨。

登高节、重阳节、茱萸节、菊花节，乃一回事，但我尤喜“登高”之名。

九九习俗源于战国。古人将天地归于阴阳，阴即黑暗、沉寂，阳即光明、活力。奇数谓阳，偶数谓阴。九乃阳数之首，九月初九，双阳相叠，故称重阳。加上“九”、“久”谐音，重阳从一开始便是欢愉之词。曹丕在《九日与钟繇书》中云：“岁往月来，忽复九月九日。九为阳数，而日月并应，俗嘉其名，以为宜于长久，故以享宴高会。”

后来，重阳节又繁殖出了一串新解：除凶秽，召吉祥；延年益寿，祈福求安。仪式也愈加丰富：饮菊花酒、贴菊叶窗、佩茱萸草、吃重阳糕、祭先祖、送寒衣……但有个核心不变：登高。

登高，除赏秋，亦有惜时别离之意。九九乃秋之尾，尔后草木迅速凋零，虫声偃息，万象复苏要等来年了。此时登高，将谢幕前的风景尽收眼底，将天地之恩默诵于心，颇有依依不舍和立此存念的意思。

故有人称九月登高为“辞青”，与三月“踏青”呼应。

这种对时令的感情，除了膜拜，其他很像爱情或友谊。

眼前的欢聚与热闹，会让很多人思念远客和往事，追忆昔日的葱茏年华。最感人的，当属王维的《九月九日忆山东兄弟》——

独在异乡为异客，每逢佳节倍思亲。遥知兄弟登高处，遍插茱萸少一人。

当然，对老百姓来说，寻欢仍是兹日最大主题。

今日云景好，水绿秋山明。携壶酌流霞，搴菊泛寒荣。（李白《九日》）

秋收毕，仓廪实，人心悦，少不了邀友约醉，酩酊一场。隋人孙思邈在《千金方·月令》中道："重阳日，必以糕酒登高远眺，为时宴之游赏，以畅秋志。酒必采茱萸、甘菊以泛之，即醉而归。"

辞秋，注定是一次丰盛的饯行。物质和精神，都恰逢其时。

王勃那首澎湃万丈的《滕王阁序》，即重阳宴上泼醉所致。

登高的去处，一般是山、塔、楼，所以，在一座古城，大凡能将风景揽入怀中的高处，几朝下来，皆成了名胜。对古人来说，若城内或近郊无高，是非常败兴、非常严重的一件事，至少重阳这天没法熬，无处立足。所以，筑阁砌楼便成了古建时尚，"江南三大楼"之黄鹤楼、岳阳楼、滕王阁，皆受驱于重阳雅集、登高览景的欲望，一俟矗起，则声名大噪，"游必于是，宴必于是"。

某日，走在高楼大厦的街上，我忽想：重阳那天，早年北京人会投奔哪儿呢？何处适于登高放目？

清《燕京岁时记》记载："每届九月九日，则都人提壶携榼，出郭登高。南则天宁寺、陶然亭、龙爪槐等处，北则蓟门烟树、清净化城等处，远则西山八刹等处。赋诗饮酒，烤肉分糕，洵一时之快事也。"据说，除以上各处，玉渊潭、钓鱼台也人气颇盛。而慈禧太后，去的是北海桃花山。

先人青睐这些地方，缘由莫外两点：身高和野趣。我盘点了下，清人眼里的这群高丘，如今几乎皆废，或荡然无存，或只能算平地。像天宁寺、陶然亭、钓鱼台，实在既没身高，又无野趣。天宁寺畔倒是有根比它高几倍的烟囱。

昔日的"姚明"，如今都成了小矮人。当代京民若过登高节，恐怕得去爬香山或央视转播塔了。鉴于空气清洁度，能瞅多远尚未知。

有年去福州，夜宿于山上宾馆，当被告知卧榻之侧即著名的于山和白塔时，心中甚喜，顿觉夜色阑珊、地气充沛，睡得特香。翌日拉开窗帘，我大吃一惊，那传说中的于山不过一土丘，连塔算上，高度也不及对面一栋楼。虽沮丧，但我清楚，这是心理落差所致，预期越大，失落越重。

千余年来，福州的地标即“三山两塔”，你在城里任一角落，皆可望见这三加二的全景图。历代画家绘福州，只要择五点之一摆画案，出来的全是鸟瞰图。

我想，古时九月九，“三山两塔”必是糯酒飘香、万头攒涌罢。

现在，福州人该去哪儿呢？

我看过记载，至清末，各地的“登高会”依然盛行，长沙的岳麓山、广州的白云山、武汉的龟山、南昌的滕王阁、西安的雁塔……都是著名的雅集地。连素无丘山的上海，也把沪南丹凤楼及豫园大假山作为“高枝”来攀。

啰嗦了这么多，我究竟想说什么呢？

其实我想说，从前人的心目中是有“高”的，尊高、尚高、仰高，“高”对其人生步履和精神移动有股天然引力，有种欲罢不能、鬼使神差的诱惑。而且，先人所涉者，多为在野之高、山水之高、天赐之高。先人不仅慕之趋之，也忠实地护高、养高，捍卫身边的高物，不敢随便削弱和降低它，不敢做有损它尊严和荣誉的事。

还有一点，即他们自然之子的秉性，灵魂里的那股酒意。

在对时季的敏感、光阴的惜怜、与自然对话的天赋及能力上，今人皆比先辈逊色得多。不仅迟钝，而且寡情。

把重阳节改成敬老节，是文明的粗暴，是生存美学的大损失。

当沥青覆盖了旷野，当城市沦为蔽日峡谷，当石阶变成电梯，当丘山被逼得纷纷自杀，当天然之巍被夷为平地、化为砖头水泥，当世人和媒体眼中只剩下“珠峰”……登高节，只剩一个遥远的背影。

我们的刻度变了，视觉和灵魂，刻度都变了。

我们所用的尺码，和欲望一样，肥大而粗陋。

我们睥睨天下，肆意地规划任何想要的海拔。

小时候，老师解释“地平线”，我马上就懂了。不久，它即出现在了我的作文里，那是日出日落的地方，那是“远方”的代名词。今天，城市的小朋友，谁见过地平线？我跑去问邻居的孩子，他拼命摇头。

在心里，我向古代那些平平仄仄、不起眼的“高”致敬，向蚂蚁般倚石扶树、跌跌撞撞的醉客们致敬。

我还要向那漫山遍野赤裸裸的笑声致敬。

还要向一坛坛躺在深秋里的菊花酒致敬。

我醉了。恍惚看见了刘伶、嵇康、阮籍……

2009 年

周 际 摄

湮灭的燕事

笙歌散尽游人去，始觉春空。垂下帘栊，双燕归来细雨中。

——欧阳修

01 +

每逢“雀巢奶粉”、“雀巢咖啡”，总念及失散多年的燕窝。

我最近一次遇见它，约八年前，在北京白塔寺附近，电视剧《四世同堂》曾拍摄于此。途经一门楼时，忽闻一缕怯怯的叽喳声，像从雾里钻出来的。至今，那声音犹在耳畔，难以名状，却是对“呢喃”的最好注释。循着那声，我瞅见了久违的燕窝，在门楼内侧的横梁上。

我笑了，是一簇嗷嗷待哺的雏燕。

朱门虚掩，有副对联：翩翩双飞燕，颉颃舞春风。

横批：非亲似亲。

好一户知书达理、其乐融融的人家！在那盆燕窝下，我翘望了半天，舍不得走。分手时，想起一首儿歌："小燕子，穿花衣，年年春天来这里……"想必，这家小主人也是天天唱的罢？

燕窝最堪称"呕心沥血"。

它是点点滴滴吐唾的结晶。其址选于檐下或梁上，雌雄双燕含辛茹苦地衔来泥粒、草茎，以唾液将之凝成碗状，内垫软物，一个家便落成了。让人垂涎的名肴"燕窝"，乃燕族中金丝燕和雨燕的家，据说采摘时，常见巢畔咯血滴红，甚至有亡燕陈尸，皆劳累所致。燕之心血、津唾、爱巢，经人的腹欲幻变，竟成了美味、珍馐。

一个半世纪前，欧洲战乱，因营养不良，婴儿夭折率很高。一位叫亨利的瑞士男子心急如焚，他将鲜牛奶和谷米粥混合，发明了一种雏儿饮品，无数饥饿的童年被拯救。不久，亨利创办了一家食品公司，冠名"雀巢"。此后经年，公司越做越大，屡有人提议更名，皆被亨利家族拒绝。

何以对小小雀巢如此钟情呢？我想，大概因意象之美吧。巢，总是触发人们对"家"、"哺乳"、"温情"、"安全"、"信任"等的联想。

巢，一个高浓度的爱词。

三年前的一个冬日，再过白塔寺，我大吃一惊，旧街拆迁，一片狼藉。

那栋曾让我眷恋的门楼也不见了，只剩歪倒的石礅。

心里一阵惘然，试想，数月后某个春日，当南徙的旧燕如约归来，这儿将上演怎样的情景……

古时候，人常把山河羁旅、家国破碎的黍离之情与燕事连在一起，像什么“暗牖悬蛛网，空梁落燕泥”、“满地芦花伴我老，旧家燕子傍谁飞”，而燕的心境，却少有人揣度。面对故园颓毁、梁栋无踪，那寻寻觅觅的徘徊、声声断断的哀鸣、空空怅怅的彷徨，又寄与谁呢？

我不敢想象归燕的神情了。它还蒙在鼓里，不知千里之外的变故。愿它迷了路另投他乡吧，转念一想，不对，燕子记忆力极好，且天性忠诚。

“燕子归来衔绣幕，旧巢无觅处”，这一幕注定要上演。

02 +

鸟族中，与人关系最密的当属燕，尤其是家燕。

它用近在咫尺、同宿共眠的依依亲昵——证明了人间原来并不可怕。

它以登堂入室、梁上君子的落落大方——证明了市井的慷慨与温情。

> 翩翩新来燕，双双入我庐。（陶渊明）
> 自喜蜗牛舍，兼容燕子巢。（李商隐）

燕身俊长，背羽蓝黑，故称玄鸟。它翅尖尾叉，开合似剪，欧洲“燕尾服”就汲此灵感。唐人李峤，淋漓刻画了其形神：“天女伺辰至，玄衣澹碧空。差池沐时雨，颉颃舞春风。”古诗文中，燕几乎是被歌咏最多的，“燕”字被召入名氏的频率也最高。

师从物性，向自然学习，乃古人惯常的精神功课。燕的貌态和习性，不仅给人带来审美愉悦和灵感，更在思想与伦理上刺激和提携着人心，成为一支重要的人文资源。这一点，从其称呼中即可显现：春燕、征燕、归燕、新燕、旧燕、喜燕、劳燕、双燕……

几处早莺争暖树，谁家新燕啄春泥。（白居易）

燕子不归春事晚，一汀烟雨杏花寒。（戴叔伦）

相传，燕于春天社日北迁，秋天社日南徙，所以，它便成了惜时的最佳情物。

南来北往的疾行之色，给燕披上了一抹吉卜赛气质，你可感伤为游民的动荡与颠沛，亦可领会成人生的诗意与辽阔。尤其于现代国人，这种天高任鸟飞的流畅，这种免户籍之扰的自由，招人羡慕。

看来鸟事比人事简单，自然比人际宽容啊。

燕的归去来兮、巢空巢满，更从行为和心灵美学上，渲染了人世的悲欢离合。早在《诗经》年代，人即以燕事比喻送嫁，“燕燕于飞，差池其羽，之子于归，远送于野”（《邶风·燕燕》）。尤其是燕的万里识途和履约而至，更让人生出欣慰和暖意，正像杜甫《归燕》所赞：“春色岂相访，众雏还识机。故巢傥未毁，会傍主人飞。”

在恋旧、忠诚、守诺等情操上，燕比犬执著，比人可信。

而且，燕的归来，以千山万水为脚力成本，更让人感动。

人对燕的宠幸，还有一大缘由：情爱审美。

鸟族中，燕是出了名的勤勉，除筑巢之累，更体现在哺雏之劳上。

片片仙云来渡水，双双燕子共衔泥。（张谔）

晴丝千尺挽韶光，百舌无声燕子忙。（范成大）

白居易的《燕诗示刘叟》描绘更详：“梁上有双燕，翩翩雄与雌。

衔泥两椽间，一巢生四儿……须臾十来往，犹恐巢中饥。辛勤三十日，母瘦雏渐肥。喃喃教言语，一一刷毛衣。”

而且，这份伟大的家务，离不开一个字：双。一夫一妻制的燕子，素以恩爱著称，视觉上的颉颃翩跹、出双入对，经人的情感镜片过滤，即成了相濡以沫的伉俪之美。

这种生儿育女、如胶似漆的情态，怎不撩人心呢？

“思为双飞燕，衔泥巢君屋”、“在天愿作比翼鸟，在地愿为连理枝”……动物伦理，就这样深深鼓舞并提携着人的伦理。

祥鸟、瑞鸟、爱情鸟的地位，就这样定了。

03 +

燕藏春衔向谁家。

几千年里，人一直把燕访视为大吉，欢天喜地恭迎，小心翼翼地侍奉，不仅宅第开放，檐梁裸呈，甚至夜不闭户。一方面民风敦厚，治安环境好；一方面燕子勤早，方便其外出。

在闽南乡下，见民居两耳有高高翘起的飞檐，颇有“细雨鱼儿出，微风燕子斜”之象，一打听，原来叫“双飞燕”，真是形神兼备。我想，模仿即热爱吧。

莺莺燕燕春春，花花柳柳真真，事事风风韵韵。

在人类栖息史上，喃语绕梁、人燕同居——堪称最大的佳话与传奇。在我眼里，这甚至是比“风水”更高的自然成就和美学理想，乃天人合一、安居乐业之象征。

然而，随着院落平舍被取缔、高楼大厦之崛起，一个颠覆性的居住时代降临了。开放变成了幽闭，亲蔼变成了严厉，盛情变成了冷漠，慷慨变成了吝啬……

这注定了做一只当代燕子的悲剧。

这远非“旧家燕子傍谁飞”的问题了，而是无梁可依、无檐可遮、无台可歇、无舍可入。

杜牧在《村舍燕》中道：“汉宫一百四十五，多下珠帘闭锁窗。何处营巢夏将半，茅檐烟里语双双。”是啊，既然殿堂紧闭，那就改宿乡墟吧，野舍虽简，却不失温暖。可对一只现代燕子来说，却没这份幸运了，无论城乡，皆为冷酷的窗户和铁蒺藜的防盗网。

人在囚禁自己的同时，也羞辱了燕子的认亲。

燕和贼，面对一样的难题，陷入相似的境遇。

人居的封闭式格局，意味着燕巢的覆没。

“卷帘燕子穿人去，洗砚鱼儿触手来”，流传了几千年的燕事，真要与人烟诀别了吗？若此，于人又有何损失呢？

多是务虚的失落，比如风物景致、美学意境上的，比如少了端详燕容的机会，少了托物寄情的对象……总之，不外乎诗意的减损，于极端务实和糙鲁之心，当然不算什么。

不知人祖是否与燕族有过长相守的誓盟？

炊烟的升起、茅舍的诞生，孕育了人燕厮磨的习俗，如今却闭门谢客，这算不算背信弃义和严重毁约呢？

是人类不忠，还是人在背叛自己？背叛自己的童年和发小？

04 +

无可奈何花落去，似曾相识燕归来。

最近一次邂逅燕，是在初春的郊野。稀稀拉拉，像几粒黑柳叶，随电线一起飘忽……在我眼里，那影子是忧伤、茫然的，是失魂落魄的。

世界究竟怎么了？

它不会懂。它所能做的，只有修改自己。

它要修篡上万年的家族遗传，改变栖息习性，学会风餐露宿……并用几千年的光阴去调教子嗣，将骨子里与人为邻的基因一点点剔除、涤净，恢复远古的流浪，恢复它在猿祖裹树叶、住山洞那会儿的天性。

呜呼，安得广厦千万间，大庇天下“燕士”俱欢颜？

2009 年

荒野的消逝

——兼致"哥本哈根"气候大会上的哭泣

我们没有创造这个世界，我们正忙于削弱它。

我们需要找到如何使我们自己变得小一些，不再是世界中心的办法。

——比尔·麦克基本

01 +

早上跑步，遇到件有趣的事：园子深处有一条僻径，两畔是大树和灌丛，少有人涉，我跑过去时，一切正常，可原路折返时，忽眼前一晃，一条亮晶晶的丝拦住去路。我呆住，一只大蜘蛛正手忙脚乱。

原来，趁我来去的间隙，它已在两棵树之间设下埋伏。我不敢惊扰这桩阴谋，在欣赏够了这个自以为是的家伙后，我吹起口哨，绕道而行。

这给了我一天的兴奋。此后，我热爱起这个园子——此前我并不欣赏她过度修饰和文明的外表。因为在那种整齐的美之下，仍活跃着一缕野性的能量，使之每个瞬间都充满未知、偶然和动荡，尽管微弱、隐蔽，甚至被忽略不计，但在我心里，它已扭转了这园子的气质。

很显然，上述快乐并非源于邂逅蜘蛛，而是一份叫“野”的元素给的。这份“野”代表着一种诞生了亿万年的原始力量和生物激情，它在文明之外，在“时代”、“社会”、“人间”等概念与内容之外。我亢奋的秘密在于：我撞上了大自然的力。蜘蛛要俘获的不是我，但等来的却是我。在它眼里，我和它是平等的野物——荒野的成员，我为突如其来的“平等”所晕眩……我被蜘蛛的逻辑粘住了，我被它邀请和一视同仁了，它奖励了我一个古老身份，一个和文明无关的洪荒身份……这是值得大声欢呼的。

当然，这有非分之想的成分。在北京这座大城市的腹部，向一座人工园子索取更多野趣，无论如何显得矫情。

02 +

这个细节还激起了我对“野性”的遐想。

何谓野性呢？为何人们一边毫不犹豫地清剿着身边最后一抹野趣，一边又憧憬着“可可西里”、“罗布泊”式的荒凉？

美国环境学家霍尔姆斯·罗尔斯顿说：“每一条河流，每一只海鸥，都是一次性的事件，其发生由多种力、规律与偶然因素确定……例如，一只小郊狼蓄势要扑向一只松鼠时，一块岩石因冰冻膨胀而松动，并滚下山坡，这分散了狼的注意力，也使猎物警觉，于是松鼠跑掉了……

这些原本无关的元素撞到一起，便显示出一种野性。”我觉得，这是对野性最好的阐述。野性之美，即大自然的动态、偶发和未知之美，它运用的是自己的逻辑，显示的是蓬勃的本能，是不受控制和未驯化的原始力量。它超越人的意志和想象，位于人类的经验和见识之外。

在北京，有一些著名的植物景点，像香山的红叶、玉渊潭的樱花、北海的莲池、钓鱼台的银杏……每年的某个时节，报纸电视都要扮演花媒的角色，除渲染对方的妖娆，还叮嘱寻芳的路线、日程、方案等细节。比如春天，玉渊潭网站的访问量就会激增，关于早、中、晚樱的花讯，像天气预报一样准。美则美矣，但这种蜂拥而至的哄抢式消费，尤其是被人工“双规”——规定时间、规定地点的计划性绽放，再加上门票交易环节，使得这一切酷似一场演出……除了印证已知，除了视觉对色彩的消费，它不再给你额外惊喜。所以，这些风物我涉猎一次后，便没了再访的冲动和理由。

日子长了，诸景在北京人心目中，便沉淀为一种季节印象，甚至代指起时间来，如很多文章开头会写：“当香山枫叶红了的时候……”“玉渊潭的樱花又开了……”这样的花开花落，呼应的是旧闻和经验，精神上往往无动于衷。

种植型风景，本质上和庄稼、高楼大厦一样，属人类的方案产品和预定之物，乃劳动成果之一。它企图明晰、排斥意外、追求秩序和严谨，如玉渊潭樱树，每一株都被编了号，依品种、花期、色系、比例，分配以特定区域、岗位和功能，总之，这是一套被充分预谋和策划的美学体系，像鸟巢升起的奥运焰火，其“盛世”颂语早就被一笔一画灌注在了火药配方里。一个人注视绚丽焰火，和瞥见天际流星，感受截然不同，前者是工程之美，后者属野性之灿；前者你可以夸奖张艺谋，而后者的导演是大自然界，你无从感激，只会对天地萌生敬意。

荒野的最大特征，即独立于人的意志之外，它和文明无关。

有一次，指导闽台合作一档电视旅行节目，用我的话说，这是一个逃离都市的精神私奔者的系列故事。其中一期是云南，有一镜头：台湾主持人在路边摘了一朵花，兴奋地喊：野玫瑰！我说：你若能发现一朵“不知名的花”就好了。说白了，一个带观众去远方的背包客，我希望她走得再狂野和不规则一些，能采集到大自然的一点野性，能邂逅更多的未知与陌生，如此，才堪称“在那遥远的地方”。远方的魅力和诱惑，即在于其美学方向和都市经验之相反，而玫瑰一词，文气太重，香水味太呛鼻了——它顶多会让我想起情人节、酒吧或花店，它甚至扼杀想象。

03 +

我们眼中的“世界”是什么样子的呢？

对一普通人来说，环绕身边的，几乎全是人类自己的成就：城乡、街巷、交通、社区、学校、医院、规则、法令……其实，世上还有一种成就，即“大自然的成就”：山岳、湖泽、沙漠、冰川、生物、森林、矿藏、气候，甚至人本身亦是大自然的成就之一。遗憾的是，21 世纪的人类，正越来越深陷这样的处境：我们只生活在自己的成就里！

这一点，留意下身边即可被证实，除了农田和牧场，几乎所有地表都像书封一样被覆了膜，或水泥或沥青或瓷砖。在北京城，你几乎凑不齐一盆养花的泥土，除了专职绿地，连一片自主呼吸的裸地都难找。这些年，蝉鸣稀疏，即因为大地被封死了，蝉蛹无穴可居，无地气可养。原生态的自然初象，在人类的主流栖息区，已难觅其踪。我们似乎总难遏制这样的欲望：在所有的自然成就之上覆盖以人类自己的成就！此游戏就像小孩子朝树上刻名字。比如乐山大佛、龙门石窟、泰山崖刻，比如高山索道、观光缆车、张家界肩扛的贺龙公园，也许人类清楚，唯自然才永恒，所以凿山劈崖、以石塑身，借大自然的成就——彰显自己的事迹。再比如发生在长江三峡、雅鲁藏布江、喜马拉雅山、南北极乃至月球上的事……无非是旨在“鬼斧神工”上再加一把人类自己的斧子。

我们似乎坚定地以为，所有的自然成就皆为人类成就的基础和原料，皆为人类生产力的试验场。如今，绝大多数动物，已进入人类——这种特殊动物的笼子或牧栏，唯极少幸运者，仍栖息在纯粹的大自然成就里——而寄存这项成就的荒野，正愈发萎缩，逃往极度虚弱的边缘。“可可西里”即一个招魂的象征，它意味着远方、神话、美丽和寂静，也意味着孤独、凋零、诀别与尾声。

我想，人类也许还有一种成就的可能，亦堪称最高成就：保卫大自然成就的成就。

只是，留给人类建功的机会和时日，恐怕不多了。

04 +

“飓风、雷暴和大雨已不再是上帝的行动，而是我们的行动。”比尔·麦克基本在《自然的终结》中说道。

有则电视广告，主角是一只快被淹死的北极熊。擅游的北极熊会溺水？是，因为无冰层可攀了，再过二十年，北冰洋将成为北水洋，只剩下水，无情之水。科学家预测，按现今温室速度，乞力马扎罗的雪将在十几年后消逝，对这座伟大的赤道山来说，那抹白色披肩不仅是“在野”之美，也是神性象征。在我眼里，这悲剧不亚于马克思被剃了胡子，没了它，伟人的尊严和标识荡然无存，那会是另一个人，谁也不敢与之相认了。2009 年 10 月 17 日，印度洋岛国马尔代夫上演了一场被称为“政治行为艺术”的悲情剧：总统纳希德和 14 名内阁部长佩带呼吸器，在六米深的海底举行了一次内阁会议。研究报告称，若全球变暖趋势不减缓，本世纪内，这个由 1192 座小岛组成的国家将被海水淹没。此举一个多月后，喜马拉雅山也上演了类似的一幕：出于对冰川融速的忧愤，尼泊尔总理与二十多名内阁部长，戴着氧气罩，空降在海拔 5242 米的珠穆朗玛峰地区，不远处，正是各国登山者冲击峰顶的大本营。而几天后，在丹麦哥本哈根，在这届被称为“拯救人类最后机会”的全球气候大会上，一位斐济女代表在演讲中失声痛哭，因为她的家乡——那个以碧海蓝天和棕榈树著称的岛国，已四面楚歌、岌岌可危……

这些都是人类成就杀死自然成就的显赫事例，而隐蔽的个案，即每天发生在眼皮底下的常态细节：减损的湖泊、荡平的丛林、削矮的山头、人工降雨和催雪、被篡改结构和成分的土壤、时刻消逝的物种——就在人们热望大熊猫、藏羚羊、白鳍豚这些明星动物时，大量鲜为人知的生命体，正黯淡陨落。若有上帝，恐怕每天都在忙于一件事：主持死难物种追悼会并敲响丧钟。

其实，在情感和审美上，现代人并非歧视自然成就，恰恰相反，人们酷爱大自然，像张家界的旅游口号即“来到张家界，回归大自然”(所以我对那个贺龙公园的创意感到惊愕)。我们把离开自己的成就去拜谒大自然的成就，叫“旅游”。对于荒野，大家更是心仪，那么多人被野外观鸟、西域探险、尼斯湖怪兽、普罗旺斯传说、汽车拉力赛搞得神魂颠倒，甚至绞尽脑汁地复制与虚拟，比如越野车“有熊出没”的图标，比如高尔夫和沙滩体育，其最大诱惑即在于提供幻象，让人误以为自己是在野地里玩耍——即便是伪造的“野”，也令人亢奋。

只是人类的另一种能量——物质和经济欲望、征服和掘取欲望、创造和成就历史的欲望、无限消费和穷尽一切的欲望，太强烈太旺盛了。这导致人们一边争宠最后的荒野，一边做着拓荒的技术准备；一面上演着赞美与愧疚，一面欲罢不能地磨刀霍霍。这种身心矛盾和精神分裂，情形上就像戒毒。

比尔·麦克基本在《自然的终结》中说："我们作为一种独立的力量已经终结了自然，从每一立方米的空气、温度计的每一次上升中都可找到我们的欲求、习惯和贪婪。"

从"香格里拉"情结到"可可西里"现实，精神上的缥缈务虚与操作上的极度实用，自然之子的谦卑与万物君主的自诩…… 人类左右开弓，若无其事地扇自己耳光。

05 +

在人类的世俗辞典中，"野地"一直被视为生产力的死角和"文明"的敌对势力。的确，肉眼望去，野地杂乱无章，不承载任何生计资源和经济利益，故人们一有机会即铲除它，像一个农民，瞅见庄稼地有杂草即不舒服，即欲拔之，这堪称"文明的洁癖"。该洁癖的后果，即我们的生活视线内，尽可以有精致的绿地、苗圃、植物园，却不能容忍一块天然野地。

> 人们常常将土地和野地混为一谈。土地是玉米、冲蚀沟和抵押生长的地方，而野地是自然的性格，是自然的泥土、生命和天气的集体和声。野地不识抵押，不识各种机构……贫瘠的土地可能是富足的野地，只有经济学家才会将物质的丰饶等同于富足。（阿尔多·李奥帕德《沙郡年记》）

是啊，该换一种更辽阔更积极的眼光看野地了。

当然，野地应有它正确的位置，尽量不要与环境美学和人类的文明体系相冲突。比如，若天安门广场故意留一块野地，我想，连最极端的绿色主义者都不会赞成，因为没有功能和意义。但若它出现在京郊的密云、怀柔或延庆，那价值可能性就有了。

从北京的中央商务区出发，向西南开车不到两小时，即周口店猿人遗址，“北京人”头盖骨化石即发掘于此。在那儿，你会用肉眼确认一个教科书上的事实：野地才是人类的故里。繁华的北京，连一根杂草都难找到的都市，可几千年前，它有个野性的名字——“蓟”。何谓“蓟”？《本草纲目》有记，一种叶齿锋利的野草。我个人以为，承认自己是猴子变的，承认自己是大自然的成就，深信并时常念叨这一点，对人类的精神和伦理成长很重要。我略感遗憾的是，周口店只给祖先保留了洞穴，却没有一片真正的荒凉与之匹配。山洞给人的印象，与其说是猿人故居，不如说是考古车间，你觉不出原始空间的荒凉、祖先的体温和气场，原因即周边缺少野地，或者说野得不够，使它和文明之间缺少一堵天然屏障，现代元素的干扰太多了。其实，中国最具现代性的都市，若毗邻一片相对纯粹的荒凉，无论从景观美学还是生态记忆上看，这种映衬和互补，都是一种优秀的环境理念和追求——自然成就与人类成就的珠联璧合。

06 +

我以为，野地有两种：“乡野”和“荒野”。

那种小额的、与文明为邻的、可接纳人类考察和访问的野地，谓之“乡野”。乡野有个重要的美学功能，即它可成为城市文明的镜像——就像一个异性伙伴，作为距人类成就最近的自然成就，它能给人带来异体的温暖、野性的愉悦、艺术激励乃至哲学影响。

> 这些山脉的能量不仅流注到我们的物质生命中，也流注到我们的精神生命里。这湖边的荒野上，既有我的孤独，也有我与自然的互补。个人在荒野中最负责任的做法，是对荒野怀有一种感激之心。（霍尔姆斯·罗尔斯顿）

> 我们生于一个野蛮、残忍，同时又极美的世界。我珍视这样的渴望，即有意义的成分将居主导，并取得胜利……有这么多东西满溢我的心：草木、鸟兽、云彩、白昼与黑夜，还有人内心的永恒。我越对自己感到不确定，越有一种跟万物亲近的感觉。（卡尔·荣格）

我想，这种“跟万物亲近的感觉”，即重新确认自己属于大自然——把自己送回去，把精神和骨肉送回大地子宫——唤醒生命的本来面目和自然身份——进而与世界团圆的感觉。相反，一味推崇人的社会属性和文明高位，犹如无本之木、无源之水，会导致生命与母体在灵魂上失散，人与万物在精神上脱钩。

那么，何谓“荒野”呢？

荒野是一种广袤的独立于文明之外，有洪荒和永恒品格的处女地。那是纯粹的自然成就，人类尚未染指，其基本形态和内在逻辑与亿万年前没甚区别。在人类语境里，它有一个略带贬义的称呼——“无人区”。文明诞生前，世界皆荒野，猿祖仅是寄生其中的普通一员，和草丛中的蚂蚱无异。直到人类身份确立，开始了拓荒运动，荒野才有了独立涵义，并作为“文明”的对峙价值和反向力量而存在。如果说荒野是人类的故乡，那文明则是荒野的天敌。正是文明所代表的人类利益，不断围剿和削减着荒野，将之推向遥远天际，推向落日的地平线。

荒野乃排斥“人间”的一个词。它有着洪荒的寂静与安详，代表着上帝原配的秩序，运行着史前的逻辑和原理。它拒绝道路，拒绝时间和语言，拒绝领土概念和归属之争，拒绝地图、民族和政治（若人类不打算剥削它，其政治归属就毫无意义。“版图”、“领土”只对占领和统治等功利欲望才有价值，纯正的大自然则无视这些，就像一只海鸥和鲸鱼不会有国籍）……它拒绝一切文明的因子，只承接人类的想象、暗恋或敌视。连“可可西里”都算不上及格的荒野，因为在那儿，正频繁出没着它的破坏力量和保卫力量——严格地讲，保卫者也是其天敌。

正像霍尔姆斯·罗尔斯顿所说：“荒野中没有英语或德语，没有文学或交谈……既没有资本主义也没有社会主义，既没有民主也没有君主专制。荒野中无所谓诚实、公正、怜悯或义务。荒野中也没有什么人类资源，因为资源像靶子或害虫一样，只有当人们某种兴趣被唤起时才存在。”

07 +

荒野如此独立，执行着如此自我和内在的尺度，对人类又这般冷漠，那它还有积极的价值和意义吗？

当然有，它保留着地球亿万年的密码、基因和神奇，它是一切生命的图腾和母巢，它存在的合理性远大于我们和我们的想象。

试听一下霍尔姆斯·罗尔斯顿的声音吧——

> 这里有光与黑暗、生与死。这里有几乎永恒的时间，有存在了二十亿年的一种遗传语言。这里有能量与生物进化……这里有肌肉和脂肪、神经和汗水、规律与形式、结构与过程、美丽与聪明、

和谐与庄严……荒野是生命最原初的基础，是生命最原初的动力。

这是个浪漫的回答。也只有这种浪漫，才配得上回答，才敢于和能够回答。这是实用主义和技术主义难以理解的。罗尔斯顿使用的是一种突破人类边界的“大地伦理”——它不再以人类利益和价值观为尺度，不再考虑人类得失，不再引入争议和谈判，甚至不再运用证据和知识，或者说，它认为荒野乃上帝之物，有着天经地义的神性价值和自在意义。

爱德华·阿贝说：“你可以认为地球是为你和你的快乐准备的，但若连沙漠也是你的，它为何只备很少的一点水？”人们常悲愤地追问为何一些王朝和古堡在沙漠里悄然蒸发了？其实真相并不神秘，只需请教一下那些土著——比如胡杨树和骆驼刺即可。像人这样大消耗量的种群，之于资源匮乏的沙漠，本身即负重超载，沙漠并不支持其大额存在。任何部族的消亡都死于自身的迷途和误入，无论它怎样一度兴旺，也只是错觉，它已透支了未来。

在这个世界上，有些资源并不供人消费，也无须人类命名和确认。像日月星辰一样，它们有自在的意义、目标和使命。人最恰当的态度，就是以远眺的方式保持敬畏和憧憬；而人唯一获得的，就是一片原始圣地在内心激起的美好情愫和宗教暖意。

08 +

按有限消费与合理需求的原则，人类的“拓荒时代”早该结束了，早该进入“护荒时代”和“崇荒时代”了——即以捍卫自然成就为自身成就的时代。

我们晚了吗？

是的，有点。

因为我们不仅超额完成了“拓荒”，还干起了“灭荒”的勾当。

看看这个时代吧，我们已不仅将荒野放逐天涯即收手，还赶尽杀绝，欲将整个地球包括大气层都变成沸腾的“人间”。也许我们并不想如此，但事实上正不折不扣地这么干着。有探险者在沙漠中遇难了，我们在其倒下的地方竖一块碑，刻几行字，既表彰人类的勇敢，也算替同胞复仇——在我看来，这碑和一只乱扔的饮料瓶没区别，它们都侮辱并杀死了荒野的纯度。

眼皮底下，我们如火如荼的文明和蓝图，几乎消灭了所有的乡野。

而在远方，我们的征服欲、好奇心、成就感，正让荒野奄奄一息。

“如果一个国家毁灭了其 98% 的天然荒野，却还在打余下的 2% 的主意，在想这点荒野是否太多余了的话，那这个国家的价值观真是发疯了。”霍尔姆斯·罗尔斯顿说。

有组不伦不类的词，叫“征程”、“进军”、“开拓”，除誓师大会，每次朝未知领域出发，人们都会像挥斧一样舞动这些词。人类语境中，它们似乎永远高尚，代表着正义的擒获、真理的探取，但就是这些词，却暗含杀气腾腾的掳掠意味。

我们所有行动的出发点，皆在于把自己当成地球上唯一的合法业主，事实上，这正是人类怒斥的王道威权和纳粹主义。从大自然系统中抽身出来，封许自己至上的生存特权，这是人类最沉重的精神堕落。文明的悲剧，即始于此。

我们现在所干的一切，我们的挥霍水准，差不多是以一千个地球为假设库存和消耗前提的，但事实是：只有一个地球！

09 +

再过几十年或上百年，纯粹的大自然成就还有吗？

若地球只剩下人类的成就，只剩下人类自己生儿育女，那一定是最卑劣的成就、最丑陋的儿女。

> 我们不想牺牲天然的多样性以换取有序，不想以牺牲精彩的自然历史来换取系统性。我们要的是带有偶然性的恒常性。野性似乎有显得混乱、从而影响自然历史成就的危险，但这最后的荒野，恰恰增强了自然历史的成就，并给新的成就加上了一种兴奋。（霍尔姆斯·罗尔斯顿）

说人类意识不到危机，是不公平的。但危机之下，那些僵持的谈判与激烈的争吵又显得不可理喻。争吵的原因，不外乎地区私欲和政治博弈，不外乎资源的控制与瓜分、责任的推卸与转嫁。这些年来，从围绕《京都议定书》的种种扯皮到"哥本哈根大会"面红耳赤的撕咬，都让人类的西装领带和所谓的"文明"蒙羞。

面对巨量的物种消逝，埃利希夫妇曾哀泣："地球是一艘由人类驾驶的飞船，物种是这艘船上的铆钉，使物种灭绝，犹如恶毒地把铆钉敲掉。"虽然我不同意"人类驾驶"之喻（我认为是上帝驾驶或无人驾驶），但地球万物搭乘唯一的"生存共同体"和"命运共同体"，则是事实。不同的洲际、民族、国家，也许分处不同舱室和床位，但船只有一艘，前途只有一个，任何只顾舱位不顾船体的私欲，都是愚蠢而可悲的。

二十年前，《自然的终结》一书的作者写道——

如果有人对我说，2010年世界将发生极其不幸的事，我会在表面上显示关切，而潜意识里把它撂到一边。

10 +

惠特曼说："每当我遇到极为悲痛和苦恼的事，总是等到夜晚，走到户外星空下，以求得无声的满足。"

而星空，正是天上的荒野。

我常觉得，世人的烦忧，也许在于太倚重"人间逻辑"，太在意文明和习俗编撰的游戏程序，太迷信那些鼓吹价值观和伦理观的生活小册子了，所谓成败、正反、得失、荣辱、功过是非、幸与不幸……我理解川端康成的那句话："如果一朵花很美，那么，我就有理由活下去。"我觉得这是跳出了"人间"、"世事"框架的彻悟，他突然意识到了生命的另一身份：花朵身份，生物身份。他意识到了自己的"小"，和草木鸟兽一样的小小的自然身份。正是这种触地接壤、和泥土交融的感觉，让灵魂如释重负，不用再在如风世事中荡秋千了。

我凝视过一些古老的树。我早年念书的地方——山东曲阜有2500年前的柏树，每次用掌心去抚触沧桑的树皮，感受其体温，揣摩其内部的年轮，我都隐隐动容。想想看吧，这样一棵树，它足以看着人类从幼儿到成年，从摇摇晃晃的学步到傲慢的航天发射……无数的时空，全部的文明，所谓的博大精深的事物，都在一棵树的眼皮底下发生，犹如荒野中一群直立动物的玩耍。就像折子戏，你方唱罢我登场。再重大的历史，在一棵树眼里，也和一群顽童玩狗尾巴草无二……每想到这儿，我即觉得体内悄悄发生着变化，有一种倏醒、激活和畅通的感觉。古代、现在、未来——阻断的线路突然接上了，某种电流正驶过你，离生命和时空的真相越来越近。不用多余的言说，不用表达你的获得，而你明明获得了。

11 +

很多时候，“野地”能提供生命的另一种向度，一种超越时空和经验的能量。那是一个清静而安详的空间，和亿万年前没大区别。越往深处体味它，它对你的滋养和浸润越浓，那种古老和原始给你的震惊越大……当你重返“人间”时，肉体和精神往往焕然一新。

1792 年 7 月 2 日，黑格尔在给女友的信中说：“我时常逃向大自然的怀抱，以便在这儿能使我跟别人——分离开来，从而在大自然庇护下，不受他们的影响，破除同他们的联系。”

黑格尔投奔的，无疑是“乡野”。

想想那样一幅画吧：在虫鸣草寂、树叶飒飒的空旷中，生命的原初感、清晨感、婴儿感——骤然睁眼。尘嚣被远远抛开，个体的宁静、精神的自由、灵魂的纯真与谦卑——重新回归人体。无论沐浴感官，还是唤醒脑力，野地都是高能量的磁场。

想一想这些，或许，我们会对世界更加热爱，对生活更加眷恋，会打消各种愤懑、狂妄、诅咒、绝望或自杀的念头罢。

想一想这些，我们会对宇宙有更神性的理解，内心会进驻更多的光，会更好地理解时空、社会、文明、信仰、矛盾，从而更好地设计和安置个体的人生，伟大而渺小、珍贵而卑微的一生。

缪尔说：“走向外界，我发现，其实是走向内心。”

2009 年

周 际 摄

02 第二辑

天上的那件事

我越来越笃信两点：

好东西都是原配的，好东西应是免费的。

每个故乡都在消逝

我要还家，我要转回故乡。
我要在故乡的天空下，沉默寡言或大声谈吐。

——海子

01 +

先讲个笑话。

一人号啕大哭，问究竟，答：把钱借给一个朋友，谁知他拿去整容了。

在《城市的世界》中，作者安东尼·奥罗姆说了一件事：帕特丽夏和儿时的邻居惊闻老房子即将拆除，立即动身，千里迢迢去看一眼曾生活的地方。他感叹道，“对我们这些局外人而言，那房子不过一种有形的物体罢了，但对于他们，却是人生的一部分。”

这样的心急，这样的驰往和刻不容缓，我深有体会。

现代拆迁的效率太可怕了，灰飞烟灭就在一夜之间。来不及探亲，来不及告别，来不及救出一件遗物。对一位孝子来说，不能送终的遗憾，会让他失声痛哭。

2006年，在做唐山大地震三十年纪念节目时，我看到一位母亲动情地向儿子描述：“地震前，唐山非常美，老矿务局辖区有花园，有洋房，最漂亮的是铁菩萨山下的交际处……工人文化宫里可真美啊，有座露天舞台，还有古典欧式的花墙，爬满了青藤……开滦矿务局有带跳台的游泳池，有个带落地窗的漂亮大舞厅……”

大地震的可怕在于，它将生活连根拔起，摧毁着物象和视觉记忆的全部基础。做那组电视节目时，竟连一幅旧城容颜的图片都难觅。

1976年后，新一代唐山人对故乡几乎完全失忆。几年前，一位美国摄影家把1972年偶经此地时拍摄的照片送来展出。全唐山沸腾了，睹物思情，许多老人泣不成声。因为丧失了家的原址，三十年来，百万唐山人虽同有一个祭日，却无私人意义的祭奠地点。对亡灵的召唤，一直是十字路口一堆堆凌乱的纸灰。

一代人的祭日，一代人的乡愁。

比地震更可怕的，是一场叫“现代化改造”的人工手术。一次城市研讨会上，有建设部官员忿忿地说：中国，正变成由一千个雷同城市组成的国家。

如果说在这个世界上，每个人都只能指认和珍藏一个故乡，且故乡信息又是各自独立、不可混淆的，那么，面对千篇一律、形同神似的一千个城市，我们还有使用“故乡”一词的勇气和依据吗？我们还有抒情的可能和心灵基础吗？

是的，一千座镜像被打碎了，碾成粉，又从同一副模具里脱胎出来，此即“日新月异”、“翻天覆地”下的中国城市新族。它们不再是一个个、一座座，而是身穿统一制服的克隆军团，是一个时代的集体分泌物。

每个故乡都在沦陷，每个故乡都因整容而毁容。

读过昆明诗人于坚一篇访谈，印象颇深。于坚是个热爱故乡的人，曾用很多美文描绘身边的风物。但十年后，他叹息：“一个焕然一新的故乡，令我的写作就像一种谎言。”

是的，“90后”一代肯定认为于坚在撒谎、在梦呓。因为他说的内容，现实视野中根本没有对应物。该文还引了他朋友的议论：“周雷说，‘如果一个人突然在解放后失忆，再在今年醒来，他不可能找到家，无论他出生在昆明哪个角落。’杜览争辩道，‘不可能，15年前失忆，现在肯定都找不到。’”

这不仅是诗人的尴尬，而且是时代所有人的遭遇。相对而言，昆明的被篡改程度还算轻的。

02 +

“故乡”，不仅仅是地址和空间，它是有容颜和记忆能量、有年轮和光阴故事的。它需要视觉凭证，需要岁月依据，需要细节支撑，哪怕蛛丝马迹，哪怕一井一石一树……否则，一个游子何以与眼前的景象相认？何以肯定此即梦牵魂绕的旧影？此即替自己收藏童年、见证青春的地方？

当眼前事物与记忆完全不符，当往事的青苔被抹干净，当没有一样东西提醒你曾与之耳鬓厮磨、朝夕相处……它还能让你激动吗？还有人生地点的意义吗？

那不过是个供地图使用、供言谈消费的地址而已。就像北京的公交车站名，你若以为它们都代表“地点”并试图消费其实体，即大错特错了：“公主坟”其实无坟，“九棵树”其实无树，“苹果园”其实无园，“隆福寺”其实无寺……

“地址”或许和“地点”重合，比如“前门大街”，但它本身不等于地点，只象征方位、坐标和地理路线。而地点是个生活空间，是个有根、有物象、有丰富内涵的信息体，它繁殖记忆与情感，承载着人生活动和岁月内容。比如你说“什刹海”、“南锣鼓巷”、“鲁迅故居”，即活生生的地点，去了便会收获你想要的东西。再比如传说中的“香格里拉”，即是个被精神命名的地点，而非地址——即使你永远无法抵达，只能诗意消费，也不影响其存在和意义。

地址是死的，地点是活的。地址仅仅被用以指示与寻找，地点则用来生活和体验。

安东尼·奥罗姆是美国社会学家，他有个重大发现：现代城市太偏爱“空间”，却漠视“地点”。在他看来，地点是个正在消失的概念，但它担负着“定义我们生存状态”的使命。“地点是人类活动最重要、最基本的发生地。没有地点，人类就不存在。”

其实，“故乡”的全部含义，都将落实在“地点”和它养育的内容上。简言之，“故乡”的文化任务，即演示“一方水土一方人”之逻辑，即探究一个人的身世和成长，即追溯他那些重要的生命特征和精神基因之来源、之出处。若抛开此任务，“故乡”将虚脱成一记空词、一朵谎花。

当一位长辈说自个儿是北京人时，脑海里浮动的一定是由老胡同、四合院、五月槐花、前门吆喝、六必居酱菜、月盛斋羊肉、小肠陈卤煮、王致和臭豆腐……组合成的整套记忆。或者说，是京城喂养出的那套热气腾腾的生活体系和价值观。而今天，当一个青年自称北京人时，他指的一定是户籍和身份证，联想的也不外乎“房屋”、“产权”、“住址”等信息。

前者在深情地表白故乡和土壤，把身世和生涯溶化在了“北京”这一地点里。后者声称的乃制度身份、法定资格和证书持有权，不含感情元素和精神成分。

03 +

让奥罗姆生气的是他的祖国，其实，“注重空间、漠视地点”的生存路线，在当下中国演绎得更赤裸露骨、如火如荼。

“空间”的本能是膨胀和扩张，它有喜新厌旧的倾向；“地点”的秉性是沉静和忠诚，无形中它支持保守与稳定。二者的遭遇折射在城市变迁中，即城区以大为能、建筑以新为尚，而熟悉的地点和传统街区，正承受垃圾的命运。其实，任何更新太快和丧失边界的事物，都是可怕的，都有失去本位的危险，都是对“地点”的伤害。像今天的北京、上海、广州，一个人再把它唤为“故乡”，恐怕已有启齿之羞——

一方面，大城欲望制造的无边无际，使得任何人都只能消费其极小一部分，没人能再从整体上把握和介入它，没人再能如数家珍地描述和盘点它，没人再能成为名副其实的“老人”。

另一方面，由于它极不稳定，容颜时时变换，布局任意涂改，无相对牢固和永久的元素供人体味，一切皆暂时、偶然，沉淀不下故事——于是你记不住它，产生不了依赖和深厚情怀。总之，它不再承载光阴的纪念性，不再对你的成长记忆负责，不再有记录你身世的功能。

面对无限放大和变奏、一刻也不消停的城市，谁还敢自称其主？

所有人皆为过客，皆为陌生人，你的印象跟不上它的整容。而它的“旧主”们，更成了易迷路的“新人”，在北京，许多生于斯、长于斯的长者，如今很少远离自己的那条街，为什么？怕回不了家！如此无常的城市里，人和地点间已失去了最基本的约定。同一位置，每年、每月、每周看到的事物都闪烁不定，偶尔，你甚至不如一个刚进入它的人了解其某一部位的现状。有一回，我说广内大街有家馆子不错，那个在京开会的朋友摇摇头，甭去了，拆了。我说怎么会呢？上月我还去过啊。朋友笑道，昨天刚好从那儿过，整条街都拆了。我叹息，那可是条古意十足的老街啊。

吹灯拔蜡的扫荡芟除，无边无际的大城宏图，千篇一律的整容模板……

无数“地点”在失守，被更弦易帜。

无数“故乡”在沦陷，被连根拔起。

何止城池，中国的乡村也在沦陷，且以更惊人的速度坠落。因为它更弱，更没有重心和屏障，更乏自持力和防护性，乃至成了城市生活的下游和垃圾桶。我甚至怀疑：中国还有真正的乡村和乡村精神吗？

央视所谓“魅力小镇”的评选，不过是一台走秀，是在给“遗墟”颁奖。那些古村名镇，只是没来得及脱掉旗袍、马褂，里头早已是现代内衣或空空荡荡。在它们身上，我丝毫没觉出“小镇”该有的灵魂、脚步和炊烟——那种与城市截然不同的生活美学和心灵秩序。

天下小镇，都在演出，都在伪装。

真正的乡村精神——那种骨子里的安详和宁静，是装不出来的。

04 +

“我回到故乡即胜利。”自然之子叶赛宁如是说。

沈从文也说：“一个士兵要么战死沙场，要么回到故乡。”

他们算是幸运，那个时代，故乡是不死的。至少尚无征兆和迹象，让游子担心故乡会死。

是的，丧钟响了。是告别的时候了。

每个人都应赶紧回故乡看看，赶在它整容、毁容或下葬之前。

当然还有个选择：永远不回故乡，不去目睹它的死。

我后悔了。我去晚了。我不该去。

由于没在祖籍生活过，多年来，我一直把上世纪 70 年代随父母流落的小村子视为故乡。那天梳理旧物，竟翻出一本自己的初中作文，开篇叫《回忆我的童年》——

> 我的童年是在乡下度过的。那是一个群山环抱、山清水秀的村庄，有哗哗的小溪，神秘的山洞，漫山遍野的金银花……傍晚时分，往芦苇荡里扔一块石头，扑棱棱，会惊起几百只大雁和野鸭……盛夏降临，那是我最快乐的季节。踩着火辣辣的沙地，顶着荷叶跑向水的乐园。村北有一道宽宽的水坡，像一张床，长满了碧绿的青苔，坡下是一汪深潭，水中趴着圆圆巨石，滑滑的，像一只只大乌龟露出的背，是天然的游泳池……

坦率说，这些描写一点儿没掺假。多年后，我遇到一位美术系教授，他告诉我，三十年前，他多次带学生去胶东半岛和沂蒙山区写生，还路过这个村子。真的美啊，他一口咬定。其实不仅它，按美学标准，那个年代的村子皆可入画，皆配得上陶渊明的那首“暧暧远人村，依依墟里烟。狗吠深巷中，鸡鸣桑树颠”。

几年前，金银花开的仲夏，我带夫人去看它，亦是我三十年来首次踏上它。

一路上，我不停地描绘她将要看到的一切，讲得她目眩神迷，我也沉浸在“儿童相见不相识，笑问客从何处来”的想象与感动中。可随着刹车声，我大惊失色，全不见了，全不见了，找不到那条河、那片苇塘，找不到虾戏鱼溅的水陂，找不到那一群群“龟背”……代之的是采石场，是冒烟的砖窑，还有路边歪斜的广告：欢迎来到大理石之乡。

和于坚一样，我成了说谎者，吹嘘者，幻觉症病人。

05 +

没有故乡，没有身世，人何以确认自己是谁，属于谁？

没有地点，没有路标，人如何称自己从哪里来，到哪里去？

这个时代，不变的东西太少了，慢的东西太少了，我们头也不回地疾行，而身后的脚印、村庄、影子，早已无踪。

我们唱了一路的歌，却发现无词无曲。

我们走了很远很远，却忘了为何出发。

2009 年

消逝的“放学路上”

01 +

“小呀嘛小儿郎，背着那书包上学堂，不怕太阳晒，也不怕那风雨狂，只怕先生骂我懒呀，没有学问我无颜见爹娘。”三十年前的儿歌倏然苏醒，在我经过一所小学的时候。下午4点半，方才还空荡荡的小街，像迅速充胀的救生圈，被各式私车和眼巴巴的家长塞满了。

开闸了，小人儿鱼贯而出，大人们蜂拥而上。一瞬间，无数的昵称像蝉鸣般绽放，在空中结成一团热云。这个激动人心的场面，只能用“失物招领”来形容。

就在这时，那首歌突然跃出了记忆，一字不差。

我觉得像被什么拍了一下肩，它就在耳畔奏响了。

这首叫《读书郎》的儿歌，陪伴了我整个童年和红领巾季节。那会儿，它几乎是我每天上学路上的喉咙伴奏，或叫脑海音乐罢。偏爱有个理由：它不像其他歌那么“正”，念书不是为“四个现代化”或“革命接班人”，而是“先生”和“爹娘”……我觉得新鲜，莫名的亲切。哼唱时，我觉得自己就是歌里的小二郎。甚至想，要是老师变成“先生”该多好啊。好在哪儿，不知道。

那个黄昏，当它突然奏响时，我感觉后背爬上了一只书包，情不自禁，竟有股想蹦蹦跳跳的念头……

从前，上学或放学路上的孩子，就是一群没纪律的麻雀。

无人护驾，无人押送，叽叽喳喳，兴高采烈，玩透了、玩饿了再回家。

回头想，童年最大的快乐就是在路上，尤其是放学路上。

那是三教九流、七行八作、形形色色、千奇百怪的大戏台，那是面孔、语言、腔调、扮相、故事的孵化器，那是一个孩子独闯世界的第一步，乃其精神发育的露天课堂、人生历练的风雨操场……我孩提时代几乎所有的趣人趣事趣闻，都是在放学路上邂逅的。那是个最值得想象和期待的空间，每天充满新奇与陌生，充满未知的可能性。我作文里那些真实或瞎编的“一件有意义的事”，皆上演在其中。它的每一条巷子和拐角、每一只流浪狗和墙头猫，那烧饼铺、裁缝店、竹器行、小磨坊，那打锡壶的小炉灶、卖冰糖葫芦的吆喝、爆米花的香味、弹棉弓的铮铮响，还有谁家出墙的杏子最甜、谁家树上新筑了鸟窝……都会在某一时分与我发生联系。

对成长来说，这是最肥沃的土壤。

很难想象，若抽掉“放学路上”这个页码，童年还剩下什么呢？

于我而言，啥都没了，连日记都不会写了。

那个黄昏，我突然替眼前的孩子惋惜——他们不会再有“放学路上”了。

他们被装进一只只豪华笼子，直接运回了家，像贵重行李。

02 +

为何会丢失“放学路上”呢？

我以为，除城市膨胀让路程变遥远，为脚力所不及，更重要的是“路途”变了，此路已非彼路。具体说，即“传统街区”的消逝——那温暖有趣的沿途，那细节充沛、滋养脚步的空间，消逝了。

何谓传统街区？它是怎样的情形呢？

“城市应是孩子嬉戏玩耍的小街，是拐角处开到半夜的点心店，是列成一排的锁匠鞋匠，是二楼窗口探出头凝视远方的白发老奶奶……街道要短，要很容易出现拐角。”这是简·雅各布斯在《美国大城市的死与生》中的话，我以为是对传统街区最传神的描述。

这样的街区生趣盎然、信息肥沃、故事量大，能为童年生长提供最充分的乐趣、最周到的服务和养分，而且它是安全的，让家长和教育者放心。为何现在待在保险箱里的儿童，其事故风险却高于自由放养的年代？雅各布斯在这部伟大的书里，回忆了多年前的一个下午——

> 从二楼的窗户望去，街上正发生的一幕引起了她的注意：一个男人试图让一个八九岁的小女孩跟自己走，他一边极力哄劝，一边装出凶恶的样子；小女孩靠在墙上，很固执，就像孩子抵抗时的那种模样……我心里正盘算着如何干预，但很快发现没必要。从肉店里出来一位妇女，站在离男人不远的地方，叉着胳膊，脸

上露出坚定的神色。同时，旁边店里的科尔纳基亚和女婿也走了出来，稳稳地站在另一边……锁匠、水果店主、洗衣店老板都出来了。楼上很多窗户也打开了。男人并未留意到这些，但他已被包围了，没人会让他把小女孩弄走……结果，大家感到很抱歉，小女孩是那个男人的女儿。

这就是老街的能量和含义，这就是它的神奇和美感。

在表面的松散与杂乱之下，它有一种无形的篦梳秩序和维护系统。凭借它，生活是温情、安定和慈祥的。它并不过多地搜索别人的隐私，但当疑点和危机出现时，所有的眼睛都倏然睁开，所有的脚步都会及时赶到。

其实，这很像中国人的一个词，一个生态关键词："街坊"。

这样的背景下，一个孩子独自上学或放学，需要被忧虑吗？

自由，源于安全与信赖。若整个社区都给人以"家"的亲切和熟悉，那一个孩子，无论怎样穿梭和游走，结果都是快乐地、收获颇丰地回到家里。而路上所有的插曲，包括招致挨骂的那些顽皮、冒险和出格，都是世界给他的礼物，都是对成长的奖励和爱抚。

在雅各布斯看来，城市人彼此之间最深刻的关系，"莫过于共享一个地理位置"。她反对仅把公共设施和住房作为衡量生活的指标，认为一个理想社区应丰富人与人间的交流、促进公共关系的繁育，而非把生活一块块切开，以"独立"和"私人"的名义将其封闭化、决裂化。

这个视角，对人类有着重大的精神意义。顺着她的思路往下走，你很快即发现：我们通常讲的"家园"、"故乡"——这些饱含体温与感情的地点词汇，其全部基础皆在于某种良好的人际关系、熟悉的街区内容、有安全感的共同生活……所谓"家园"，并非一个单纯的物理空间，而是一个和地点联手的精神概念，代表一群人对生活属地的集体认同和相互依赖。

单纯的个体是没有“故乡”的，单纯的门户是无“家”可言的。

就像水，孤独的一滴构不成“水”之含义，它只能叫“液体”。

03 +

我越来越觉得如今的孩子——尤其是大城市的孩子，正面临一个危险：失去“家”、“故乡”这些精神地点。

有位朋友，儿子6岁时搬了次家，10岁时又搬了次家，原因很简单，又购置了更大的房子。我问，儿子还记不记得从前的家？带他回去过吗？他主动要求过吗？没有，朋友摇头，他就像住宾馆一样，哪儿都行，既不恋旧，也不喜新……我明白了，在“家”的转移上，孩子无动于衷，感情上没有缠绵，无须仪式和交接。

想不想从前的小朋友？我问。不想，哪儿都有小朋友，哪儿小朋友都一样。或许在儿子眼里，小朋友是种“现象”，一种“配套设施”，一种日光下随你移动的影子，不记名的影子，而不是一个谁，又一个谁……朋友尴尬地说。

我无语了。这是没有“发小”的一代，没有老街生活的一代，没有街坊和故园的一代。他们会不停地搬，但不是“搬家”。“搬家”意味着记忆和情感地点的移动，意味着朋友的告别和人群的刷新，而他们，只是随着父母财富的变化，从一个物理空间转到另一个物理空间。城市是个巨大的商品，住宅也是个商品，都是物，只是物，孩子只是骑在这头“物”上飞来飞去。

我问过一位初中语文老师，她说，现在的作文题很少再涉及“故乡”，因为孩子会茫然，不知所措。

是啊，你能把偌大的北京当故乡吗？你能把朝阳、海淀或某个商品房小区当故乡吗？你会发现根本不熟悉它，从未在这个地点发生过深刻的感情和行为，也从未和该地点的人有过重要的精神联系。

是啊，故乡不是一个地址，不是写在信封和邮件上的那种。故乡是一部生活史，一部留有体温、指纹、足迹——由旧物、细节、各种难忘的人和事构成的生活档案。

还是上面那位朋友，我曾提议：为何不搞个聚会，让儿子和从前同院的伙伴们重逢一次，合个影什么的？这对孩子的成长有帮助，能让一个孩子从变化了的对方身上觉察到自己的成长……朋友怔了怔，羞涩地笑笑：其实儿子只熟悉隔壁的孩子，同楼的都认不全，偶尔，他会想起某只丢失或弄坏的玩具，很少和人有关。他的快乐是游戏机、动画片、成堆的玩具给的。该我自嘲了，一个多么不恰当的浪漫！

这个时代有一种切割的力量，它把生活切成一个个的单间：成人和宠物在一起，孩子和玩具在一起。我曾在一小区租住了四年，天天穿行其中，却对它一无所知。搬离的那天，我有一点失落，我很想去和谁道一声别，说点什么，却想不出那人是谁。

04 +

那天，忽收一条短信：“王开岭，你妈妈叫你回家吃饭。”

我愣了，以为是恶作剧。可很快，我对它亲热起来。三十年前，类似的唤声曾无数次在一个个傍晚响起，飘过一条条小巷，飘进我东躲西藏的耳朵里。

传统老街上，一个贪玩的孩子每天都会遭遇这样的“通缉”，除了家长的嗓门，街坊邻居和小伙伴也会帮着喊。

感动之余，我把这条短信的主语换成朋友们的名字，发了出去。当然，我只选了同龄人，有过老街童年的一代。

后来，才知这短信源于一起著名的网络事件。某天，有人发了个帖子："贾君鹏，你妈妈叫你回家吃饭。"短短几日，跟帖竟高达几十万，大家纷纷以各自的腔调催促这个不听话的孩子快回家，别让妈妈等急了，别让饭菜凉了，别挨一顿骂或一顿揍。

声嘶力竭之际，有人揭穿了谜底。这个响彻神州的伟大名字竟是虚拟的，乃某网站精心策划。我一点不沮丧，甚至感动于阴谋者的细致情怀。

一个贾君鹏沉默，千万个贾君鹏应声。

我们都竖起耳朵，聆听从远处飘来的蒲公英般的声音……

某某某，你妈妈叫你回家吃饭。

我暗暗为自己的童年庆幸。如果说贾君鹏的一代尚可叫露天童年、旷野童年、老街童年，那如今的孩子，则是温室童年、园林童年、玩具童年了。

面对现代街区和路途，父母不敢再把孩子轻易交出去了，不允许童年有任何闪失。

就像风筝，从天空撤下，把绳剪掉，挂在墙上。

再不用担心被风吹跑，被树挂住了。翅膀，就此成为传说和纪念。

或许，你再也看不到这样的情景了——

一群像风筝一样在街上晃荡的孩子。

05 +

我终于想起来了，《读书郎》的词、曲，作者乃同一人。

宋扬，湖北人。此歌生于 1944 年。

2009 年

让我们如大自然般过一天吧

两千五百年前的某日，天蒙蒙亮，一对新婚小夫妻的枕语“不幸”被偷听了，且给记录下来——

> 女曰：“鸡鸣。”士曰：“昧旦。”“子兴视夜，明星有烂。”“将翱将翔，弋凫与雁。”

我斗胆翻译一下：妻子拱拱丈夫，醒醒，鸡叫了。丈夫揉揉眼，天才亮一半呢。妻笑嗔，别恋床了，你瞧天上的启明星多亮啊！丈夫一拍脑瓜，对，正值鸟儿起飞，我要赶紧去射猎！

接下来，是一段甜蜜蜜的小情话——

弋言加之，与子宜之。宜言饮酒，与子偕老。琴瑟在御，莫不静好？

大意是：老公定能满载而归，我给你烹雁做菜，佐之美酒来干杯，愿咱俩白头偕老，你弹琴来我鼓瑟，生活多恬静啊！

古人真聪明，竟从自然界请出公鸡来司晨，自己只管酣睡，误不了事。

这首《诗经·女曰鸡鸣》，我视之为历史上最纯真的婚姻个案。感动我的，除了田园诗般的恩爱，除了那妻子的娇慧，更有一点：和大自然同步的生活。

想起百年前梭罗的一句话："让我们如大自然般过一天吧。"

古代人的生活是与大自然携手同行的。

迎曦而出，沐夕而归；伴虫入眠，闻鸡起寝；循天时而动，不负光阴华灿。

天上阴晴圆缺、地上风吹草动，先人皆明察秋毫、奉若神诏。原因在于，他们视己为自然界的一员，不寻特殊身份和待遇，不逾矩不越位，恪守生物本分，正像《三字经》所言："犬守夜，鸡司晨，蚕吐丝，蜂酿蜜……"

不负天，方不枉生。

幸福源于知天时、依天意、循天道。

《女曰鸡鸣》用小夫妻布了个道：早起的鸟儿有虫吃，勤早才能持家。

除了生计安全，还有身体保健，听老天爷的没错。

古人细考了动物一天的表现，用"铜壶滴漏"的计时法，把昼夜分为12时辰：子、丑、寅、卯、辰、巳、午、未、申、酉、戌、亥，暗合12生肖，既富情趣又含教益。比如“亥时”，依现代时间算，位于晚9点至晚11点之间，该命名源于猪（亥即猪），此时的猪熟睡正酣。所以“亥时”又称“人定”，意思是夜色已深，大家该安歇了。

那么，这种仿生论真合乎养生之道吗？

科学证明，人的深度睡眠发生在晚10点至凌晨3点。此时，人之体温、呼吸、脉搏进入低潮，易安神入眠，也是肝胆排毒和免疫系统更新之时。此间，人体若充分休息，则事半功倍，以最小成本获最大裨益。相反，若错过此时，续睡再长，也于事无补。

睡眠好坏不较长短，在于是否对点，时辰是否准确。

健康生活，一定是和大自然牵手，同呼吸、共起舞的。

提倡“齐物共生”、“天人合一”，古人真是聪明，真是幸运。

他们得到了上天更多暗示、更多宠爱。

《论语》乃师生对话的笔录。圣人授业总是态度谦和、温文尔雅，不过也有例外，有一回圣人就发火了，痛斥宰予：“朽木不可雕也，粪土之墙不可杇也，于予与何诛？”（《论语·公冶长》）。这话够重、够狠，算得上破口大骂了。啥事让老人家勃然大怒乃至吐脏口呢？何况冲着得意门生？

很简单，宰予“昼寝”，即白天睡大觉。

区区小事值得如此吗？孔子认为值，认为性质太恶劣了。

当年语文课上听这个故事，说孔子如何如何珍惜时光。现在我倒觉得，惜时背后，还有个更大的涵义：遵天时，敬天道。像公鸡打鸣，不在于你嗓门高低和乐感如何，而在于何时鸣放，在规定时间做规定之事，这才叫司晨，才叫称职和守本分。

由此看，孔子捍卫的是一条古代常识：与时俱进。

莫负上天之约，莫和光阴作对，莫与大自然拧着来。要守信用，要有规律，如此才是君子之为，才叫端庄有仪，方能修身养性、健体益神。

所谓“乐者天地之和，礼者天地之序”也。

悟得这点，着实让我羞愧了一把。

从20岁起，我即落下个恶习：凌晨2点就寝，上午10点起床。按路遥的说法，叫“早晨从中午开始”。我算了一下，依古时辰，我大概“丑时”犯困，“巳时”醒来。入睡时伴我的是“牛”（丑即牛），此时牛正慢吞吞地嚼草；而醒时，对应的是“蛇”（巳即蛇），蛇正躲在草丛里避日。

二十年啊，点灯熬蜡，我耗了多少能源？误了多少良宵？漏了多少晨光？

若孔子当世，该如何骂我？恐是猪狗不如了。

睡眠时间不对，乃现代人萎靡的缘由之一。

在昆德拉《为了告别的聚会》中，美国富翁巴特里弗对捷克人的生活评价是：“在这个国家里，人们不会欣赏早晨。闹钟打破了他们的美梦，他们突然醒来，像被斧头突然砍了一下。他们立刻使自己投入到一种毫无乐趣的奔忙之中。请问，这样一种不适宜的紧张的早晨，怎会有一个像样的白天……相信我，人的性格是由他们的早晨决定的。”

昆德拉的话向来夸张。不过，一个人和大自然同步醒来，充分利用早晨的清新营养神智，从而让一天有个好起点，这是没错的。

我下定决心，向两千多年前的那位丈夫学习，闻鸡起床。

不过很快发现，此乃妄想。甭说楼房不许养鸡，邻居嫌你吵梦，就是能养也不成了，如今的鸡已背信弃义、昏不守时——瞎叫乱叫了。

何以出现这等事故？

科学家说，鸡脑里有个“松果体”，分泌一种“褪黑素”，晨光乍现，褪黑素受抑制，鸡便不由自主地高歌，知更鸟也同理。而现在，人工白昼让夜失去了黑的本色，鸡被刺激得心神不宁，便出了乱子。

真是生物钟灾难。

公鸡乱叫，古代视为凶兆。

《诗经》有一首叫《风雨》，其中即有鸡瞎叫，它是这样说的：“风雨如晦，鸡鸣不已。”

莫非，今日世界也如晦了吗？

2009 年

天上的那件事

它时宏时细，忽远忽近，亦低亦昂，倏疾倏徐……它是北京的情趣，不知多少次把人的目光引向遥空。

——王世襄《北京鸽哨》

对老北京来说，有两缕声音最令人梦牵魂绕：鸽哨与空竹。

安静的年代，无论串胡同，还是伫庭院，只要稍留神，耳朵里就会飘入它们。二者的音容又近乎姊妹：嗡嗡嘤嘤、央央琅琅，如梦如幻、清越绵长……不同的是，一个在高处疾掠，一个于低空徊荡。

尤其是鸽哨，乃皇城根最大牌的嗓子。没有它，没了这动静，京城的空气便仿佛睡着了，丢了魂儿……

如今的北京，鸽哨难觅了。

大家很少再集体仰望什么，天上的那件事——那件最美妙的事，那群滑着弧线、溜冰似的翅膀，那群雨点般的精灵，不见了。

天寂寞了，云枯瘦了。即使晴空，因没有翅膀和音符，也像白痴。

奥运前夕，北京广播电台灌了一张CD：《听，北京的声音，2008秒》。

雕刻市井之声、描画古都音容，这是个很童话的创意。据说最费周折的是录鸽哨，起初难觅鸽人，他们仿佛蒸发了，不知被高楼大厦撵到了何处。总算找到了一户，但环境太嘈杂，车水马龙，根本没法录。末了，遇上了在宋庆龄故居做义工的郑永祯，郑师傅酷爱鸽子，退休后主动来这里驯鸽，其弟则擅长配哨，俩人可谓珠联璧合。谁知，又遇上个大麻烦，附近住着位高官，嫌闹腾，不让鸽子带哨上天，要择时机……

郑师傅还做了件有意义的事，一件大事：帮王世襄养鸽子。

世襄先生是个最好介绍又最难定义的人。往复杂了说，乃文物家、史学家、民俗家、美食家、收藏家、鉴赏家；朝简单了说，就是个一辈子爱玩、懂玩、玩透了的老小孩。而所有玩习中，蓄鸽听哨为其至爱，他甚至编著了《北京鸽哨》《明代鸽经·清宫鸽谱》等鸽书，将鸽哨的源流、制式、造法、音效一一详解。

先生戏称自己乃“吃剩饭，踩狗屎”之辈，何出此言呢？“过去养鸽子的人，对鸽子就像待孩子。自个吃饭不好好吃，扒两口剩饭就去喂鸽放鸽。他们还有个习惯，一出门不往地上看，却往天上瞅，常常踩狗屎。”

鸽哨声声的年代，老北京人都有翘首的习惯。想必那会儿，驼背也少吧。据说，梅兰芳担心眼皮耷拉，曾专门养鸽子，或仰颈、或远眺，至晚年眼睛尚未变小。

王世襄回忆说："过去几乎每条胡同上空都有两三盘鸽子在飞。悦耳的哨声，忽远忽近，琅琅不断。"养鸽行话多，圈内不叫养鸽，叫盘鸽。24 只算一拨儿，要盘最少两拨儿，飞起来才好看。盘鸽至少早晚两次，若不勤飞，鸽身囤肉赘膘，就废了。

哨的制式和使用更讲究，按世襄的说法，有葫芦类、联筒类、星排类、星眼类……细分又有三联、五联、十三星、十一眼、双鬼连环、众星捧月……编排不同，绑式不同，音色音律各异。据传从商代起，即有人蓄鸽了，而对制哨名家的记载，约始于二百年前。

应该说，正是鸽和哨，排遣了天空的寂寞。

我最早对鸽哨的印象，来自电影，尤以北京、西安为背景的片子，它几乎是故事开场的第一声，又总和钟鼓楼、四合院配在一起，想必在导演看来，鸽哨亦是生活空间的必须元素罢。后来我才知，其实影视里的鸽哨，全部是音效合成，或者说口技，真实的鸽哨很难采集，因为录音师在地面，噪声加上建筑的反射音，录了也没法用，只能进音棚伪造。

世襄老人曾言一笑话，说他看电视，好像央视某节目片头："升国旗，多么庄严，接着是壮丽山河、长城。随后从老远飞过来鸽子，等近了一看，啊，怎么是那种叫'落地王'的西洋肉鸽啊！"

老人钟爱的是中华观赏鸽。

原来，担负鸽阵和佩哨任务的并非普通鸽子，而是观赏鸽。信鸽耐力好，适于马拉松长途，却不会技巧飞。而广场鸽、庆典鸽和媒体画面中的鸽子，多是无飞翔天赋的肉鸽，在鸽人眼里，属"盘"不起来的阿斗，只能滥竽充数，遮人耳目。中国民间曾孕育过四百多种观赏鸽，像黑点子、紫点子、老虎帽、灰玉翅、黑玉翅、紫玉翅、铁翅乌、铜翅鸟、斑点灰、勾眼灰……体态和鸽名一样俊美。经过“除旧”、“文化大革命”和大规模城市改造，还剩多少，无人知底了。

据说，世襄晚年最大的遗憾，即没地儿畜鸽。所以，他将此事托付给郑师傅和名人故居的一个旮旯，并寄望北京奥运会上腾空而起的是中华观赏鸽。

“它不像信鸽，一放全跑了，而是围着巢舍成群盘旋。养好了可一盘白，一盘灰，一盘紫。鸽哨传出钧天妙乐、和平之音，定能为‘人文奥运’添上最亮丽、最生动的一笔。”九旬的世襄亲笔题写了《关于奥运会放飞观赏鸽的献议》，正式呈交奥组委。谁都明白，老人想借奥运东风，托一把摇摇欲坠的鸽文化。

奥运会开幕那夜，我守在电视机前，祈祷老人能如愿。终于，该放鸽了，那座叫鸟巢的盆子里升起的竟然不是翅膀，而是少女的纤纤玉手和声光烟幕……

张艺谋不愧为天才导演。但整晚，我为一位老人黯然神伤。

一位被放了鸽子的鸽人。

在京这些年，我只在东城和高碑店——几片拆剩的平房区，邂逅过鸽阵。不多，大概一两盘的样子，飞得吃力，有些恍惚，很难配得上“翱翔”一词。这怪不得它们，到处是高楼大厦，它们犹如在石林中穿梭，怎敢不小心翼翼、如履薄冰？

其实，我不希望它飞得更高、更远，北京的楼如雨后春笋，起得太快、太突兀，在空中找稳定的地标是件难事，鸽子会迷路的。

翅膀在流浪。有翅膀的人被放逐。

世襄的鸽友们，那些“游手好闲”者，既买不起城里的房子，更撑不开水泥的天空。

如今，谁是天空的主人？尘埃、噪音、尾气、高楼、机翼？

没了平宅院落、辽阔天庭，没了空气的清洁、幽静……也就取缔了鸽子的宿舍和道路，盘剥了鸽哨的释放空间和路人的仰望空间。

城市的飞鸟时代，真的落幕了？

除了那件事，还有什么能让人突然驻足，对着天空久久着迷？还有什么能让我们从生活中停下，养成抬望的习惯？

没了那件事，我们会不会变成一群只顾低头觅食、左刨右挖——只惯于在地上找东西的动物？

京城又要阅兵了，激动人心的机翼将呼啸着掠过天安门。你说，什么时候，京城的天上能随处可见鸽哨编队呢？

多物美价廉的事啊。无油耗，无污染，无惊扰。

2009 年

丢失的脚步

这样的城市非常乏味，它显示的是技术能量，没有灵魂。

——皮埃尔·卡蓝默

01 +

那些街上的晨跑者，那些蹦蹦跳跳上学的孩子，哪儿去了呢？

那些笑逐颜开、边走边聊的早班人，那些黄昏时的遛弯族，那些按时回家的自行车铃响……那些用脚步生活的人，怎么都不见了呢？

小，即美好。这是三十年前经济学家舒马赫所著一本书的书名。我越来越支持这句话。

大，正让城市削掉双足，脚步日渐枯萎。我们腿脚的使用率已低于人体其他部位，它甚至很少被放置到地面上——我说的不是地板。“有足而不用，与无足等耳。”一个天天乘车踏板、周旋于电梯者，与轮椅上的人差不多。

街头，叮叮当当的钉鞋掌声消失了。

我们不再有磨坏的鞋子。我甚至想收藏一架那种补鞋机，它快成古董了吧？就像乡下的磨盘和犁具。

点与点之间的遥远，让我们望而却步，不得不折叠起双足，换之以轮胎和轨道。

现代人的日常身份，不再是“行人”，而是“乘客”。

02 +

北京城，已套上了第六个大呼啦圈，且环距越来越大。

没人再敢把城市当棋枰，视自己为棋子了。城市的态势只能用涟漪来形容，且是巨石“扑通”激起的那种。面对急剧的放扩，没人敢吹嘘熟悉每一条波纹了，连的士司机都像片警那样，专挑熟悉的“片”跑。每逢赶急，我从不敢搭私车去机场，看错一个路标，前程就毁了。

“大”编织的迷宫，其复杂和诡秘、无端制造的浪费与周折，让一切“准时”的承诺都变得可疑、艰巨，近乎于说谎。

由于太大，任何人都只能消费极小一部分，无法从整体上参与它、拥有它。

这是一盘谁也下不完的棋。人只能在上面流浪，胡乱移动。某种意义上，已无真正的“北京人”、“上海人”、“广州人”。无边无际、日夜更新的城市，让所有人都变成了它的陌生客，几个月不出门，即产生陷入“异地”的恍惚和迷茫。

记得购房时，关于地点，我有个愿望：能一句话说清我究竟住哪儿，并让朋友凭这句话找到我。后发现，这想法太腐败了！除非你住在天下皆知的某个地标旁，而以正常购买力，这简直是痴人说梦。我曾给一个土著朋友发短信，说明来我家的驾车路线，尽管言简意赅，还是耗了五十多字。

据说，法国学者皮埃尔·卡蓝默访问了几座中国城市后，感叹："它们太大了，每一次进入我都忍不住发抖。"

在无界的"大"面前，脚力是渺小的，所有的腿都会恐惧、自卑、抽搐。

由于"脚"和"历程"之间的逻辑弛散了，"人生脚步"一词，正丧失其象征性。城市无法用脚来丈量，人生也不再用脚来记录。我的办公室同事，人均每日乘车三小时，那是一种天天出差的感觉。一家伙恶狠狠道："天天仨小时！练书法我早成了大师，下围棋我早晋了八段……"

是的，我们最有效的生命时间，虚掷在了路上。

而且，这是纯物理、纯机械的"赶路"，绝无精神活动和审美可能：堵、挤、抢、搡、刮擦、焦灼、噪音、污染……整个一皱眉和骂娘的过程。

03 +

我一直深以为——

美好的地方一定是养脚的地方。诗意的城市应该是可以漫步的城市。

我对"散步"一词有着本能的偏爱。多年前逛书店，一眼瞅见封皮上有"散步"的两册书：宗白华《美学散步》、卢梭《一个孤独者的散步》。二话不说捧回家，果然是好书，极好的书。

我热爱散步的人生，信任散步的产物。好的灵感、音符、情愫，就像蚂蚱藏在你的途中，会突然于草丛中跃出。

什么情况下，漫步会成为城市的主题？人会心甘情愿地安步当车呢？

除城不能太大、任意两点间不能太远，还有两条：一、沿途空间应有舒适性和愉悦感，有魅力，不乏味。二、人的生活节奏相对舒缓，不焦灼，不着急。

后者属时代心境，最难化解，不多赘，只说空间。

一个城市是否对脚友好，是否对漫步发出了真挚邀请，看“人行道”即一目了然。人行道在道路系统中的地位，直接反映出城市对脚的态度。而普遍现状是：人行道的待遇太差了，较之宽阔的车道，它要么被忽略不计，要么被严重冷落和边缘化，甚至被侮辱。不仅人行道受车道欺负，行人在车辆前也被迫礼让、退避、服从。

在一座美好之城里，道路系统应在细节上处处体现对行人的体恤，人行道应享有特殊的荣誉和尊严。

那天，我要到马路对面去，一个外地来的朋友正拼命挥手，可附近既无天桥亦无路口，我想了半天，也不知如何跨越几十米天堑，最后招了辆车，到一桥底再绕回来，跋涉了几公里，才和朋友握上手，真可谓咫尺天涯。

丹尼贝尔说：“城市不仅是一个地方，更是一种心理状态，一种生活方式的象征。”

选择一座城市，就是投奔一种生活。

规划一座城市，就是设计一种生活。

04 +

“湖上笠翁”李渔最懂得“步”和“行”的关系。《闲情偶记》里有一篇专门论“行”，他对沉湎车马者的建议是——

> 使乘车策马之人，能以步趋为乐，或经山水之胜，或逢花柳之妍，或遇戴笠之贫交，或见负薪之高士，欣然止驭，徒步为欢，有时安车而待步，有时安步以当车。

他的时代全是木牛流马的环保车，故其只从美学上衡量废足的损失。若换了现在，无马可策、无辔可驭，唯有屁股冒烟的汽车，这位绿色享乐者恐该气急败坏了。

虽发掘出很多足乐，但显然，他对沿途空间要求太高：山水之胜、花柳之妍、负薪之高士……也就是说，行步之趣必须有魅力风物相伴，必须有好玩的故事和兴奋点。心旷神怡，方举目皆景，否则即纯粹累足之苦。

柳永有过一篇《望海潮》，写宋朝杭州市景：

> ……烟柳画桥，风帘翠幕，参差十万人家……市列珠玑，户盈罗绮，竞豪奢。
>
> 重湖叠巘清嘉。有三秋桂子，十里荷花。羌管弄晴，菱歌泛夜，嬉嬉钓叟莲娃。千骑拥高牙。乘醉听箫鼓，吟赏烟霞……

读罢，我真有股冲动，恨不得即刻动身，奔赴那座伟大的城池。

那样的户外，你想不挪步都难，会觉得待屋里是犯罪，走得太急也是犯罪。

05 +

不可否认，长安街乃京城最伟大的街。我曾尝试在这条伟大的街上散步，发现唯深夜可忍，白天只适于车，不适于行。它空阔嘈杂，油味呛鼻，让人心烦意乱不说，且树稀荫小，不便停驻和小憩。虽建筑林立，但万象实为一景，枯燥无味，缺乏细节。而且，其笔直和宽幅也决定了它只适于游行和阅兵，不支持个体的散漫和自由。

在《美国大城市的死与生》中，雅各布斯说出了一重要观点：城市要饱满，要丰富，须保证“大多数街道要短，也就是说，在街上很容易拐弯”。

在北京，真正对漫步发出邀请的是胡同。其一砖一木都有体温，元素鲜活、细节密集，最具酵母气息和微生物色彩，所遇之人也有趣……重要的是，你能与它对话，一副门礅、春联，一棵槐树和一窝喜鹊，一丛墙头草或一只流浪猫，都是一个有趣的信息体。而长安街，你就没法交流，它根本不打算和你平等。那些威风凛凛的建筑体，阴郁僵冷，拒绝握手、拒绝攀谈，只接受瞻仰、服从。

琉璃厂、大栅栏，本为京城最活跃的市井，但整饬葺新后，野性和生趣没了，故事与传奇没了，民间性和平易感没了，店主与顾客的多样性也没了……总之，有意思的人和事都没了，甚至比不上潘家园和报国寺的地摊，后者更有张力和弹性，更有潜伏的江湖能量。偶尔，我也会串串琉璃厂，但权当凭吊了，脑子里闪现的满是王世襄、张中行笔下的旧影，画饼充饥罢了。

胡同街区的枯萎、市井活性的夭折、“步行街”的出世，皆意味着漫步文化渐行渐远。

当走路成为一件乏味的体力活，兴致即衰了。人行道的物理性能再好，也只能满足运动一下筋骨，寂寞而出，索然而归。在广州、厦门和泉州的老城，我邂逅过一些残破的旧骑楼，它们身处繁华，临街倚铺，探出一溜檐廊来，衔连几百米，可遮风挡雨防晒。据说该设计曾风靡于南洋，和古廊桥相似，它处处体现出对行人的召唤与体贴，可谓关怀备至，非常温馨。

北方的林荫道、风雨亭，南方的骑楼、廊桥，都是漫步文化的产物。

或许车马稀少之故，祖先在建筑上极其呵护行人和散客。现代场馆则相反，重车辆重利润，停车位、停车场，设施服务皆一流，但一个过路人休想从建筑中得到任何免费的好处。

06 +

另外，要提一下自行车。

在我眼里，这是一种伟大而可爱的发明。它是马匹被取消后人类脚力获得的最大补偿和抚慰，也是我能接受城市适度放大的原因。仔细看，你会发现自行车很有美感，它转化人的能量，像一双有魔力的鞋子，且清洁可亲，不像汽车那样冷血和暴躁。我宁愿把它视为原始“脚步”的升级版和时尚版，它与人体组合出了一种新的“脚步”。

事实上，自行车所受的冷遇和奚落，与行走相差无几。

当一个城市开始歧视起脚和自行车来，它已毫无美感。

当一个城市无法用脚和自行车来丈量，它已失去道德。

“这样的城市非常乏味，它显示的是技术能量，没有灵魂。”皮埃尔·卡蓝默说。

07 +

给双足一块有力量的落点吧。

脚，是要用来走路的。否则，从肉体到精神皆有“失足”感。

那年，崔永元拉一帮人去搞“新长征”，红旗飘飘，走了趟物非人非的老路。我所在的央视栏目做了期纪录片，讲这群好事者如何折磨自己，如何痛并快乐着。我还发明了个词——“精神足疗”。在我看来，小崔的红旗实为幌子，不过是一帮废足已久、萎靡不振的现代人——做了次“足底按摩”罢了。

据说疗效不错，很多脚激动得热泪盈眶，小崔的抑郁也好了大半。

足底穴位那么多，通着那么多的经络和神经元，不治百病才怪呢。

2009 年

让事物恢复它的本来面目

林间松韵，石上泉声，静里听来，识天地自然鸣佩；
草际烟光，水心云影，闲中观去，见乾坤最上文章。

——（明）洪应明《菜根谭》

01 +

我越来越笃信两点：
好东西都是原配的。好东西应是免费的。

近爱翻古人书，如《水经注》《帝京景物略》《夜航船》《闲情偶记》之类，本以为是年龄之故，后醒悟：我太想知道原先的世界是何等模样，太急于在古代攀几位熟人，可随时去串串门，偷得浮生半日闲，来一回精神私奔……总之，我想看看这世间变化有多大，看看不一样的人生，不一样的活法。

还有，我迷上了古画，尤其是《清明上河图》《南都繁会图》《皇都积胜图》这类市井风情长卷。我看的是画里的人生，我会对一个小人物凝视半天：夹袱疾行的汉子，挑帘张望的妇人，酒旗下打瞌睡的小二，拱桥上抱拳作揖的商贾……我会猜其所有信息，年龄、职业、财路、性格，猜他为何出现在这里？其生存路线图，其梦想、快乐和烦忧……我甚至想，以他的身份，今天会是什么境遇？比如一个挑担的游贩，我忍不住想，这个进城务工人员，会不会被勒令办暂住证？何以躲避城管的驱赶，地痞的纠缠，黑社会的保护费？他租得起房吗？娶得上媳妇吗？能供孩子上学吗？

谁还记得从前的世界？谁还记得生活本来的样子？

天本是蓝的，山本是绿的，河本是涌的，水本是清的，庙本是有佛的，菩萨本是热心肠的，人本是知羞的，猪本是自然长大的，房子本是连地皮的，娃本是想生就生的，燕雀本是登堂入室的，承诺本是值千金的，商铺本是童叟无欺的……

这些自然元素、风物资源，这些生活原理、道德逻辑，皆为世间“原配”，乃上天早早给人设计好、配置好了的——作为祖业和古训，作为安身立命之本。就像中医里的方子，怎么兑、如何煎，早就酝酿好、交代齐了。

遵循即获益。

古人还有个伟大共识：露天的事物、街面的东西，皆理所当然、天经地义地被视为阳光下的公产，没人会瞎琢磨、动邪念。比如路是免费的，桥是免费的，饮水是免费的，进城是免费的，如厕是免费的，烧香许愿是免费的，拴马歇轿是免费的，击鼓喊冤是免费的，寻人问路是免费的，山色湖光、游山玩水是免费的……

东西越必须，越珍贵，越需要免费，越值得免费。

渐渐，你会发现，无论山岳江河还是市井习俗，无论风物万象还是生活美学，只要不去干预和涂改，只要保存和延续到今天，就是有价值、受器重的，就成了珍贵的物质或非物质文化遗产。这，说明了什么呢？

只能证实一点：人类对自然犯了错，对生活犯了错。

我们用五十年推翻了五千年。

02 +

世界尚存多少原配？人间还剩几许古意？

我们改变了山岳的形貌，改变了河流的习性，改变了季节的脾气，改变了几千年的常识和老理……我们拼命地往地里灌农药化肥，往饲料和食物里投添加剂，还有什么“转基因”、“太空种子”、“辐照食品”……我们把人之外的东西吃了个遍，把大地翻了个底朝天，盗出最贵重的珠宝，然后埋下垃圾。

像窃贼、像匪徒，我们扑向所有的乳房，把她们吸瘪、抽干、榨尽……在贪欲面前，地球已毫无秘密，藏不住任何东西。

我们消灭了“原配”和母体，颠覆了古老与经典。我们在混乱的逻辑中挣扎，以更大的亏损去生产，以更大的消耗去收获，以更大的破坏去修葺……

天地的质与本，上苍配给生命的天然元素和神圣契约，被消解了。我们离造物主颁布的秩序和法则，越来越远。

自从发明了空调和暖气，我们连春夏秋冬都不想要了。有中医告诫我：夏天你一定要出汗，冬天你一定要知冷。

没错。身体是有原始记忆和密码的，它和大自然有约定——百万年前就约好了。它耐心守候寒暑轮回、时序更替，若对方迟迟未临——如同约好了人，苦苦翘首却不见其影，那悲愤可想而知。日子久了，它即紊乱，即自暴自弃，以生病惩罚人的毁约，报复世界的失信。

所以，现代人身体多为病体。

没有山，只剩下矿山。没有河，只剩下河床。

守着一点点“原配”的残羹，人搬个板凳，开始吆五喝六地收费。封山、封湖、封岛、封户、封寨、封庙、封城……那么多路障，那么多门票，若李白、张岱、徐霞客们高寿至今，要携多少银两出门？有多少人惦记他们的盘缠？他们哪里还会吟诗，只改骂娘了。

我一直以为，山水门票，是人类发明的最丑陋和最无耻的东西。当一张黄山门票卖三百元时，那株傲立风霜的迎客松，即成了老鸨一样的摇钱树。

人，诗意地栖息在大地上。这诗意，一定和“免费”有关。

03 +

小时候，我痴迷地图册。最讨厌的是行政页，最热爱的是自然版：褐色乃山，绿色为林，蓝色喻水，色度象征山水之高低深浅……我还莫名地想，“爱祖国”、“爱世界”、“爱人民”，即因为有这些好看的颜色吧？有了五颜六色——江山才叫美，生活才值得过，世界才让人爱啊！

所以，我一面对地图，童心里就涨起“爱国主义”的潮水，用不着教育。

那会儿的大自然，基本还算原配。

那天，在网上读到个帖子，《请饶了故乡，不要种速生林》——

> 家乡的木兰湖畔，正有人大规模毁山砍树，准备种速生林……本人多次致电省林业厅及天然林保护办公室，无人接。致电国家林业局、环保总局，接听者称不在管辖之列。致电国家信访办，永远是忙音。致电《焦点访谈》，无人理睬……本人感到空前绝望。故乡处生态脆弱的丘陵地带，河流短小急促，水土流失严重，而种速生林，生长周期短，又需大量水，易造成土壤板结，形成生态灾难。革命时期故乡为新中国捐躯了14万烈士，恳请看在牺牲重大和生态脆弱的份上，饶了故乡，不要种速生林，尤其别毁坏天然林……

读着这篇帖子，内心几度哽咽。吾学浅薄，无力判断其科学逻辑，但经验逻辑告诉我：“原配”一定优于“二奶”！大自然选定的天然林，一定优于人工发明的速生林！

我向这位孤独的陌生人致敬，向遥远山冈上的那份呐喊致敬。

他捍卫的是古老，是祖业。

04 +

卢梭说：“事物之所以美好并符合秩序，乃其本质使然，与人的约定无关。”

是的，人只能发现世界的美好并接受赐予，自己并不能创造世界的美好。

人其实很渺小，很无能。他不是地球的主人，和草木虫兽一样，仅仅是孩子，是被抚养者。不知为何，他老想革命，想主持天下，想做皇帝。

从剥削万物的角度看，人确实是在地球上建了个奴隶王国，且是最坏的那个朝代。若把所有物种都请上一个台面，人肯定是最道德败坏的那一席，就像我们最痛恨的人群中的败类。

发明有两种：一是适度发明，一是过度发明。

人，常常自殁于过度的创举。托马斯·米基利乃美国化学家，凭含铅汽油和氟利昂两项发明，他被封为“地球历史上对大气影响最大的个体生物”和“历史上杀戮最多的个体”。后来，他染上了脊髓灰质炎和铅中毒并瘫痪。即便如此，他也不甘寂寞，设计了一套绳索滑轮以便于自己起床。55 岁那年，不幸发生了，他突然被绳索缠住，窒息身亡。

综其一生，这个聪明人亲手发明了自己的死。

我不知道，对人类来说，这是个怎样的寓言？

真想，真想对马达轰鸣的世界大叫一声：停！

让万物归位，让生活恢复它的本来面目吧——

天是蓝的，山是绿的，河是流的，水是清的……

我衷心怀念大自然的原配，人间游戏的原配。

2009 年

周 际　摄

那些美丽的禁忌

中国的青山绿水在哪？

我想，答案应该是：在有禁忌的地方。

换言之，在信仰之乡。

“童山秃岭”一词，似乎北方人才念叨。

一个乍赴南国的人，尤其是冬天，视觉上会有异样感。满目葱茏，直让你怀疑自己戴了墨镜。若到了那些大西南村寨，绿的浓度和幅度更让人油生幻觉，以为掉进了绿池子里。

不仅绿，且绿得亢奋、魔幻、忘情。

和气候水土有关，又不尽然。在北方，即便炎夏雨季，也不会绿得这般浩瀚、深邃；即便同处南国，城乡之绿也相去甚远，再郁郁葱葱，也挡不住天天砍、月月伐的开发啊。

最感人的绿，为何独藏南方乡野呢？

较之北方和城市，南方乡野多了一缕精神上的东西：禁忌。

具体地说，即草木崇拜。

他们奉树为仙，敬林若祖，轻易不敢折木斫枝，生怕违逆神灵，冒犯风水。

禁忌源于信奉。人有信奉，则生敬畏，进而生律戒——手脚即老实多了。

惜爱草木，古即倡之。天人合一的儒家，早早就流露出对植被的体恤。孟子道："斧斤以时入山林。"也就是说，伐木要择时，不滥为。夫子曰："断一树，杀一兽不以其时，非孝也。"《礼记·月令》正告："孟春之月，禁止伐木……季春之月，毋伐桑柘……仲春之月，毋焚山林……孟夏之月，毋伐大树……季夏之月，毋有斩伐。"《荀子》亦云："圣王之制也：草木荣华滋硕之时，则斧斤不入山林，不夭其生，不绝其长也。"

以上"时忌"，主要源于惜佑之德，类似如今的"休渔期"，旨在让草木休养生息。但不难判断，这些竹简之言虽语气严正，但精神威慑力和伦理契约性都很弱，行为强制力几乎没有，说到底，"劝言"而已。

民间对树的尊崇和仰望，要等到草木图腾和相关禁忌文化生成之后。

植物有灵的说法，先秦有之，有位树神叫"句芒"。至于大规模的树膜拜何时开始、能量如何，我没细考。但在华夏的犄角旮旯里，随处可闻"树精"、"树神"、"树怪"的魅说。

我客居山东济宁时，窗外有条古槐路，街心有铁栏，护着一株数百岁的嶙峋老槐。每天清早，枝丫上都会新添一缕缕的红绸布，皆是夜里缠上的，用意不外乎祈福驱灾。这条路扩了许多回，树也从路边到了中央，可谁也不敢去伤它。甚至，为让老树享饴孙之乐，整条路全补种了新槐。

从前，凡去一个村子，村口总会遇一棵沧桑大树，北方以槐、榆、柳居多，南方以樟、榕、橡为主。该树往往地位显赫、待遇优厚，一打听，保准跳出一大堆灵异故事。

汉族社会的树崇拜，大概俗气些，总要从树家族中选出最特别的来供奉，其余则随意处置了。硕者为王、老者为寿、怪者为奇，一棵树若具备这几样特征，被景仰的可能性即有了。

相对于北方，南方乡民对树的感情和构思更丰富些，除“树精”、“树怪”这些非凡个体，还把神圣的范围扩大到了族群——“风水林”。

广东鹤山雅瑶镇昆东村后的小冈上，有一片“风水林”，相传其种子是从南洋带回来的。该树叫格木，为亚热带珍贵树种，其大龄者已逾两百岁。上世纪60年代，某造船厂许以两台拖拉机换这片木材，被村民一口拒绝。且不说经济实惠，在那个高音喇叭天天喊阶级斗争、反封建迷信的年代，敢拒绝尔等要求，足见“风水林”在百姓心目中的威望了。

宁受政治打击，不遭神灵报应，此即信奉和服从、天命和政令的区别，天壤之别。“风水林”在南方现身很早，也很普遍，凡上年头的村子，几乎都有一群备受孝敬的树。“风水林”的指认，其实很讲究，入选者多是在防风御寒、涵养水源上功劳大的林子。

“风水林”让“青山绿水”的比率和稳定性大大提高了。从单株神树到成片的“风水林”，人的敬畏范围和禁忌力度在放扩，受惠面积和获益程度也在增长。

其实，迷信的人很聪明。

都市多宫殿，乡野多祠堂。

北方多政事，南土多庙香。

在树面前，城里人和北方人颇显恣意和霸道。

所以，北方城里的树，年轮偏小，寿者极少。

较之汉族社会，少数民族的树神崇拜在情感上更天真，纪律上更严格，行动上更彻底。

贵州的苗、侗两族，自古崇拜草木。在其眼里，树等于神灵和福祉。每年春，族人都要过“树秧节”，人人种苗造林，连未婚男女的信物也是一棵树苗。还有个风俗：谁家婴儿降生，全寨老小要齐力替之栽种一百棵杉树苗。

西双版纳，乃中国热带雨林最完整、面积最大之地，为什么呢？

并非偏僻荒凉，不便开采，而因这儿的主人是傣族、哈尼族、佤族、基诺族……他们有个共同的图腾：神林。他们视树为衣食父母，为感恩示敬，将大片地势好、近水源的森林供为“神林”、“龙林”——神的安息地，连其中的花草禽兽，也被视为精灵，不得侵扰。神林要求寂静与安详，不允伐木、狩猎、开垦，不允喧闹、泄秽、有猥亵之语，连枯枝落果也不得捡拾。

整个西双版纳，“神”的领地有六百余处，近十万公顷，珍稀植物和药用植物两百余种。

中国最大的植物种子和基因库，寂静如初，仓储完好，靠的是“门神”。

靠的是“闲人免入”和“肃静”的牌子，是“精神防护罩”和“铁布衫”。

有了这些，它刀枪不入。

如今，很多事都应了那句老话：礼失而求诸野。

不仅是西双版纳，“神林”在滇、桂、川、黔等地的其他部族也盛行，彝族、白族、水族、瑶族……皆奉树为神，虔敬有加。

不错，这是迷信——迷恋和信奉，但谁敢说迷信乃愚人所致、庸人自扰呢？

我觉得，乃谦卑使然，乃大智慧和大先见使然。

在迷信的光照下，树是幸福的，树荫下的人也是幸福的。

景仰与厚泽，禁忌与荫庇，养护与反哺……物物循环，投桃报李。

所谓天道，所谓舍得，即如此。

害怕，有时候是美丽的。

怕久了，入了骨，便成爱。

上苍佑之，必使之有所忌，有所敬，有所自缚和不为……如此，其身心才是安全、舒适的，像一盘有序、有逻辑和对手的棋。

上苍弃之，则使之无所畏，狂妄僭越，手舞足蹈……那样，其灵魂即时时于混乱、激酣中，距癫痫和毁灭即不远了。

2009 年

多闻草木少识人

某种意义上，没有人真正看过一朵花。

——乔治亚·奥基夫

住海淀时，最常去的是北京动物园和香山植物园。

迷恋动物园，因为它帮我确认一件事，它反复地、一遍遍地向我证实：生命是丰富的，物种是多样的…… 否则，我直怀疑世上只剩下人了。

在这座庞大的动物收容站，我遍访那些完全不同于己的生物，那些传说中的异类，打探其故乡、家族、数量，聆听其身世、命运和生涯故事……

人类中有一个命运多舛而惨烈的族群——犹太人，其颠沛流离、东闪西躲，成员系统像蒲公英一样被吹得七零八落，连中国东北的冰天雪地里都有其公墓。在我眼里，动物园的房客，遭遇皆像犹太人，而它们的纳粹天敌，正是自称“人类”的那群家伙。

不错，动物园即收容站，或者说拘留所，但我是来探监的，不是来观赏的，我是以亲友身份来的。这样说有点矫情，但我确实这么想。每每注视笼子里的对方，那么瑰丽的皮毛、那么精致的斑纹、那么神奇的习性、那么伟岸或袖珍的形体……我都自惭形秽、羞愧难当，我觉得人类配不上它们，配不上如此丰美灿烂的生灵，不配与之为伍。

逛香山，则为消焦灼、蓄元气，更为避世。躲开车马鼎沸的聒噪、巍楼悍厦的逼视，远离骨骼与骨骼的撞击、欲望与欲望的火并、脏口与脏口的对骂……

草木乃最安静、最富美德的生物，也是肉体最伟大的保姆：献花容以悦目、果茎以充腹、氧气以呼吸、林荫以蔽日，还承接人之垃圾和秽物……没有草木，我们真是一秒也活不成。

香山植物园，最大魅力是阔，阔得足以让人忽略其败笔：院墙和门票。除山风浩荡、野趣丰饶、地气充沛，它还有个好处：人寡。再多的人撒到如此大的林子里，也成了丛中蚂蚱，被稀释了。

人寡，则幽、则清、则定。

不过，颇为尴尬的是，面对妖娆花木，我竟无法叫出对方的名字。

成千上万的她们，我所识者寥寥。爱慕，却不知称呼；惊艳，却无从指认。甚至无法转述她们的美，炫耀我的眼福。

其实何止于我，翻翻书报，“一朵不知名的小花”、“一棵不知名的大树”，懒汉比喻和无知之说，比比皆是。曾见一位母亲，带儿子在园子里玩，童声一连串地问“妈妈这叫什么”，我清楚地听见萱草被说成了马兰、蜀葵被说成了木槿、鸢尾被说成了百合、茑萝被说成了牵牛，其他我也说不出了……末了，年轻的母亲被逼得声音越来越低，嗫嚅不清了。

我把此事告诉一朋友，大发感慨：现代人熟记的人名多不胜举，尤其是演艺明星，所识草木却可怜至极，真是奇怪！过了几天，收到朋友一赠书：《野花图鉴》。还有一条短信：“每次看到‘全草入药’几个字，我都肃然起敬！”果然，翻开该书，几乎每条注释中，皆见“全草入药”四字。

草木深深，福佑其中；花果累累，生之有养。

我想，若有一日，自己被发配荒野，携一卷《本草纲目》，也就能活下去，芥命无忧了。

若再奢侈一点，容我多带一本书，该是什么呢？

无疑是它了。

在我眼里，《诗经》乃性灵之书、自然之书、童话之书，更是精神明亮之书。我想，从古到今，即使只有这么薄薄一册，华夏文化也堪称灿烂。后人若能承先民衣钵、循童年心性，文明又何尝堕落至此？扔掉《诗经》，遗弃它的纯真精神，背叛它的诗意逻辑和生存美学，乃悲剧之始。

《诗经》伟大在哪儿呢？夫子看得透：“一言以蔽之，思无邪。”

“思无邪”，即纯洁、烂漫，即清澈、雅正。作为教书匠，夫子总不忘唠叨，续了串大道理：“可以兴，可以观，可以群，可以怨。迩之事父，远之事君。”最后，又似乎想起了什么，对小儿说：“多识于鸟兽草木之名。”

这是我极欣赏的一句话，也是酷爱《诗经》的一大隐由。

它确乎是一部生物百科全书。陆玑著《毛诗草木鸟兽虫鱼疏》，对《诗经》里的物类作了详解，计草本80种、木本34种、鸟类23种、兽类9种、鱼类10种、虫类18种，共有动植物174种。而据台湾学者潘富俊统计，《诗经》藏有草木160种，比陆玑多出近半百。

感谢这些草木鸟兽吧，感谢这部险几绝版的大自然吧。

很大程度上，我们所谓"热爱生活"、"热爱世界"的依据，即在其中。

张爱玲读《诗经》，很为里面的情爱男女"怎么这样容易就见着了"而欢欣，兴奋得脸通红。胡兰成则解释："直见性命，所以无隔。"

不愧为情事大师，一语道破。

《诗经》里的美丽欢爱，正因人之心性和大自然息息相通，人之情思和旷野一样率真、赤裸。天光明澈，心如镜水，无泥沙拖累，无城府之深，故彼此认出、相互照见即简易得多、笔直得多。哪像今人这般诡秘周折？

什么叫"天作之合"？

《诗经》里慢慢找。懂得天地，方懂男女。

最后，我想对孩子们说一句：多闻草木少识人。

这年头，名人的繁殖速度比细菌还快，都急疯了。

草木润性，尘沸乱心。在这个信息爆炸和绿色稀疏的年代，即便"少识"，业已多识；即便"多闻"，亦然寡闻。

2009年

“我是印第安人，我不懂”

我要扶住你，大地。我醉了，我是醉了。

我称山为兄弟，水为姐妹，树林是情人。

——海子《醉卧故乡》

很久了，主流世界由三组人组成：追随人格神（比如耶稣、佛祖、真主、孔圣）的人，不奉任何神的人（比如唯物论者），什么都不信的人（虚无主义者）。

很久了，我们渐渐忘了世上还有一种人：他们讴歌自然神，他们是大地的信徒，他们拥有最古老和神秘的品质——“清晨”的品质；其精神气质近乎儿童，目光清澈、性情烂漫、行为富有诗意……

他们被称为某土著或某部落。

因为小，因为弱，因为没有征服的念头，于是被征服了。

甚至像山谷里的歌声一样，永远消逝了。

我不是其中一员，但一想起“神秘”、“美好”、“天真”这些词，即忍不住怀念他们。

我称之为“清晨的人”。那些很少很少的人。

阿尔伯特·爱因斯坦恳求同胞：“把爱的范围扩大到所有生灵及整个大自然吧。”

有一群人，一出生就这么想，就这么做。

奉大地为父，视万物为兄，他们通晓草木、溪流、虫豸的灵性，俯下身去与之交谈；他们没有人的傲慢，不求包括自己在内的任一物种的特权；为生存，他们不得不采猎，但小心翼翼，怀着爱、感恩和歉意；他们坚信大地不属于人，而人属于大地；他们认为鹿、马、鹰、草茎的汁液，和人同出一家。与崇拜某个事物的族群不同，他们爱的是全部，是大自然的全体成员和全部元素。

火一样的肤色和赤裸的胸膛，他们自称“红人”。

在历史和外交上，他们被叫为——印第安人。

公元 1851 年，美国政府欲以 15 万美元换他们 200 万英亩的领地。为和平，他们妥协了。在华盛顿州的布格海湾，前来签字的一位叫西雅图的酋长，对城市和白人发表了这样的演说：“在我们的记忆里，在我们的生命里，每一根晶亮的松板，每一片沙滩，每一缕幽林里的气息，每一种引人自省、鸣叫的昆虫，都是神圣的……你我的生活完全不同，印第安人的眼睛一见你们的城市就疼痛。你们没有安静，听不见春天里树叶绽开的声音、昆虫振翅的声音，听不到池塘边青蛙在争论……你们的噪音羞辱我的双耳，这种生活，算活着？……我是印第安人，我不懂。”

我是印第安人，我不懂。

后来，华盛顿州首府取了这位酋长的名字：西雅图。

有个当代故事：一个长年住在山里的印第安人，受纽约人邀请，到城里做客。出机场穿越马路时，他突然喊："你听到蟋蟀声了吗？"纽约人笑："您大概坐飞机久了，是幻听吧。"走了两步，印第安人又停下："真的有蟋蟀，我听到了。"纽约人乐不可支："瞧，那儿正在施工打洞呢，您说的不会是它吧？"印第安人默默地走到斑马线外的草地上，翻开了一段枯树干，果真，那里趴着两只蟋蟀。

城市人失聪，因为其器官只向某类事物敞开，比如金钱、欲望、键盘、电话、证券、计算器……从而关闭了灵性。印第安人的听力不是"好"，而是正常和清澈，未被污染和干扰的正常，没有积垢和淤塞的清澈。一个印第安人耳朵里常年居住的，都是纯净而纤细的东西，所以只要对方一闪现，他就会收听到。

作为忠告，作为签约的条件，西雅图酋长继续对白人们说——

> 记得并教育你们的孩子，河川是我们的兄弟，也是你们的，今后，你们须以手足之情对待它……你们须把地上的野兽当兄弟，我听说，成千上万的野牛横尸草原，是白人从火车中射杀了它们。我们只为求活才去捕猎，若没了野兽，人又算是什么呢？若兽类尽失，人类亦将寂寞而死。发生在野兽身上的，必将回到人类身上……若继续弄脏你的床铺，你必会在自己的污秽中窒息。

可惜，这些以火车和枪弹自负的工业主义者，并未被插着羽毛的话给吓住。他们不怕，什么都不怕。

清晨之人的声音，傍晚之人怎能听得进呢？

犹太作家以萨·辛格说："就人类对其他生物的行为而言，人人都是纳粹。"

北美大陆的野牛，盛时有四至五亿只，19世纪中叶有四千万只，随着白人的火车行驶，五十年后，仅剩数百只。

果真，野兽的命运来到了人的身上。1874年，印第安人的领地发现了金矿，白人断然撕毁和平协议，带上炸药、地图和酒瓶出发了。很快，野牛的血泊变成了人的血泊。

印第安人的清晨陨落了，剩下的，是星条旗的黄昏和庆祝焰火。

李奥帕德说过："许多供我们打造出美国的各种野地已经消失了。"

美利坚，基于北美的童年基因而诞生，乃流落欧洲几世纪的自由精神遇到辽阔大陆和清新野地的结果。而它功成之日，却蹂躏了赋予它容貌、体征、气质和恩泽的母腹。从此，它再也无法复制古希腊的童话，只能以现代的名义去铸造一个以理性、逻辑和法律见长——而非以美丽著称的国家。

我常想，印第安人的挽歌，是否人类童年的丧钟？

若世间没有了孩子，还有诗意的未来吗？

叶芝在《偷走的孩子》中唱道——

> 走吧，人间的孩子！
> 与一个精灵手拉着手，走向荒野和河流。
> 这世界哭声太多，你不懂。

如果能选择，我也想做一个印第安人。

那些很少很少的人。

哪怕清晨开始，清晨死去。

2009 年

春天了，一定要让风筝放你

草长莺飞二月天，拂堤杨柳醉春烟。
儿童放学归来早，忙趁东风放纸鸢。

——（清）高鼎《村居》

“一百年前，天上只有两位乘客：鸟和风筝。”

那个下午，当那只软翅“大沙燕”摇头摆尾，只剩蝌蚪一点时，我对太太说。

恰巧，有一架飞机掠过。

一个傲慢的现代入侵者。

这是我平生第一次放风筝，激动得脖子疼。

风筝古称纸鸢、风鸢、纸鹞或鹞子。我尤喜闽南一叫法，“风吹”，名起得懒，却传神。若叫“乘风”，是否更好呢？我拿不准。

当纸片儿腾空而起，你会浑身一颤，“呼”地一下，整个心思和脚跟被举了上去……飞啊飞啊飞，你成了风的乘客，腋下只有天，眼里只剩云……你脱胎换骨了，精神如烟、心生羽毛，你不再是深刻的人，你失重了、你变轻了，体内的淤物通了，块垒和板结碎了……

别了，浑浑噩噩。别了，尘世烦忧。

谁之伟大，发明了这乘风之物？

唐书《事物纪原》把功劳给了韩信，说楚霸王被困垓下，韩信造大纸鸢让张良乘坐，飞到敌营上高唱楚歌，霸王遂一败涂地。更奇的传闻见于《白石樵真稿》：北齐文宣帝时，围剿元姓宗族，彭城王元勰的孙子元韶被囚地牢，其弟偷造大纸鸢，双双从金凤楼飞逃。

不信吧？那是你的损失。

我头回牵一只会飞的家伙，它那么兴奋、有劲，手都酸了。

风和我据理力争。线弯弯的，成了弧，像水中的钓线。天空突然钻出许多的手，抢这只漂亮的沙燕，犹如拔河比赛……显然，它不再中立，它背叛我了，它在冲着风喊“加油”。除了那条明白无误的线，它几要与我无关了。

它的立场让我惊喜。

第一次把思绪送出这么高、这么远，我将地上的事忘了个干净，连自个儿都忽略不计了。那风筝，仿佛心里裁下的一角。

什么叫远走高飞，腾云驾雾？什么叫心驰神往，目眩意迷？

快快放风筝去吧。

其实是风筝放你。

春天来了，我是怎么闻讯的呢？

依据不是变柔的柳条，亦非迎春和桃花骨朵，而是冷不丁瞅见一两尾纸鸢在天边游。

春，尤物一般，就这样突然扑过来。

风筝，是春的伴娘，是春的丫鬟，也是春的间谍，是她泄露了情报。

“江北江南纸鹞齐，线长线短迴高低。春风自古无凭据，一任骑牛弄笛儿。”（徐渭《郭恕先为富人子作风鸢图偿平生酒肉之饷富人》）古时，风筝是缚哨带响的，又称“弄笛”。

在老北京，凡扳着手指数日子、喜欢引颈仰天者，一定是风筝客。他们不肯错过一寸早春，一定要到半路上去等、去迎，然后大声宣布第一个遇见了春天。否则，他们不原谅自个儿。

我在什刹海边、玉渊潭湖堤、故宫护城河畔，见过很多精神矍铄的老人，提马扎、携干粮、戴墨镜，从早到晚神游于天际。

望风、听风、嗅风、捕风、乘风、追风。一辈子爱风，胜过老婆孩子。

他们红光满面、气定神闲，一看即活得飘飘袅袅之人。“鸢者长寿”，这话没错。

每次途经，我都羡慕一阵，搭乘一会儿老人的快乐。

我会想起“莫负春光”一词。

不知为何，我一直没想过要放风筝。

直到某天，猛然意识到自己临近不惑（这个被我掉以轻心的残酷事实），竟还没牵过一样会飞的东西，竟还没亲手拉扯过春风，就像暗恋一个女孩子，竟还没牵过她的手……我突然觉得自己是个不及格的春天爱好者，我既没出门去迎、去半路上等她，也没准备任何私人仪式和礼物。

爱一个人，却没行动表示，这不是人生舞弊吗？这不是浪费韶华、侮辱青春吗？这不是辜负女孩子的美丽吗？

我的首只风筝是在玉渊潭买的。那种最傻瓜的塑料布大三角。

我怀疑不是我在放飞，是它自个儿主动飘起来的，仿佛提前装好了程序。当发现风筝古称“纸鸢”，我更无法忍受了，想起塑料这种有毒化学物，即觉得对不住蓝天。还有，那大三角算怎么回事啊？毫无“鸢”之美，简直是污辱翅膀，欺骗风的感情……于是，我为自己选了北京最传统的大沙燕。

软翅、纸扎，大沙燕是最像“鸢”的风筝。

那个春天，我共牺牲了三只风筝。

一只是拔河比赛我故意输了，我把它送给了风。

一只是风向突变，不幸坠地，香消玉殒。我悲愤地想起孔尚任的那首诗：“结伴儿童裤褶红，手提线索骂天公。人人夸你春来早，欠我风筝五丈风。”好孩子，骂得好，该骂。

一只是飞到附近的村子，挂在树顶。我只好将线剪断，几秒工夫，“呼”地一下，风就把它接走了，不知藏到何处去了。

春天来了，你一定要跑去打招呼，你一定要放风筝。

不，你一定要让风筝放你。把你放得优哉游哉，从城市的罩子里逃出去，看一看蔚蓝，追一追神仙，呼吸一下晴空与辽阔，住一住云上的日子……

然后，年年如是。

去半路上娶春天。

直到你飞完人生。

2009 年

周际 摄

有股焦灼让你必须连夜种点什么

身体精神都染了病的人，快去做五六年农夫吧。

——亚米契斯《爱的教育》

这个世界上，植物是给予者，动物是消费者。

而人，作为动物中的动物、猛兽中的猛兽，乃地球史上最大的食客。

在超市，将包装精美的五谷杂粮一件件往筐里填时，忽然蹦出个念头：我竟然从不种植？一辈子只当终端消费者？一辈子如《诗经》里所说的那种“不稼不穑”？

这不奇怪吗？城里人竟然从不生产，只埋头大吃大喝，甚至懒得去拜望一下对方，看看它们是如何诞生并抵达餐桌的……恐怕没有一个时代，像今天这样，某样东西的消费者和它的生产源——竟相距如此遥远，隔离如此彻底。

这种冷漠，这种断裂和绝缘，这种老死不相往来，亘古未有。即便是一个古代宰相甚至君王，也不会让该逻辑成立。

如今的城市孩子，谁访问过真正的庄稼？嚼黄瓜者谁见过秧架上的黄瓜？吃山药者谁见它从地里被挖出来？谁清楚蒜薹和莴笋藏身的地方？

朋友一幼儿，被带往乡下探亲，村口迎面撞上一头猪，吓得哇哇大哭。朋友哄劝，那不就是动画片里的猪宝宝吗？孩子拼命摇头，不是猪，是熊。

阿尔多·李奥帕德的《沙乡年鉴》，乃我的床头书之一。他说："倘使你没有一块农田，你将面临两个精神上的危险：一是以为早餐来自杂货店，一是以为暖气来自暖气炉。"

此话早已应验了。

在如今的孩子眼里，一切都是现成的，一切按流程和说明书来走，世界本来即安装好的这个样子：自来水属于自来水管，燃气属于燃气灶，热水属于热水器，微波炉属于电插孔，蔬菜瓜果属于超市……

我听到过两则对话——

孩子："将来我要挣好多好多的钱！"妈妈："为什么呢？"孩子："没有钱人会饿死啊！"妈妈："不会吧？你可以自己种东西吃啊！"孩子不解。

孩子："妈妈，春天来了吗？"妈妈："还没呢。"孩子："春天来了，电视会告诉我们是吗？"妈妈愣住。

我不敢笑，孩子无辜。对他来说，食物的制造者确实是钱，也只和钱发生关系；他的季节信息，确实来自天气预报，而非自己的感官。他的双脚，恐怕从未踏上过泥土，大自然的体温和变化，他怎么能察觉呢？

身体精神都染了病的人，快去做五六年农夫吧。

这是亚米契斯在《爱的教育》中的话，我深以为是。

人一生必须吃点亲手种植的东西，必须尝试一点田野劳作。“劳动”，这个伟大的美德之词，我觉得唯农耕才配得上，现代语境下的种种“工作”与“上班”——都不应争夺和染指这份荣誉。农耕是最朴素、最基础、最简易的活命方法，与天地共栖，与日月同辉。一个人，即使没书报没音乐没电脑，但只要有一捧种子和一柄锨，就能活下去。同时，农耕也最诚实、最无欺，在所有生计行当中，其付出与回报、汗水与果实，最有可能成正比——简言之，它的逻辑最正直，最体现命运的公正和积极。

所以，人要永远向农业致敬，它应第一个被感恩戴德。

欢言酌春酒，摘我园中蔬。（陶渊明《读山海经·其一》）

古代文人历来崇尚手脚和大脑之双重投入，在诗词的花蕊下，总闪烁着泥土的芬芳和劳绩。“天随子”陆龟蒙即是典型。这位晚唐诗人，更是个地道的耕夫和农学家。《新唐书·隐逸列传》称他：“有田数百亩，屋三十楹，田苦下雨潦，则与江通，故常苦饥，身畚锸，茠刺无休时。”大意是说，由于地薄田涝，这位贫苦大地主，不仅亲自荷锄负箕，抗洪抢险，还常常断炊挨饿。当然，这是人家的自选活法，苦中作乐。龟蒙著作等身，最著名的竟是农事文章，即劳动心得，如讲犁具的《耒耜经》，论垂钓的《渔具十五首并序》《和添渔具五篇》，谈防虫治鼠的《蠹化》《禽暴》《记稻鼠》，呼吁保护渔业资源的《南泾渔父》等。正因为活得健康、朴实、生机蓬勃，他和好友皮日休被鲁迅赞为“一塌糊涂的泥塘里的光彩和锋芒”。

“四体不勤，五谷不分”，这是孔子平生遭遇的最严厉的嘲讽。

《论语·微子》载：“子路问曰：‘子见夫子乎？’丈人曰：‘四体不勤，五谷不分。孰为夫子？’……明日，子路行以告。子曰：‘隐者也。’使子路反见之。至，则行矣。”孔子高度表彰了这份嘲笑，称大贤之人，并催弟子折返请教，但人已去矣。

亲近农田、熟悉庄稼，这是人之本分、之天职。

当离这个本分越来越远时，我感到不安、惶恐，我觉得自己是个不健全的人。即使现代分工给了足够的辩解，但无论如何，消费与生产不该如此隔绝。一辈子守着消费终端，懒得向另一头走半步，我觉得这样的人生链条是残缺的、不健康的，有犯罪感。它一定违反了某种伦理。别忘了，人曾是旷野的一部分，虽然肉体挣脱了出来，但灵魂不该背叛。

我们至少要常回过头去，深情而感激地望它一眼。

古老的农田，古老的庄稼，古老的人生。

否则，我们的身体和精神一定会染病的。

一件事，发生在我身上。

那天，搬进新宅的某个晚上，在众家具和装修气味的包围中，我焦躁不安，不停地踱步，不停地跑到阳台上深呼吸。我知道内心发生了严重骚乱，可想不出如何平息。后来，望着一只空花盆，我明白了：

我在思念农田！我需要改变这个空间的生态，改变它的成分和气息，改变它的“场”！我需要扶植一名亲信，一个灵魂上的亲信，与我为伍，一起稀释、对抗这屋子里的化学和工业。我突然极想干件事——亲手将一粒叫“种子”的东西埋进泥土，凝视它发芽、吐叶、分蘖……我的意思不是修饰这个房间，它不应是观赏类花草，而是极实用和朴素的植物，有“庄稼”和“农业”的品质，比如茄子、黄瓜、西红柿。

我只要一株就够了，一个亲信即能让我坚定、强大起来。

这欲望从黄昏起泛滥，到深夜，愈演愈烈，不可收拾了。

我等不及，我无法忍受这个没有播种没有萌芽没有改变的夜，我撑不到天亮。

有盆，有残土，可到哪儿去弄种子呢？真正的“农业”种子？

我困兽般踱步。突然目光里闪出一样东西，一袋辣椒，超市买的。

有了，有种子了。我开始行动，像做一件伟大的事。

等一勺水浇下，泥土变湿了。花盆成了一位母亲，她怀孕了。

夜，和刚才截然不同了。

黑暗中，有一束微光，有一粒叫“大自然”的胚芽，它在闪烁，一微米的心脏，在跳动。在这座钢筋混凝土的空间里，突然来了个敌人，一抹小小的异己的能量；这个原本一切物件（包括我）都正被一秒秒损耗、老化——做着物理“减法”的场地上，突然有了一股反方向的力——“生长”和“加法”……

这多么令人鼓舞！

有位在“文化大革命”中坐牢的前辈，他告诉我，那时每天最幸福的事，即扒着窗户，专注地看墙外一棵树，就一棵。你会看出它时时刻刻在变，也只有看出这种变，它才对你有用，才让你目光有所安置，心思有处盛放……不同季节的树不一样，每个时辰的它也不同。

偶有鸟儿落上，那就像过节了；夏天，夏天最妙，你不仅能听，还能用肉眼从枝叶中搜到几只蝉和蜕……冬天最难熬，树秃了，就关心起枝丫和树疤，关心枯叶在风中的滚动。不幸的是，落叶总是很快被人扫走……

他说，若没那棵树，自己会疯掉的。

是大自然的某种“生长”，救了他的神经。

是铁窗外的某种“活着”，让他活了下来。

2009 年

在古代有几个熟人

朝市山林俱有事，今人忙处古人闲。

——（明）陈继儒

01 +

某日，做了个梦，梦里被问道：“古代你有熟人吗？”

我支支吾吾，窘急之下，醒了。

醒后想，其实我是勉强能答出的。我把这话理解为：你常去哪些古人家里串门？

我想自己的人选，可能会落在谢灵运、陶渊明、陆羽、张志和、陆龟蒙、苏东坡、蒲松龄、张岱、李渔、陈继儒，还有薛涛、鱼玄机、卓文君、李清照、柳如是等人身上。缘由并非才华和成就，更非道德名声，而是情趣、心性和活法，正像那一串串别号，“烟波钓徒”、“江湖散人”、“蝶庵居士”、“湖上笠翁”……我尤羡那抹人生的江湖感和氤氲感，那缕菊蕊般的疏放、淡定、逍遥，那股稳稳当当的静气、闲气、散气（按《江湖散人传》的说法，即“心散、意散、形散、神散”），还有其拥卧的茅舍菜畦、犬吠鸡鸣……白居易有首不太出名的诗，《访陈二》，其中两句我尤爱：“出去为朝客，归来是野人……此外皆闲事，时时访老陈。”老陈是谁？不知道。但我想，此公一定有意思，未必与白居易文墨同道，甚或是渔樵野叟，但必是生机勃勃、身藏大趣者，否则老白不会颠儿颠儿地往那儿跑。这等朋友，最大魅力即灵魂上有一股酒意，与之相处像蒸桑拿，有说不出的舒坦。

我物色以上诸位，很有参考“老陈”的意思。说白点，是想邀其做我的人生邻居，那种鸡犬相闻、蹭酒讨茶的朋友。另外，我还可凑一旁看人家忙正事：张志和怎么泛舟垂钓，与颜真卿咏和《渔歌子》；陆龟蒙怎么扶犁担箕，赤脚在稻田里驱鼠；陶渊明怎么育菊酿酒，补他的破篱笆；李渔怎么鼓捣《芥子园画谱》，在北京胡同里造“半亩园”；张岱怎么茶淫橘虐、书蠹诗魔，又如何披发山林、梦寻西湖；浣花溪上的大美女，怎么与才子们飞句唱酬，如何发明人称“薛涛笺”的粉色小纸……

关于几位红颜，我之思慕，大概像金岳霖一生随林徽因搬家，灵魂结邻，身影往来，一面墙正适合。

02 +

我做电视新闻，即那种一睁眼就忙于和全世界接头，急急问“怎么啦怎么啦”的差事。我有个程序：下班后，在下行电梯门缓缓闭上的刹那——将办公室信息留在楼层里；回家路上，想象脑子里有块橡皮，它会把今天世界上的事全擦掉。我的床头，永远躺着远离时下的书，先人的、哲学的、民俗的、地理的，几本小说、诗歌和画谱……

我在家有个习惯，当心情低落时，即翻开几幅水墨，大声朗诵古诗，要么是《渔歌子》:“西塞山前白鹭飞，桃花流水鳜鱼肥。青箬笠，绿蓑衣，斜风细雨不须归。”要么是陶公的“暧暧远人村，依依墟里烟。狗吠深巷中，鸡鸣桑树颠”。皆旁若无人状，学童一样亮开嗓子。很奏效，片刻，身上便有了甜味和暖意。

我觉得，古诗中，这是最给人幸福感的两首，像葡萄酒或巧克力。至少于我，于我的精神体质如此。

踱步于这样的葱茏时空，白天那个充满焦煳味的世界便远了，什么华尔街金融风暴、胡德堡美军枪击、巴格达街头爆炸、中国足坛赌球……皆莫名其妙、恍如隔世了。

我需要一种平衡，一种对称的格局，像昼与夜、虚与实、快与慢、现实与梦游、勤奋和慵散……生活始终诱导我做一个有内心时空的人，一个立体和多维的人，一个胡思乱想、心荡神驰的人。而新闻，恰恰是我心性的天敌，它关注的乃当代截面上的事，最眼前和最峻急的事，永远是最新、最快、最理性。

我必须有两个世界，两张精神餐桌，否则会厌食，会饥饿，会憔悴，会憎恶自己。

我对单极的东西有呕吐感。

03 +

我察觉到了这样的症状：今人的生命注意力，正最大化地滞留在当代截面上，像人质一样被扣压了，绑缚在电子钟上。

那些万众瞩目、沸煮天下的广场式新闻，那些“热辣”、“火爆”、“闪亮登场”的人和事，几乎洗劫了民间的全部神经，瓜分了每个人的每一天。今人的心灵和思绪，鲜有出局、走神和远走高飞的，鲜有离开当代地盘和大队人马去独自跋涉的，所有人都挤在大路上，都涌向最人山人海的地点，都被分贝最高的声响所吸引。新闻节奏，正成为时代节奏，正成为社会步履和生活的心电图。人们已习惯于用公共事件（尤其是娱乐事件）来记录和注册岁月，比如奥运会、国庆盛典、世博会，比如李宇春、张艺谋、小沈阳，比如《暗算》《潜伏》《蜗居》，它们已担负起“纪年”的光荣任务。再比如，某大导演拍一贺岁片，哪怕粗滥至极，也有人趋之若鹜，明明是一张垃圾海报，但应召者并无怨言。为什么？因为消费什么并不重要，重要的是行动，是众人拾柴的热情，是你被邀请了，是投身于公共集会和时代运动中去，是回复“你看了没有”这个传染性问号。而且，你通过“运动”找到了归属——“岁末”之时间归属、“新潮”之族群归属——既认领了光阴，又认领了身份。

你无力拒绝、懒得拒绝，也不想拒绝。拒绝多累啊。

大家无不过着“进行时”、“团体操”式的人生——以眼花缭乱的新闻、日夜更新的时尚为轴、为节拍、为消费核心的生活。

信息、事件、沸点、意见、声音……铺天盖地，但个性、情趣、纬度、视角少了，真正的题目少了。欲望的体积、目标的吨位越来越大，但品种单一、质地雷同。

越来越多的人，活得像一个人，像别人的替身。

越来越多的人生，像一场抄袭，像流水线肥皂。打量人生，我常想起幼儿园里幼儿排队乘滑梯的情景：这头爬上，那头坠落。目标、原理、进程、快感、欢呼都一样，小朋友们你追我赶，不知疲倦。

04 +

有一些职业，很容易让人越过当代界碑，偷渡到遥远的时空里去，比如搞天文的、做考古的、开博物馆的、值守故居的；有一些嗜趣，也容易实现这点，像收藏古器、痴迷梨园、读先人书、临先人帖。

有位古瓷鉴藏家，她说自己这辈子，看瓷经历了三个阶段：一是知其然；二是知其所以然；三是与古人神交。她说，看一样古物，最高境界不是用放大镜和知识，而是睹物思人、与之对话。古物是有生命的，它已被赋予了性灵和品格，从形体、材质、纹理、色釉到光泽、气质、触感、髓气，皆为作者之情智、想象力和喜怒哀乐的交集之果。辨物如识人，逢高品恍若遇故交，凭惊鸿一瞥、灵犀一瞬即能相认。形体可仿，容颜易摹，灵魂却难作弊。

可以想象，这位藏家在古代有多少熟客，其屋该是一间多么大的聚会厅，多少有意思的人济济一堂，多少传奇故事居住其中。她怎么会孤独呢？

乾隆在紫禁城有间书房，叫“三希堂”，面积很小，仅八平方米，上有他亲题的对联：“怀抱观古今，深心托豪素。”此屋虽狭，但它恐怕是天下最深阔的“怀”了，134 位名家的 340 件墨迹及 495 种拓本，尽纳于此。乾隆虽娄，但其眼福却让人羡慕，那是何等盛大的雅集和磅礴的气场啊，一旦走进去，你想不神游八方都不成。

在京城，我最大的休闲活动即泡博物馆、游老宅、逛潘家园或报国寺的古货摊。我不懂，也不买，就东张西望、走马观花，跟着好奇心蹓跶。有的铺子是唐宋，有的摊位是元明，有的院落是晚清和民国……那些旧物格局，有股子特殊气场，让你的心思飘飘袅袅，溜出境外，一天恍惚下来，等于古代一日游。

明代大书画家董其昌到长安，拜谒千年前王珣的《伯远帖》，惺惺相惜，忍不住添墨其后："既幸余得见王珣，又幸珣书不尽湮没，得见吾也！"话虽自负，却尽显亲昵，也留下一段隔代神交的佳话。我见过《伯远帖》的影印件，尺幅不大，董大师的友情独白占去半壁，还满载历代递藏者的印鉴，不下十余枚，包括乾隆的。应该说，诸藏家与晋人王珣的神交程度，并不逊董，只是董艺高性野，抢先表白了，继者也只能小心翼翼拣个角落座，或体恤先物，不忍涂鸦。

藏轴、藏卷、藏器、藏曲……皆藏人也。皆对先人的精神收藏，皆一段高山流水、捧物思古的友谊，皆一场肌肤遥远却心灵偎依的恋爱。

05 +

除了鉴藏，读书亦然。

明人李贽读《三国志》，情不自禁欲结书中豪杰，大呼："吾愿与为莫逆交。"

"身无半亩，心忧天下；读破万卷，神交古人。"这副对联让左宗棠自励终生。

人最怕的即孤独，尤其是精神上的冰雪冷寂，布衣贩夫、清流高士皆然。特别是后者，无不染此疾，且发作起来更势急、更危重，所以围炉夜话、抱团取暖，便是人生大处方了，正所谓"闲谈胜服药"。翻翻古诗文和画谱，即会发现，"朋聚"、"访友"、"路遇"、"重逢"、"雅集"、"邀客"——乃天下文人竞趋和必溺之题。"柴门闻犬吠，风雪夜归人"，那"寒夜客来茶当酒，竹炉汤沸火初红"的场景，不知感动和惊喜了多少寂寞之士。

然而，知音毕竟难求。尤其是在现世的生活圈里，虽强人辈出，却君子稀遇，加上人心糙鲁、功名纠葛，友情难免有瑕疵，保养和维系的成本亦高。与古人神交则不同了：古人不拒，古人永驻，古人常青。凡流芳后世者无不有着精致人生，且永远一副好脾气，无须预约，不会扑空，他就候在那儿，如星子值夜。你尽可来去如风，更无利益缠绕，天高云淡，干干净净。

名隐陈继儒如此描绘自己的神交：“古之君子，行无友，则友松竹；居无友，则友云山。余无友，则友古之友松竹、友云山者。买舟载书，作无名钓徒。每当草衰月冷、铁笛风清，觉张志和、陆天随去人未远。”陆天随即陆龟蒙，与作者隔了近八百年。

“去人未远”，是啊，念及深邃、思至幽僻，古今即团圆。此乃神交的唯一路径，也是全部成本。山一程，水一程，再远的路途皆在意念中。

吾虽鲁钝，夜秉《世说新语》《聊斋志异》《夜航船》等书时，亦有如此体会——

读至酣处，恍觉白驹过隙，衣袂飘飘。影影绰绰处，柳暗花明间，你不仅得见斯人，斯人亦得见你。一声别来无恙乎，挑帘入座，可对弈纵横、把盏擎歌，可青梅煮酒、红袖添香……

国学大师陈寅恪，托十载光阴，毕暮年全部心血，著皇皇八十万言《柳如是别传》。我想，灵魂上形影相吊，慰先生枯寂者，唯有这位三百年前的秦淮女子了。其神交之深、之彻，自不待言。

06 +

古人尚神交古人，今人当如何？

附庸风雅的虚交、名利市场的攀交、蜂拥而上的公交、为稻粱谋的业交，甚嚣尘上，尤其是炒栗子般绽爆的“讲坛热”、“国学热”、“私塾热”、“收藏热”、“鉴宝热”、“拍卖热”。但人生意味的深交、挚交，纯粹的君子之交、私人的精神之恋，愈发稀罕。

读闲书者少了，读古人者少了，读古心者更少。

斗转星移，今人心性已大变。

有朋友曾说过一句：为什么我们活得如此相似？

问得太好了。人的个体性、差异性越来越小。恰如生物多样性之锐减，人生多样性也急剧流失，精彩的生活个案、诗意的栖息标本，皆难搜觅。

某日，我半开玩笑地对一同事说："给我介绍一两位闲人吧，有趣的人，和我们不一样的人，比我们有意思有意义……"他长期做一档"讲述老百姓自己的故事"的节目，猎奇于民间旮旯，又兼话剧导演，脑筋活泛，当有这方面资源。他嘿嘿几声，皱眉半晌，摇头："明白你的意思，但不骗你，这物种，还真绝迹了，恐怕得往古时候找了。"

陋闻了不是？我就知道一位：王世襄，90岁高龄，人誉"京城第一玩家"。不过朋友所言也是，老人虽在世，但显然不属于当下，乃古意十足之人，算是古时留给后世的"漏"。在现代人眼里，世襄不真实；在世襄看来，眼前也不真实。

王世襄活在旧光阴和白日梦里，连个发小、玩伴都找不到。

其实还有位我爱慕的前辈，汪曾祺。只是先生已驾鹤西去。

"恐怕得往古时候找了。"朋友没说错。

论数量，古有几千年、数十朝的人物库存，可供"海选"。论质量，物境决定心境，那会儿时光舒缓、云烟含幽，万象步履稳健、优游不迫，又讲究天人合一、师法自然——所滋养出来的人物，论心质、趣味、品性，皆拔今朝一筹；论逍遥、活法、特质，亦富饶于当代，可谓千姿百态、洋洋大观。

而现代社会，薄薄几十年光景，风驰电掣、激酣凌乱；又值大自然最受虐之际，江湖疲怠、草木枯萎，世心莫不如物；加上人生高度雷同，所邂逅者无非当代截面上的同类，逢人如遇己，大同小异，权当照了回镜子。

总之，论人物美学资源，彼时与今朝，如大集市和专卖店。

前者种类多、品相全，随你挑。而后者往往只卖一个牌子。

07 +

有时候，你会觉得爱一个当代人是件很吃力、很为难的事。

除物理差异，此人和另者没大区别。其所思所想、心内心外，其喜怒、追逐、情态、欲望、口头禅、价值观、注意力……皆堪称这个时代的流行货色和标准件，乃至色相都是统一美容之果。总之，人复制人，人生复制人生，连“一方水土养一方人”都难成立了。

那么，你非此人不爱不嫁不娶的理由是什么呢？其价值唯一性、不可替代性在哪儿呢？你又是怎样“众里寻他千百度”的呢？不错，爱不讲理，但日久天长，你还是会暗暗和自己讲理的。何以当代男女间的背叛如此容易和盛行（甚至无须理由，给个机会就成）？我想，根源恐于此。

夸张点说：这个时代，有异性，无异质。有肉身之异体，无精神之异态。

只求物理性感，不求灵魂性感，恐才是真正的爱情危机。不仅爱情，友谊的处境也差不多，因为在发生原理上，二者都是献给个体的，都基于个体差异和吸引，所以麻烦一样。

一位我欣赏的朋友，乃古典音乐发烧友，酷爱巴赫、马勒、勃拉姆斯。她说过一段让我吃惊又马上领会的话，她说：“与音乐为伴，你很难再爱上别人，你会觉得自己很完整，什么也不缺，不再需要别的男人或女人，尤其是他或她出自眼前这个世界，这个和音乐格格不入的世界……”

我说，我明白。

08 +

“朝市山林俱有事，今人忙处古人闲。”

我喜欢散步式的活法，那种挂着草鞋、脚上带泥的徒步人生，那种蹓蹓跶跶、拖鞋节拍的人生。而现代人崇尚皮鞋与轮胎，无缘泥泞和草木，乃疾行式的活法，是沥青路和跑步机上的人生。

有支摇滚乐队叫唐朝乐队，唐朝乐队有个主题叫“梦回唐朝”。

唐朝？我欣赏这记冲动。这是理想主义肩上的红旗，是精神漂流瓶里的小纸条。

投宿于何朝无所谓，重要的是它意识到生命除了当代还有别的，除了现实还有“旁在”。重要的是它不甘心被时尚蒙上眼罩，不甘心一辈子只与现状为伍，乖乖地在笼子里踱步，不甘心肉体被驯服后还要交出灵魂和梦——并让该逻辑无理地合理化，不甘心精神上只消费当下和当下制造……它要挣扎、突围，它试图溯源而上，逆流而上，寻着古代的蹄印，搜索未来的马匹。

人之外，还有人。世之外，还有世。

那个世，或许是前世，或许是后世……

一个人的精神，若只埋头当下，不去时代的地平线以外旅行，不去光阴深处化缘，不以“古往今来”为生存背景和美学资源……那就不仅是活得太泥实太拘谨的问题，而是生命的自由度和容积率遭遇了危机。若此，人生即难成一本书，唯有一张纸。无论这纸再大，涂得再密密麻麻、熙熙攘攘，也只是苍白、薄薄的一个平面。

人这一辈子、人类这一辈子——两者间有一种联系，像胎儿和母腹。应找到那条脐带，保养好它，吸吮养分，以滋补和校阅今世的我们，以更好地学习人生、摆渡时代烦忧……

探古而知今亏，藏古方觉身富。

一个人，肉体栖居当代，只有“个体的一生”，但心灵可游弋千古，过上“人类的一生”。

种一片古意葱茏的林子吧，得闲去串串门，找几位熟人、朋友或情人。

生活，离不开乌托邦。

2009 年

一辈子就是玩，玩透了

怀之入茶肆，炫彼养虫儿。

——王世襄《大树图歌》

最喜欢的书是《诗经》。最喜欢它的《豳风·七月》。

它把几千年前一个人的春夏秋冬，乃至一生的景象都讲完了。

且讲得那般美，如天上云朵。

《七月》里我最喜欢的一节是："五月斯螽动股，六月莎鸡振羽，七月在野，八月在宇，九月在户……"

接下来那句"十月蟋蟀入我床下"，每念此处，总觉眼前一闪，有翅影忽闪而过，不禁扭头去瞅床底。

郊区的公寓有一大片草地，一场秋雨后，正散步，忽被高高低低的虫声粘住了。

蝈蝈、油葫芦？还是金铃子、蛐蛐？

它只许你听，不让你看。乐器藏在它肚子里。

或许受惊，它不唱了。我屏息静气好一会儿，它才又开场。

它哪儿知道，自己已被人用手机偷偷录了音。那人想，等大雪飘飞时，再听这虫欢，堪比世襄老人那神仙之乐了罢？

回到家，忍不住重温《世襄听秋图》。

这是其老伴荃猷女士绘于 1984 年除夕的速写——

世襄坐小板凳上，怀抱一竹筒，一端伸入虫盆，一端供应耳朵，活脱脱一顽童抱听诊器的模样。

瞅着瞅着，唧唧的鸣声，即从画里飘出来，扑你耳膜。

“燕都擅巧术，能使节令移，瓦盎植虫种，天寒乃蕃滋。”这是王世襄描绘的京城玩家，其中就有他自己。

文化史上有两类名士、两类心灵，皆人间大爱，但气质迥异：一类属药，让你舌下含苦、两腋起风，精神陡然冷肃、峭拔起来；一类属糖，让你爱意涌体、蓄乐生津，抛却世间险要和烦忧。前者如鲁迅、胡适、郁达夫，那一代文人多列于此，即便“闲适”如林语堂者也不例外。后者则是极单纯、极通透和快活的玻璃人，此物稀少，除王世襄，甚至难觅同辈搭档（汪曾祺、黄永玉有点儿像，但玩兴略欠，泼劲不足，感觉没玩透），似乎只能往史上找了，如陆羽、李渔、张岱、文震亨。若说前者乃地上的爱，现实且苦涩，有镣铐之沉和铿锵声；那后者则云上的爱，步履飘盈，溺于鸡毛蒜皮、物机天趣，有独立超然之仙风。

前者贡献的是体巨，是磐重，乃经世要义；后者显呈的是精微，是点滴，乃俗生大美。一则为黄山之松、泰山之碑；一则为“芥子纳须弥”。虽不同语，却是世间最精彩的两副卦象。

我越来越深觉双方的重要。尤其是后者，它甚至直接成为“热爱生活”的依据，没有它，人生即有釜底抽薪的虚脱感。但在价值观上，特别于中国这样一个苦难型母体，前者的地位往往首要，稍不留神，后者即被讥为颓废，以商女靡音、纨绔骚风嘘之。

在很长的时光里，我就是这么以为的，几乎不正眼看之。

当我读完世襄的《锦灰堆》，当我偶识这位以养虫、育鸽、饲鹰、精馔、藏物、识器立身的大玩家，当我见识了老北京那些平凡琐碎的“玩意儿”——那些即使在最动荡和苦难日子里仍随身携带、不肯牺牲的兴致与生趣，那些与骄奢无关、问汲于自然、求助于草虫的最低成本的快活……我开始惊叹：多么健康而美好的人！

世襄80寿辰，荃猷女士亲手刻了一幅红彤彤的剪纸：《大树图》。树上有15枚果子，对应老伴的15类钟爱——

“家具”，世襄酷爱明式家具，著有《明式家具珍赏》《明式家具研究》；“漆器”，世襄最得意的学术强项，著有《髹饰录解说》；“竹刻”，世襄曾致力于传统竹刻技法的恢复，著有《竹刻艺术》《竹刻鉴赏》；“套模子的葫芦”，世襄钟情葫芦植术和造式；“火绘葫芦器”，世襄擅长火绘葫芦；“鎏金铜佛像”，世襄喜爱佛像艺术，但自谦未入门；“书画”，世襄酷爱中国书画，著有《画学汇编》；“蟋蟀”，世襄着迷蛐蛐，对蓄养和器皿颇有心得，著有《蟋蟀谱集成》；“鸽哨”，世襄痴迷放鸽，著有《明代鸽经·清宫鸽谱》《北京鸽哨》；“鸟具”，世襄对雀笼食罐有研究；“家常菜”，世襄擅吃擅烹，在“干校”改造时还偷偷做鳜鱼宴；“牛”，世襄“文化大革命”中曾在乡下放牛；“鹰”，世襄少时饲鹰，欲撰一本中国鹰文化的书；“獾狗”，一种用来捕獾的猎犬，世襄早年的跟班……

爱天空、爱市井、爱草木、爱鸟虫、爱古今、爱神灵、爱路人……一辈子聚精会神、专注毫发，只知道爱、只埋头玩。有何不好？

尘界的缤纷、热闹、蓬蓬勃勃，人世的动力、活性、快乐源泉，生命的元素、本义、真相谜根，难道不都涌向了这儿吗？

他不过屏神静气、心无旁骛地为同胞集中演示了一遍。假如鲁迅能活二百年，很久以后，当时代不再为之埋伏那么多对手和险恶，莫非他不成另一个王世襄？

我曾给好多人推荐读世襄。读之，可明目醒耳，励足健体；可凝神细微，铸品养性；可知物辨机，享受妙趣；可贪生求怡，绝厌世之念。

有人替他总结了很多成就：古鉴成就、收藏成就、学术成就、人格成就、爱情成就、美食成就……在我看来，他最大的成就即生活，即玩。

一辈子的玩，有业无业、有名堂无名堂的玩，玩醉了，玩透了。

“芥子纳须弥”的成就，非玩之初衷，而是无意之酿，犹如岁月寿盒。

世襄至交、翻译家杨宪益先生曾赠诗云：“名士风流天下闻，方言苍泳寄情深。少年燕市称顽主，老大京华辑逸文。”

在一个不会玩、不敢玩、忘了玩、没得玩、玩不转的年代，这堪称一份伟大业绩。

2009 年 11 月 28 日，“京城第一玩家”王世襄，因病医治无效，在北京协和医院去世，享年 95 岁。依本人意愿，不作遗体告别，不设灵堂。

有人说，杨宪益、王世襄等朋辈携手西去，似乎约好了似的，似乎宣告了这样的事实：一个时代结束了。

次晚，我所在的央视深夜节目《24小时》，播出了一条新闻《那个最会玩的人去了》。

片子的尾声，我写了一段话——

读王世襄的书，你会对人生恍然大悟：快乐如此简单，趣味如此无穷，童年竟然可携带一生。你会情不自禁地说：活着真好！

如今，那个最会玩的人，不能再和我们一起玩了。但他的天真、他的玩具、他的活法……将留下来，陪我们。

2009年

03 第三辑

生活在险境中

怎样才算一个良性的优美的时代？

我的标准是：假如傻瓜也能活得好好的。

这个叫“霾”的春天

这个发霉的早晨，连公鸡都不会为它打鸣。

你只能用“沦陷”来形容。

诸如“黎明”、“晨曦”、“曙光”之类的词，和它一丁点儿关系都没有。这只是时间意义上的早晨，它的应有之义、美学特征，荡然无存。

你想起老电影里“旧社会”的天色，那种一看就痛苦、就悲愤，那种专为“剥削”、“压迫”、“革命”服务的色调。

捂着口罩，我在公园里跑步。看上去有点弱智？像个犯罪嫌疑人？或者，像围栏里的猎物？

这种厚厚的防PM2.5的口罩，已非普通意义上的护具，它是武装，把你拖入一种战备状态。戴上它，你就有了斗争的心态，你对天空充满敌意，对周围的一切有了一种冷蔑和诅咒……这太糟了，这心境对一个无条件热爱生活、热爱大自然的人来说，简直是欺侮，是凌辱。

这个春天交给我两项任务：运动和戒烟。这是医嘱，也是我送给中年的礼物。我曾那样地歧视肉体，在思想或精神面前，它被忽略和牺牲得太久了，我要忏悔，要补偿，要给它一个崇高地位。爱身体吧，它不是旅馆，它是生命的祖国，我喃喃自语。

身体不应只为精神服役，反过来，它应该被精神追求，被盛赞、被爱戴。

一个人，尤其是中年人，应有机会真正结识自己的身体，凝视、相知，然后相爱。体检，即这样的机会。那天，医生对着报告单说，把烟戒了吧，你的心电图、你的胆固醇……我说好。

于是身体成了我的祖国。我是这个国度唯一的公民，负有热爱它、建设它的全部责任。我希望它生机勃勃、前途光明，我希望它风调雨顺、鸟语花香。

运动亦和戒烟有关。烟瘾发作，我的办法是逃离椅子，逃离和“吸烟”有染的情景、空间、氛围、人群，到户外去，在露天里深呼吸，让外界占领心神，让运动分泌一种叫“内啡肽”的物质，让莫名的兴奋冲刷尼古丁留下的恐慌……

可怜的是，我选择了这个春天，它让上述任务变得异常艰巨，因为，支持户外活动的天数实在太少了。

据北京气象局统计，从 1 月 1 日到 29 日，雾霾天数为 24 天。能见度最低的那一天，有人发了条微博：“世上最遥远的距离，莫过于你站在天安门前，却看不见毛主席。”并配了幅广场照片，一片灰，啥也没有。

敏于保健的人，常年会听到两种“专家提醒”：一是“开窗通风，防流感，除甲醛，减少室内污染……”；一是“老幼不宜外出，一般人群减少户外活动，闭门窗，御尘霾……”。

悲哀的是，这两种指令，指的往往是同一天。

我对恶劣天气的定义，早已不是刮风下雨落冰雹，相反，我酷爱它们，只有一场大风才能把雾霾洗涤；只有一场大雨，才能将天地洗净。尔后，霾卷土重来，世界再度沦陷，人们再盼风雷响彻、喜迎“解放”……

如今的“好天气”，全靠传统的“坏天气”来赎回，有点像黑市交易。

现代人的生存有个特征：社会性太强，自然性不足，过多地纠缠和沉溺于社会性事务，而和大自然疏于交往。我本亦然，但如今变了，这个春天，对我来说是生理的春天，是感官的春天。它最大限度地唤醒了我的生物身份和自然属性，让我意识到一个动物的真实处境：空气、水、土壤、食物……

于动物而言，这个时代的天然环境和生存待遇实在是太恶劣了，堪称亘古未有之变局。这很可悲，我们强调社会人的权利和福祉，却忽略了作为一个普通生物的本初诉求——对水的诉求，对空气的诉求……连这些基本的生理渴望、自然待遇都被辜负、都不及格，你增值再多的社会性成就、产品和福利，又有何德何能？

这个早晨，我并不孤独。一个遛狗的人，迎面走来，他戴着口罩，而狗没有。走近了，我认出了狗，也知道了主人是谁。两个蒙面人，谁都没打招呼的意思。狗也一声不吭，垂头丧气……这是个好主人，他每天赶在上班前来公园，不是为自己，他要释放掉狗一天的体力和激情。

我突然回头打量那狗，它的鼻孔、它的肺，完全裸露在毒空气中，它没有拒绝和逃避的能力。

这么肮脏的天气，桃花竟然开了，像群不谙世事的少女。

树林拐弯处，猛然撞见她们，我惊呆了，惶惶然，似乎看到了不该看的东西。

她们依然笑靥娇羞，依然腮红欲滴，依然粉颈婆娑，和一千年前的姐妹一模一样。

那袭幽香，来自同一个香囊，来自同一首“桃之夭夭”或唐诗宋词。

她们若无其事，一副陶醉的样子，一副专心致志、憧憬出嫁的神态，似乎从不考虑嫁给谁，哪怕是个流氓，是个歹徒、混蛋。

她们脸上的幸福感染了我。

我仰起脖子，艰难地笑笑。

桃花，才是绝对的花痴。她们是春天的新娘，每年都要出嫁，嫁给春天里某种汹涌的物质。

我羡慕她们，没心没肺，不用呼吸。

我参加了她们的婚礼。

凝视良久，我依依不舍，向肮脏春天里的娇艳告别。

犹如乱世情人的永诀。

出公园时，瞅见墙上贴张纸：“通知：自今日起，本园开始喷洒防虫剂，药物有效期十五天，此间请不要在园内久留，不要采摘或挖食野菜，否则后果自负。”

我想起那群天天讨论挖野菜做饺子的老太太。

可那些鸟儿怎么办？谁通知它们？
这时，我听见几声枯哑而愤怒的狗吠。
狗会骂人吗？

2013 年

生活在险境中

打开电视，一警官大学教授在教人同短信诈骗作斗争。另一频道，专家正详解新版百元假钞的破绽，其仿真度已让验钞机歇了菜；紧接着，主持人纳闷为何黄瓜顶花戴刺、娇若新娘？谜底是由于避孕药的滋润。再换个频道，说了两件事：一是银行卡里的钱为何不翼而飞，专家提醒，操作 ATM 机时一定要警惕可疑摄像头，以防密码被钓；二是购房纠纷，律师告诫，一定要反复推敲合同的每一句、每一字、每一标点……

好了，我都铭记在心、烂熟于心了。感谢，感恩涕零。

站起来，朝电视机深鞠一躬。

我们生活在险境中，我们居住在楚歌里。

我们警惕地、愤怒地、如履薄冰地、担惊受怕地过日子。

是不是有点悲壮？

我想，我若是个傻瓜，可怎么活啊！这么多陷阱、这么多圈套和天罗地网，我何以摆脱猎物的命运？

一桩新闻——

小女孩和家长失散了，便衣警察走过来，小朋友我送你回家吧，小女孩怒斥，“走开，骗子！”便衣很委屈，我不是骗子我是警察啊，小女孩更怕了，“骗子都说自己是警察！”便衣晃晃证件，你看我是真的，小女孩撇撇嘴，朝向栏杆上的小广告，“妈妈说，最骗人的就是证件。”

一则笑话——

窃贼用入室偷的钱去买烟，烟是假的。烟主乐滋滋地去买水果，秤是黑的。果商替家里去买肉，肉注过水。肉贩子正数钞票，制服从天而降，罚款。城管拿罚来的钱去药店，药是过期的。药店老板正准备打烊，手机响，老婆哭家里失窃……

谁酝酿了这样的活法？谁制造了这样的游戏？

谁能说服大家换个逻辑，取消饥饿的欲望和抢劫的眼神？谁来平息这场你中有我、我中有你的精神骚乱？谁替我们在垃圾上铺种花草，谁为我们娶回远去的童话？

我们如何才能安然无恙？

谁能发明一种催眠，让坏心眼一发芽即昏昏欲睡？谁能设计一种篱笆，让恶和恶、善和善单独在一起——就像幼儿园里的大小班？或学《木偶奇遇记》里的皮诺曹，一动邪念，鼻子就“嗖嗖”蹿出去。

童话的迷人，因为她有一个灿烂的人生公式，逻辑简单、命运可靠，前途像小蝌蚪找妈妈一样光明，晶莹就是光明。

人，何时能把自己送回去？还回得去吗？

2009年

人生被猎物化

你说，那“人造鸡蛋”是咋整的？那烂皮鞋咋就煮成了胶囊和果冻？你说，谁第一个想起用甲醛喂海鲜的呢？你说，怎样让王八仨月长一年的个儿……他们咋就这么聪明，化学使得这么好呢？

人人都是发明家、魔术师，人人都被逼成了质检员、化验工。

这是个人人成精的时代。

你不精，就会被精吃掉。

我想起了唐僧肉和《西游记》，里头最缺的是人，最盛的是妖。

人生，被猎物化，被拖进了丛林。

人人自危，人人忧愁，随时随地欲和全世界斗智斗勇。

人人都过着一种防御性生活。人人都在挖战壕、筑工事，然后跳进去。

这种苦力，这种为假想敌实施的备战，让人生元气大损，奄奄一息。

这不是生活，这只是紧张地准备生活。

生活和准备生活是两回事。

不是肇事者，就是受害者和潜在受害者，无路可逃。

村里人在小河边琢磨红心鸭蛋。城里人在车间里配制婴儿奶粉。

皆绞尽脑汁，皆茅塞顿开，皆肆无忌惮。

正像歌里唱的：大家一起来，一起来……

这是个怎样的循环？怎样的生存共同体？怎样的同归于尽的游戏？

我们的底限在哪儿？这筐还有底、还能盛东西吗？老祖宗的“己所不欲，勿施于人”还有人听吗？

有谁暴喝一声“停”——让大家都罢手？

想起电影里常有的一情景：彼此给对方酒里埋了毒，又笑盈盈地举杯邀明月，自以为聪明，自以为笑到最后……

天真哪儿去了？

2009 年

我是一只移动硬盘

你不敢不信，世上每条信息都关乎着你。

看那些人，那些手执一叠报纸、眼瞅滚动屏、拎着电脑包、神情焦灼、行色匆匆的人……我觉得像极了一只只移动硬盘——两条腿的信息储存器。

大街上、地铁里，“硬盘们”飞快地移动，蚂蚁般接头，随时随地，进行着信息的高速传播和消费：交换、点击、复制、粘贴、删除、再点击。

浏览媒体，不是因为热爱新闻，除了借别人娱乐一把，最吸引我们的是政策信息、理财信息、防骗信息，我们要知道世界复杂到了什么程度，又繁殖出了哪些新游戏，骗子的即时动态和战术特点，应对策略和自卫工具……每条信息我们都舍不得漏掉，生怕与自个儿有关，生怕麻烦找上门来。

我们被浩瀚信息所占领，成为它的奴婢，成为它永无休止的买家和订户。

我们不敢舍弃，不敢用减法，我们担心成不了一个合格的当代人。我们害怕吃亏，哪怕一丁点儿，害怕因无知而被时代废黜，害怕在智商比拼、脑筋急转弯中败下阵来，我们害怕沦为社会攻略的牺牲品。要知道，这是一场智力博弈大赛，一场算计与被算计、榨取与被榨取的战争。有人在抵抗，有人在冲锋，有人在喊“缴枪不杀”。剩下的空当儿，大伙在群商，在学习和演练，在道听途说、摩拳擦掌。

我们需要假定人性是恶的。

我们有无数敌人和假想敌，道高一尺魔高一丈，水涨船高，日新月异……你的信息系统要时时更新，防毒软件要天天升级。

楚歌险境，要求你全副武装，要求你全面专家化，用《辞海》般的知识量装备人生。咱们的导师就是食品专家、质检专家、防伪专家、理财专家、维权专家、犯罪学专家。不理睬，或鄙夷人家的滔滔不绝，你即有沦为受害者之虞。

逢新政和条例出台，我们更不敢怠慢，要抢先熟悉规则，要在新格局中抢占有利地形，至少不吃亏，免做“击鼓传花”中的最后一环和垫底人群。

一个狩猎的时代，即使你不想当猎人和猎狗，即使你不习捕猎技术，也要苦练逃跑本领。《天龙八部》里的段誉，虽不懂搏击，但凭一套反迫害技能——“凌波微步”，竟也毫发无损。

信息像蜘蛛、像鼠群，人生像仓库。

空间被它霸占，时间被它噬碎，心力被它耗尽。

表面上，人人参与社会机器的庞大运转，但无一是主人，皆奴婢和下人。我们越来越成为自己工具的工具了。

我们的课程太多，作业太重。

我们无休止地准备生活，然而生活迟迟没有开始。

像一个永远留级的学生，等不来毕业，等不到卸下书包的那一天。

现代人死于累，死于心痛，死于童年的消逝。

谁设计了这样的生活？谁捏造了这样的共识？

想想古代，那会儿灵魂和肉体多轻盈啊。无论时间、空间，都有辽阔的场子、足够的宽松和僻静。古代的最伟大之处在于，它收养了一大帮精神松弛的人，比如真正的游手好闲者、真正的隐士和散人，且总有生动的山林，供之随心所欲地使唤。

何谓自由？

我觉得，大概即一个人能决定哪些事和自己有关或无关。

2009 年

生存在当代截面上

傍晚，沿故宫外河沿，遛弯儿。

蓦地，一群念头像蚯蚓般纷纷钻出来：你说不才百余年嘛，人间咋就弄成了这模样？多少千年秉承的东西，到这儿就突然拐了弯儿、改了辙儿、换了理儿……秦汉的月亮还挂在那儿，眼皮底下却面目全非……你说，那和珅要是哪天醒来到王府井转转，会是怎样的表情？屁股冒烟的轿车会不会被看成骡马新品种？

一个汉朝人和一个明朝人，对调一下位置，也能活，眼前景象和风物不至于太陌生，生存内容和规矩也差不离儿。但一个古人若来到今天，恐呆若木鸡，腿都迈不开了。

现代生存的复杂性，足以让最聪明的古人变成白痴。

那么，我们能适应几百年后的世界吗？

难说。于兹，我们也是古人。

由此想到一个逻辑：生活，从前不是这样子，未来亦非如此。仅仅现在，唯有今天，才是眼下这样子！我们正如火如荼地进行着的各种社会游戏：政治、经济、意识形态、娱乐时尚、流行文化、新闻焦点……一切一切，皆为当代截面上的可怜风景，皆为历史的散曲儿——弹指间，即吟罢作废，形同儿戏，犹如灯棚里古装戏的热闹。

后世看我们，若今生看古人。

想到这，忽觉眼前的景象有点滑稽：立交桥、红绿灯、广告牌、刹车线、高楼巍厦、大屏幕上的股市和周杰伦……

它们并非从来就有，也不会永远有。我所知的是：一切偶然，一切匆匆。

想起莎士比亚对时代的嘲讽：充满了声音和狂热，里面空无一物。

那时间深处有无牢靠之物？于人生，哪些元素更值得亲近和秉持？

我想，若一个人更多地和“经典”、“永恒”打交道，而非仅滞留在当代截面上——只缠磨于时代游戏，那么，其人生也就倾向了立体，趋于饱满，有了安全感、归宿感。如此，你栖息和消费的即仅非当代，而是整个人类家园和丰饶的历代菁华。无形中，你的“一辈子”与人类的“一辈子”，即有了某种精神和美学的联络，即有了更大的资源、背景和系统支持，即不枉世间走一遭。

因为你上下通了，你的灵魂有了祖先，你的基因有了谱系，你的精神有了身孕，你的生命有了身世和来龙去脉，仿佛有根之茎、有源之水、有核之果。否则，无论你在当代事务上多么投入和涉深，人生亦不免显短、显薄、显单，格局和气象皆小，也有点儿亏。

何以称得上“永恒”和“经典”呢？

我想，这大概算个办法：在天堂或地狱，当遇见一个古人时，若你说的他能懂，他说的你也懂，那这个事儿就是永恒的。比如节气、农事、五谷、男女、洞房花烛、品茗赏月、琴棋书画、修身养性……相信彼此交流起来，基本无碍。否则，即属当代截面上的，昙花一现，靠不住。比如你说计划生育，说向雷锋同志学习，说转基因食品，说北京购车摇号、暂住证或异地高考，人家就听不懂。

以上有玩笑之嫌，但思路是认真的。

我突发奇想：你说，人间是否已无需大刀阔斧地生产和改造，只需修复与还原？还原关关雎鸠、青山绿水的天地之初？还原种瓜得瓜、种豆得豆的万物之机？还原迁徙无羁、儿孙满堂的自由天伦？还原一诺千金、童叟无欺的古道热肠？还原依循天时、晨钟暮鼓的自然人生？还原事物的本来面目和原配秩序？

我怎么老念叨古时候呢？

大概，它意味着游戏之简约、手续之节省、习性之本能、契约之守恒……意味着一种悠闲、朴拙、谦卑的生存精神，意味着一种相对单纯和轻盈的社交逻辑。

它让人活得省心、省劲，不复杂、不折腾。

至于古代的利益争斗和蝇营哲学，和现代比，简直是童话水平。

看看那些成语吧，什么郑人买履、掩耳盗铃，什么草船借箭、蒋干盗书……真是可爱至极。

连《周易》和孔子的深邃，都透着儿童的清澈。

变和巨变是一种意义，不变和少变也是一种意义。

在求变的同时，我们有无智慧收留一种“不变”、养护和传递一种稳定的“日常”呢？我们有无能力打通并维系一种“过去、现在、未来”的联系呢？我们有无可能怀着敬畏和喜悦活在这样的精神时空里，享受由“完整”、“丰富”带来的好处呢？

2009年

让傻瓜也能活得好好的

怎样才算是一个好的时代，一个良性的优美的时代？

我的标准是：假如傻瓜也能活得好好的。

除了福利制度免除人的衣粟底线之忧，社会的竞争规则、分配原理和命运设计，亦须公正和清洁。该时代在品格上应有纯真、简单的一面，它不让包括傻瓜在内的人焦虑，不欺辱弱者，不以厚黑和陷阱坑他们。

一条路，若连盲人都安然无恙，即一条善良的路。

否则就不是。

某日，发生了两件事。

一是太太遇到了骗子。家门口贴了告示，红印章，北京燃气维修服务部，称严寒将至，为防燃气中毒，将提供免费检查。太太照电话拨号，很快人至，一查，需换三个阀门，最后结算，600 元。太太惊愕，还是乖乖付了账。晚上，太太嗫嚅着追溯白天，我暗呼上当。果不其然，问燃气公司，没这事，电话不是人家的。翌日向工商局投诉，答没辙，全靠自个儿防范。叹口气，安慰太太，权当自个儿是傻瓜吧。其实一切都在意料中，做点挣扎，只是把受害者的程序走完，给霉运画个句号，也算有所作为了，否则不仅影响自我器重，也对不住法制社会和公民称号啊。就像重症晚期病人，明知治与不治无二，还是沿现代医学的全套流程走了一遍。

二是同事遇到了骗子。准确地说，是骗子遭遇了同事。

同事家有老人，骗子登门，谎称油烟机厂家服务，不光把八成新的机子卸走了，还收了数百元手续费。同事乃智力牛人，逻辑缜密，口才佳，且擅斗争哲学，对规则和潜规则颇有研究，重要的是，有一股绝不吃亏的劲儿。

同事下班，闻后不动声色，给骗子打电话：先自报家门，亮央视记者身份，尔后命令对方，必须在明午饭前将骗款和设备价一并汇入指定账户，否则将不惜一切手段绳之、法之、惩之……据同事形容，那真是声色俱厉、雷霆万钧，混合了记者、公安、黑社会老大的综合语气和杀伤力。

第二天，钱乖乖地到了账。

同事说，恐吓其实最有效，不图别的，替老人释口恶气，算尽孝吧。

真佩服他的实干，不仅有对策，更有誓不罢休的意志。我不行，务虚惯了，老觉得在这个时代不吃大亏就算占了便宜。

同事也承认，这法子只能自保，帮不上别人。骗子可自认倒霉，对强悍的个体妥协，但不会对自己的职业让步。

不是骗子和厉害的主，即是受害者？那么，人生还有没有别的角色、别的活法？

不骗不傻不吃亏，乃最正常的人生状态，可实际难矣。你不光要练就火眼金睛，更要有不依不饶、维权打黑的搏术和毅力。知识者很聪明，爱质疑爱推理，眼力不弱，但往往行动力太差，忍气吞声了之。

在我写该文的同时，手机里又冲进两条诈骗短信和一记“一声响电话”。

信用和道德，乃社会最重要的生存资源和精神家当，它比法律更宝贵，亦是减少法律成本和制度损耗的关键。我一直以为，法律使用频率高的时代可能是一个法制健全的时代，但绝非理想时代。因为法律堵的是人性漏洞，民间道德损伤越严重，法律之地位和功能越凸现。显然今天，靠毁坏规则和蔑视信用发家——已成最流行的获利模式和暴富捷径，也意味着我们最基础的家产已被老鼠蚀空，只剩一堆糠皮。

我们竟浑然不觉，以为粮满仓、柴满垛，高枕无忧。

巴尔扎克说：傻瓜旁边必有骗子。

法学家也说：在骗子眼里，除了同行，天下皆傻瓜——这是他们最大的职业依据，也是信仰所在。

我就寻思，你说这世上先有傻瓜还是先有骗子？是骗子证明了傻瓜，还是傻瓜激励着骗子呢？

当骗子和傻瓜都越来越多，更大的疑惑来了：这是个以骗子命名的时代，还是个用傻瓜注册的年头？这是场考验纯真的精神游戏，还是智商博弈的丛林肉搏？那传说中的裁判在哪儿呢？还是压根就没有？

2009 年

林美 摄

怎样才算一个好的时代

一个死囚在临刑前哭喊对不起家人，他参与了一桩灭门杀人案；一个人在医院偷患者钱包，因母病重急需钱；一个官员贪污几千万，为了让深爱的女人锦衣玉食；一个父亲为了女儿上大学，设局顶替了别人家的女儿；一个老板拖欠民工的血汗钱，称别人欠自己的也没还；一个妇女从产房里将婴儿偷走，理由是太喜欢孩子却不能生育……

一个坏的时代，在人性、伦理、规则、逻辑上，默认或怂恿如下做法——

宠爱自己的孩子却漠视别人的孩子；孝敬自己的父母却欺凌别人的父母；善待自己的兄弟却盘剥别人的兄弟；荫护自己的眷属却虐待别人的眷属；爱惜自己的姐妹却侮辱别人的姐妹；扩充自己的钱包却压榨别人的钱包；造福自己的家乡却掠夺别人的家乡……

天使与魔鬼，两种人格，两个身份，两套本能。

而这，每天都发生在贪官、恶奴、街霸、骗子、奸商、盗贼身上。偶尔，也会若无其事地发生在普通人身上。

一个好的时代，应最大限度地消解以上荒谬和悖论。

一个好的时代，会让天下孩子都遇到呵护，所有父母都得到孝敬；会以政府的担当替代百姓的焦虑，会以政府的信用激励民间的诚实；会以完善的制度保障游戏的公正、分配的合理、权力的谦卑；会让富人失去骄横，学会仁爱，会让弱者得到帮助却不失尊严；会让每个做梦的人都有光明之感，会让美德和纯真不被嘲笑与辜负；会让命运不亏待那些劳苦，会像麦田那样承诺耕耘与收成、汗水和果实成正比……

一个好的时代，个人的幸福不以别人的痛苦为肥料，个人的满足不以别人的忧愁为成本，个人的衣冠楚楚不以别人的衣衫褴褛为背景……甚至，人类“以人为本”的时候不再虐待别的物种，壮大人间的时候不再奴役大自然。

一个好的时代，空气中最大的成分是氧和爱，大街上最流行的风景是笑容，是问候、礼让、牵手、携扶，非怨恨、牢骚、争抢和骂骂咧咧。

一个好的时代，应尽快到来！应尽快变成共识和承诺，变成效率和实践。应只争朝夕地去呼唤，夜以继日地去兑现。

一个好的时代，不会把它的任务让渡给下个时代，不会找各种借口把今天的事推给明天。它会对公民此生的幸福负责。

因为人只有一辈子，未来可消费历史上的我们，而我们无法消费未来。“为了美好的今天”，其神圣性与合法性，远远大于“为了美好的明天”。

一个好的时代，不会因遇到苛求而恼羞成怒。

一个好的时代，不需要世人去感激，只期待爱与批评。

2009 年

我们拿什么送给孩子

大地的礼物

丹麦日德兰半岛的一个山谷里，住着一位林务员和他 7 岁的女儿。这本是一个幸福之家，可自从年轻的主妇去世后，笑声便失踪了。

这年夏天，汉斯 · 安徒生来这儿度假。很快，小女孩的黯然、那双漂亮眸子里过早闪烁的忧郁，深深刺疼了诗人。他痛苦不安，为命运的残酷而伤感，甚至自责："原谅生活吧，亲爱的孩子，我们没能把足够的欢乐和幸福交给你…… "

一天，他在林子里散步，发现草地上有许多蘑菇，不禁心中一动。翌日，诗人邀请自己的小朋友去那片树林。突然，女孩尖叫起来，兴奋得脸通红，因为每簇蘑菇下都藏着一件奇妙的小玩意儿：一颗银纸包的糖、一朵蜡花、一条缎带……红枣不见了，大概给乌鸦叼走了吧，诗人心想。他微笑地看着这一切，女孩欢快得像一只小鸟，蹦蹦跳跳，眼里燃烧着莫大的惊喜……诗人骄傲地宣布：这些都是“地精”爷爷藏在那儿的，是他送给每个善良人的礼物，你获得了，因为你是个好孩子啊！

后来，在一辆夜驿车上，安徒生给旅客说起了这桩往事。“您欺骗了天真的孩子。”穿黑袍的神父气愤道：“这是大罪孽！”诗人也激动了：“不，这不是欺骗！我坚信，无论任何时候，她的心都绝不会像没经历过此事的人那样冷酷无情！”

不错，这正是童话的价值和美德。

它将善良、温情、爱意、公正、信任等种种美好的元素和生活逻辑，将我们不慎迷失的东西重新找回来，对命运的缺憾和心灵的亏损施以弥补。它尤其告诉孩子们：什么是美？生活为了什么？美好的生活应该有什么？如何发现、壮大自己的梦想……

有教育家说过：“如果一个孩子在 7 岁时知道了什么是美，他就会用一生去寻找美！”

许多年后，一位风烛残年的老人，重新回到那片草地上。

他没能再见到那个小女孩。但他确信，她一定是位美丽的姑娘了。

当他蹒跚着低头找什么时，一个小丫头不知从什么地儿跑了过来，她好奇地眨着眼睛，柔声问：

“老爷爷，您丢失了什么？我可以帮您找回来吗？”

老人的眼睛湿了。

没什么比这更能抚慰一颗孤独的心了。在这个天真的新人身上，他已找到了要找的东西：快乐、自由、健康、善良和美。

森林被杀害，童话被杀害

森林，这大地最美丽的皮肤。

它既是人类童话的策源地，也是童年最亲密的襁褓和摇篮。就诗意和童趣而言，再没有比森林更丰富的大仓库了。

父母、老师能给孩子的最好惊喜，就是带之去拜访一片很大的林子，到参天大树中间去，到野菇、山雀、鸣蝉、小溪、浆果、松鼠、蒲公英、啄木鸟的营地里去，指着那些事物，告之那些洞穴、树精、怪石和动物的传说……

几乎所有的童话都离不开森林，几乎所有人性的灿烂想象、美德传奇都是在树林里发生的。有诗人说得好："树是一种幸福的意象。"可以说，包括人类在内的所有生物的命运，都与树的遭际有关。

不知从何时起，森林已缓缓退出了童年生活的视野，大地不再被绿色覆盖，刺眼的沙丘沦为大自然的尸布。就连我这代人，阅读半世纪前的文学时，对其自然描述都不胜惊讶，那些草木鸟虫的名称大部分我是不熟的，甚至闻所未闻。无疑，曾经再寻常不过的它们，已被滞留在了历史记忆中，成了自然馆的档案。未来的孩子，只能在封闭的展厅里，面对僵硬的标本，遥想逝去的年代了。

那部林蝉泉涧、莺飞草长的经典风光，已悲愤地与人决裂。

还有教育的失败。成人教育者对诗意和美感的无知，数理的枯燥，分值的粗暴，厚黑心术对纯真的篡改，利益式教唆对童心的扭曲……

现代社会，像安徒生那样的成年人，再也找不到了。

物质繁荣以大规模消灭资源为代价，教育也随之变成了产品消费指南——远离自然物语和生命美学。不错，表面上"童话"越来越多，"卡通"越来越绚烂，但定睛便发现，它们中已闻不见草地的湿润、野卉的芬芳，更不见呦呦鹿鸣……代之的，是马达的轰鸣、游戏币的诱惑、火箭的呼啸、战争的模拟、科技恐龙和外星人……对大自然来说，比现代童话受冷遇更悲哀的是：正因缺少了画外参照——外界已找不到本色的自然物象，才注定了它画内的缺席！即使现代卡通模拟出了大自然的“诗情画意”，孩子们也会错愕：真的么？

现代童话就像脱水的河床、榨干的池塘，干涸得厉害，皲裂得厉害。森林的毁灭，是否意味着人类“童话时代”的终结？上帝赋予人类童年最晶莹的礼物，就这样被现代化的狼烟吞噬掉了？

儿童的想象力已不再寄予大自然，其感官和画笔已不再投放在湖泊、花草、动物身上，这是多么可叹的事。要知道，孩子的肢体与心灵应是和自然最亲近的，大自然应是儿童最优美的老师、最健康的乳娘，除了教之生动的常识，还教之善良、诚实、慷慨、勇敢和一切美的天性。

20 世纪，神被杀害，童话被杀害。

最醒目的标志即人对大自然不再虔敬，不再怀有感激之心。从某种意义上说，这是一个丢失美好元素最多的世纪。战乱、血腥、种族倾轧、恶性政治、生态破坏、恐怖主义、物种灭绝、机器威力的扩张……一切都在显示，20 世纪是一个财富和权力的欲望世纪，一个仅供成年人生存与游戏的世纪。

“现代化”，更是一个旨在表现成人属性和规则的概念，它在本质上忽视儿童。

童话、诗歌、音乐、宗教……这些曾与生命结合得那么亲密的事物，在数字工具面前，在物欲时代面前，褪去了昔日的光芒，丧失了影响世界的能力。

20 世纪的成人，乃最自私的成人。

当捕鲸船把海洋变成了血泊，当最后一只翠鸟被从天空中拐走，当最后一件雪豹的衣服被人披在肩上，当最后一头逃亡的犀牛在沼泽里奄奄一息……我们还有多少献给童话的东西？我们还有多少能让孩子大声朗笑的礼物？

童话是伟大的。其伟大即在于：它让每个孩子都相信每个梦想都可成真！

格林童话《青蛙王子和铁亨利》开篇道：“在那个梦想尚可以变成现实的古代……”

啊，古代，古代（这个词的美学含量竟超过了“未来”）。一个通体诗意的句子竟如此令人伤感，甚至绝望。是啊，这个世上，还有多少可按古老逻辑和法则自由转换的梦与现实呢？还有多少可让孩子自由描绘、怎么想象都不过分的前景呢？

什么巫术让“古代”和“现代”变得势不两立？

2003 年

一头猪，成了昏迷的药罐子

有位乡下友人，春节前总要做件事，将一头猪屠宰后分成若干份，驱车数百里赠与亲朋，叹：城里人吃不到好猪。

何谓好猪呢？想来想去，即那种自然而然、规规矩矩长大的猪罢。

朋友说，猪为亲戚所养，纯天然饲料，户外放牧，属运动健将型。

那猪肉确实香，加上心理暗示，更觉意义非凡。

某天，网上遇一帖：《猪是怎样炼成的——一个饲料销售商的话》。大意如下：

唯有专用饲料，才能让猪以最少时变出最多的肉，养殖户方赢薄利。那么，何等饲料最抢手？答：猪吃了长得快的饲料，加激素；猪吃了皮红毛亮的饲料，加砷制剂；猪吃了嗜睡成瘾的饲料，加镇静剂，如本巴比妥；猪吃了多瘦肉的饲料，加“瘦肉精”，如平喘药物盐酸克伦特罗。末了，作者坦言，饲料商和养殖户一般不吃肉，不仅猪肉，其他肉也少吃，因为家畜饲料的配方大同小异。

显然，较之祖辈，猪的一生正迎来最心惊肉跳的大变局。

从娘胎里一出来，它的生命就进入了倒计时，可谓“向死而生”。猪的生平简历，由主人持计算器按成本核算的方法来撰写。为降体耗，它几乎被取消了步履，虽有四蹄，却无路可走，其一生全部的移动加起来，也不及千米。猪的生涯简单至极，除夜以继日吃喝拉撒，就是服药。只惜，所服非灵丹妙草，所谋非得道成仙，而是为了催肥、速生。速生即速死。

一头猪，成了昏迷的药罐子，成了一间化学品仓库。

综观万年猪史，此变局旷古未有，堪称惨烈。在今人眼里，一头猪是没有尊严的，无任何关乎“生命”的属性，只剩下肉体印象和公斤概念。从小到大，人目睹的不过是一堆肉的发酵和膨胀。而添加剂，就是那酵母。

在一头现代猪身上，你已找不到天然的生物原理和成长逻辑，它不仅被剥夺了慢慢长大的机会，没有童年、少年和青春的变迁，没有岁月秩序和正常年轮，连生物钟都被篡改了。据说，被药催眠的猪昼夜恍惚，一生都在梦游，喂食时，要狠狠鞭抽才醒……

这已非自然意义的猪，亦非农业属性的猪，该叫“工业猪”、“生化猪”、“魔术猪”罢。

人眼里，已无“猪”这种生物，唯剩“猪肉”这种物质。

它的生命体征，眼神、心跳、血压……于人已毫无意义。

2006 年，上海连爆“瘦肉精”中毒病例，殃及三百人。

2009年，广州惊现“瘦肉精”中毒事件，七十余人就医。

专家这样教人识别猪的良莠：用木板搭一小角度的斜面，若猪能爬上去，即达标。依据是：“瘦肉精”等药，会让猪肌肉震颤、呼吸急促、神经受损、肢体瘫软，连站立都痛苦，甭说上坡了。

如此手段的迫害，若发生在人类内部，早悲愤无语了，除“惨绝人寰”、“罄竹难书”，连控诉性语言都难找。人积攒起来的全部伦理和文明，似乎只在系统内才成立，在成员间才有效，一旦跳出了物种边境，一切契约和常识皆化乌有……再滔天之卑劣，再不齿之龌行，也干得雄赳赳气昂昂。

所以，像“瘦肉精”、“红心蛋”等事件，每每败露后，人们只狭私地将之定位于“食品质量安全”问题，从未朝“生物虐待”的方向瞥一眼。即使正义之士，也只忧心猪给人造成了什么，或痛斥少数人对同胞做了什么，完全无视前个链条：人对猪做了什么。

若上帝主持一个超人间的审判庭，我想，起诉人类的冠名应叫“魔鬼物种”和“生物法西斯”。人干的不仅是谋杀性消费，还有残忍的酷刑。

其实，人在动物身上做出来的，在同类身上一样做得出来。只要文明和伦理不突破自身边界——不推向所有物种，像奥斯威辛集中营和日军“731”那样的梦魇就不会消亡。

2008年奥运会前夕，为向全世界承诺运动员的餐桌安全，央视等媒体详解奥运食品的生产细节，尤提到“奥运猪”。一位供应商夸口：养猪基地远离城区、工矿和交通干线，大气、水质、土壤皆纯净无污染；饲料乃欧盟认证的有机农作物，不含添加剂；生猪免疫求助天然中草药，不用抗生素；小猪每天必须室外健身两小时。该公特别指出：非添加饲料养的猪，生长期比普通猪长三个月。

初看该新闻，我大吃一惊，不禁为央视尴尬：这不是“负面报道”吗？这不是刺激同胞的神经吗？记者的认识和领导的把关皆有误啊！这等于告诉国人，我们平时消费的猪和一头国际认可的猪——多么悬殊！当然你可辩解：这是为贵客特设的高规格，以示礼遇，并不意味着低标产品危害多深，就像待客用茅台，自个儿喝二锅头。可疑问又来了：为何胳膊肘向外拐？为何内外有别呢？为何人家的高标准都是将自个儿设为消费者——而我们恰恰相反？事实上，人家从不设什么高低标准、什么生存层次和级别。甭说一届运动会，就连总统吃的东西，若和百姓在质量上有别，他就甭想干了。

所以，“奥运猪”之后果，与其说让老外对国货一百个放心，不如说让国人对国货一万个揪心。果然，马上就出现了这类声音：做人不如做头猪，做猪不如做头“奥运猪”。

突然，我又为央视庆幸，某种意义上，这是条优秀新闻啊！它披露了一个真相，即一头合格的国标猪是怎样炼成的——此猪在本土又是多么珍稀和伟大！虽按经验判断，这绝非央视初衷。

其实想想，“奥运猪”算什么呀？不就是一头规规矩矩的猪吗？

古代、近代，乃至上世纪90年代前，普天之下，不都跑着这样的猪吗？

这样的猪如今还有，必是野猪。

2009年

人是什么东西

告诉我，你吃的是什么东西，我就能告诉你，你究竟是什么东西。

——法布尔《昆虫记》

谁是真正的生产者？

植物。全世界的植物每天生产四亿吨蛋白质、碳水化合物和脂肪，释放五亿吨氧。

动物全是消费者。胃口小的属食草动物，几平方米草可养活一窝兔子，一棵树能栖息一家松鼠。食肉动物的生存成本则高昂了，一只虎要消耗好几座山头，方圆几十公里内的肉量，才能撑起它的胃。

那么，谁是最大的消费者呢？

人。他鲸吞的是地球，排泄的乃垃圾山。

他高居生物链之巅，不仅吞噬所有动植物，吞噬山川、江湖、森林，还吞噬石油、煤炭和大地的所有窖藏。他通吃一切，包括他自己。

法布尔在《昆虫记》里写道："一位著名的研究食物的法国科学家说：告诉我，你吃的是什么东西，我就能告诉你，你究竟是什么东西。"

动物有固定食谱，松鼠吃坚果，熊猫吃竹子，考拉吃桉叶，蝙蝠吃蚊虫，蚯蚓吃腐质……许多儿歌和谜语也是照此逻辑创作的，比如幼儿园有堂课，叫《动物们的餐桌》，步骤如下：(1) 小动物们来了，说说都有谁。(2) 动物肚子饿了，请小朋友喂食。(3) 说说分别给动物们喂了什么食物。(4) 看看哪个动物高兴，哪个不开心，为什么？(5) 小结：动物各有自己爱吃的食物。

专注、不乱吃，不仅乃动物习性，也是动物美德和造物主的授意。唯此，大自然才能确保有序、稳定的资源分配体系，物种比例才合理，生态系统方不致失衡。简言之，动物的嘴乱不得，一旦乱扑乱咬，世界就乱了。

这是大自然的规矩，也是万世太平之道。

本来这一切早早安排好了，物类各循其轨、各享其食。

直到现代人登场。他用爪和齿，用锋利的欲望，将古老的契约撕个粉碎。

汉字里，有个笔画繁复且容颜丑陋的词：饕餮。

传说它是一种邪恶之兽：面孔狰狞，性情凶残，脑袋两侧鼓一对肉翅，其最大特点即胃口好——"吃嘛嘛香"。

好吃之人，被称美食家尚嫌不够，自诩"饕族"。

人和动物的最大差异是什么？

教科书上说，是直立行走和制造工具。谬矣，应该是：人什么都吃。

正像顺口溜所言："天上飞的除飞机不吃，水里游的除轮船不吃，地上跑的除汽车不吃，四条腿的除桌椅不吃，长羽毛的除掸子不吃……"

若有一日，外星人来地球，捕猎一人，想据胃中之物确认其类，恐要目瞪口呆了。这个胃袋，堪称世界上最大的动物坟墓。

拿食物当试纸给动物验身，这法子适用于另者，于人则失灵。人之腹欲无穷无尽，他在成员内部制造伦理和法律，繁殖制度与文明，于外则无所忌惮。其修养、品格只针对同胞关系，一旦越过物种边境，则骤然变脸，杀气腾腾。

人曾是大自然的一分子，一个谦卑而淳朴的成员，现在造反成功，就像猴子蹦出石头，自诩齐天大圣，老子天下第一。

无法无天，乃世间最悲哀之事。

2009 年

熊的笑声

在围绕“活熊取胆”和“狗肉节”吵得鼎沸的这个夏天，偶见一则新闻。

芬兰广播公司 YLE 报道：小男孩 Otso，用了一个暑假在森林里采集浆果，并在祖母的协助下做了 400 瓶果汁，卖掉后得 200 欧元。缘起是他一年前在动物园见到一只无精打采的熊，他想，若有一棵可以攀爬的树，说不定它会快乐起来。于是，男孩打定主意，捐一棵树给动物园。

读毕，心里像喝了一瓶果汁。我听见了熊的笑声。

这是一个从安徒生童话里跑出来的孩子，带着树叶的干净和清晨的氧气。只有童话里，才住着这样的树。

这个故事有三重美：他发现了别人的不快乐，他想帮别人快乐，他用诚实的劳动去兑换。

一只熊不高兴，他觉得和自己有关，他觉得此现状应有所改变，这只熊的情绪于他很重要……于是他诞生了心愿，诞生了能力。他承揽了一个幼小的义务，其实，这也是人类的义务，它由一个孩子率先发现。

由于清澈，孩子的眼睛总比成人能够看见更多的东西；由于专注，孩子会把一件事记得很牢，看得很要紧，刻不容缓。

有人说，那只是男孩的一记冲动。不错，或许是，但冲动会沉淀，会积累出习惯，成为他和他未来的孩子的秉性，成为他们的常识、基因、家教和信仰。

儿子 3 岁，晚饭后，该散步了，他耍赖，不跟妈妈下楼。我脱口喊："黑猫警长黑猫警长，月亮出来了，快去执勤！"他一怔，丢下玩具，冲下楼。

我醒悟，对小儿来说，童话情景就是生活情景，他从童话里认领的角色和命令，远比现实委派的更具诱惑和号召力。

小时候，童话就是我们生活本身，长大后，它才被当成了文学。

好的环境，是荫佑童话的那种，它支持童话人格，鼓励你一生携带。而坏的现实，不仅不保护童话，还狠狠撕咬它、粉碎它，靠背叛它换取"成长"的信任。

列夫·托尔斯泰曾深情地感念儿时父亲教他的书和游戏，他叹道："我难道不是在那一时期里获得了我现在赖以生存的一切吗？我的收获是如此之大，并且神速。在我一生的其余岁月中所得的全部馈赠，都不及那时的百分之一。"

童年的价值观，是人生衣裳的第一粒纽扣，决定一生的精神走向和心灵格局。若它是端正高尚的，那么，在漫长的岁月里，请别让它轻易脱落，更别粗鲁地扯下它。

这个夏天，网络上还疯转过一条“虐驴男”的图片新闻：西藏阿里，蓝天白云，一名戴墨镜、姿态傲慢的男子站在辽阔的草原上，手持血刃，正从一匹下跪的藏野驴身上割肉，竟然，他还在笑。

藏野驴乃国家一级保护动物，怒唾声中，“虐驴男”很快被绳之以法。经查，此男子和同伴在驾车途中，疯狂追赶、撞击藏野驴，并将奄奄一息的藏野驴开膛破肚，拍照炫耀。

这是个怎样的人呢？他扮演了一头野兽，并沾沾自喜。虽衣冠楚楚，但精神上披着毛皮，龇牙咧嘴。

他也曾是一个孩子，何以生成今日这副嘴脸？

或许他从未读过安徒生的童话，或许读过，却打扫得干干净净。总之，他属于系错了钮扣或丢失了钮扣的人。

又想起了那些为“活熊取胆”和“狗肉节”自辩、叫好的人。

其实我很想看看，他们的胸襟上，是否有纽扣脱落的痕迹。

是缝得不够结实？还是外力的摩擦太大，在与现实一场粗暴的扭打之后弄丢了它？或视之为幼稚而在某个夜晚怀着虚荣偷偷埋葬了它？

全世界的儿童皆无区别，只是长大后才有了区别，乃至天壤之别。

有人能听见熊的笑声，有人连亲手制造的哭声都听不见。

2014 年

04 第四辑

那些消逝的歌

有些人不该在光阴中消逝，

有些歌不该在空气里失踪。

对动物权利的声援

01 +

动物保护者常遇这样的挑衅：为何鸡鸭吃得而狗肉吃不得？为何你不只吃草？

我的反应是：鄙视，沉默。

你无法用对手的逻辑去说服对手。你们是精神上的异族。

不在同一个语境，即不在同一个世界。

后来，一个少年向我提了同样问题，我想，必须试着解释，因为他眼神里含着焦虑。

我先说了桩几千年前的事——

孔子的狗死了，托弟子去掩埋，特意嘱咐："路马死则葬之以帷，狗则葬之以盖……今吾贫无盖，于其封也，与之席，无使其首陷于土也。"大意是：马去世，要用布裹其身，狗下葬，要以车盖罩护，如今我一贫如洗，但请你务必铺一面竹席，以免它的脸被土弄脏。

何以如此庄重地待一条狗？

关乎"礼"，关乎"仁"，关乎悲悯和答谢，关乎生存伙伴间的义务。

狗之特殊在于：它和人之间有着牢固的眷属性，它是人的影子动物。

一只狗的生命感受、情感构造、智力活动，和一个天真的儿童相仿。正是这种灵性，这种与人的生命串通性，让狗摆脱了简单的实物角色和使用价值，使人对之报以一种审美与亲情态度。对它的称呼，不再是族群统称，而是奖励了一个小儿昵称，它享有个体地位和情感户籍。

诸如猫狗，是分享人类文明最多的动物。分享越多，承载越多，它们一旦被侵害，该承载即被侵害，生命的相似性即受侮辱，人对该动物的家眷情感即遭重创。同时，受损的文明，一定会在人类成员内部寻找牺牲品，许多用于动物的虐杀手段，最终变成了人间酷刑，成了人惩罚人的方式，原因于此。

一德国游客，见中国超市出售活鱼，且当场剖膛掏肚，大惊。原来，人家有严格限定，大到猪牛，小至鱼兔，皆取电击方式，且彼此隔离，不让动物目睹同伴遭遇。所以市场罕见活鱼，即便有，也不直接售出，须由店家处理后方可，既防止虐杀，又避免血腥给人造成的不适。这些细节让我感动，血腥场景、生命挣扎，不仅是一种暴力演示，还是一种视觉污染，它锻造你的铁心肠。

这是文明作出的选择，旨在保护人的心灵环境。

狗的生命地位比人低，法律地位更低，伤害一只狗的代价微乎其微，但它释放出的残忍和冷漠以及对文明的侵略、对心灵的报复，却能量巨大。

当然，只有心性敏细者，才能感受并认同这些。一个灵魂结了冰的人，一个达尔文主义者，会搬出无数逻辑宣扬人的特权，替饕餮辩护。

吃或不吃，非真理之争，非智识之辩，乃纯粹的立场选择。就像信仰即愿意信仰，就像一个成年人爱不爱童话，取决于他的精神体质，取决于他有无心灵宗教。

一个人，在日常事务和社会理性上，不妨是坚定的和平主义者或维权斗士，但这往往只在人类界面上有用，换成大自然界面，很可能露出一副纳粹嘴脸。

这种人，思想上有迷人笑容和整洁牙齿，但心灵深处，长着犬牙。

他不咬人，却时刻准备扑向一只和他操不同语言的动物。

02 +

没有买卖就没有杀害，没有消费即没有虐待。

2012 年 7 月 1 日，美国加州一项法案正式生效，“禁止以迫害动物的方式生产和销售鹅肝食品”，这意味着饕客垂涎的“鹅肝酱”将从当地消失。“鹅肝酱”，西餐第一美味，其来路却异常惨烈：以插管给鹅鸭昼夜填食，剥夺其活动空间，使之生出超常十倍的肝脏。每碟“鹅肝酱”，都是一部鹅鸭酷刑生涯的缩写。在饲养者眼里，鹅鸭不过是一坨放大镜下的鹅肝，没有生命特征，没有主体性，其肉身只是繁殖肝脏的容器，只是肝脏的配套设施。

“鹅肝酱”，它真正的饲养场是人之胃，是人的黑暗欲壑。

人，不是什么事都可以干的。很多时候，欲望自缚，即精神自救。

动物福利的最终收益，是人权收益和道德收益。反之亦然，动物的险境，亦是人的险境。

中国古代刑术，不仅名目繁多，且恐怖诡异、令人惊悚，而其灵感和技术，多源于屠宰间或厨房，源于针对动物肉身的肆意发明和操练。有道名菜，叫“烧鹅掌”，将活鹅置于炙板上，铁笼罩住，鹅掌遭烫，鹅边惨叫边急跳，待其掌胀如团扇时割取，蘸佐料食之。巧得很，古代酷刑中，恰有“炮烙”一项，同出一辙，只是以人代鹅。

请记住，人和动物存在的所有可能、建立起来的全部关系，迟早都会回到人身上，回到一个人和另一个人之间，回到人际伦理和道德领域，它一点都不浪费。冷漠、狭私、贪婪、野蛮、杀戮，会回来；温情、怜悯、仁慈、慷慨、体恤，也会回来。

03 +

为支持“人”这一物种活得滋润，大自然尤其是生物界已倾其所有，牺牲了大部分成员，人类应懂得感恩和节俭，以“礼”和“孝”的态度回报大自然。所谓“生存共同体”，并非仅在人与人之间缔结，而应在人类与万物之间展开。一个文明族群，不仅要筹划同胞的尊严和福祉，还应学会体恤，让利于异类生命，否则，人类取得的所有道德成就，都变得鬼鬼祟祟、形迹可疑。

有一类生命，最值得人感恩并心存愧疚——“实验动物”。

从解剖学诞生起，它们即用自己廉价的命运改善着人的命运，用无数的非正常死亡延缓着人的死亡。尤其是生物医学和药品研发，作为“活的试剂”，作为人的替身，它们以盾牌的方式承揽了科研所需的各种“后果”。

人类欠它们的，永远还不清。但要努力偿还，哪怕一寸一厘。

一位业界朋友说，国内动物实验论文常遭国际期刊拒绝，因为对方要求出具动物福利报告，比如一只老鼠，你要用它做实验，必须保证其生活环境、饲养程序、情绪状态，乃至死亡方式和身后事，都要合乎福利标准。简言之，你要保证它生前幸福和死后哀荣。而这些，往往是我们做不到或不屑做的。

在西方，动物福利已大面积覆盖社会生活，比如影视拍摄，动物演员的安全和劳动强度要保障，哪怕一只蟑螂，亦须毫发无损，若有被伤害镜头，须注明这是仿真或特技。早在1980年，美国影视界即授权一个叫人道协会的民间组织，专门监督此事，美剧末尾常见一行字——“本片制作中无动物受伤害”，下此评语的，正是美国人道协会。

以人道眼光看待动物，不为别的，因为它也是一条命，也有神经和心跳，也知饥饱冷暖，也有生育、哺乳和母爱……若过分强调彼此异质和不可比，要么是双目失明，要么是人性撒谎。同样的生理逻辑，即有同样的苦乐感知。

弱肉强食，乃生存定律，但人不仅有生存，还有生活，他过着一种叫“人生”的日子。当弱肉强食变得有条件、有节制、有自律时，文明才显形。

此即住山洞与住房舍的区别。

04 +

在价值观上，“环境伦理”是孕育“动物权利”的子宫，它是比人际伦理更大格局的道德成就，也是比环境科学更高范畴的理性成就。

它以最辽阔的方式定义了“生存共同体”，重新广播了“人类责任”，除了科学和实用逻辑，还输入了生命美学、心灵哲学和宗教神性。它不仅计算物质成果，还考虑精神收成。

在“人类中心论”者眼里，万物皆役于我，一切乃资源和使用价值，重要与否，视用途大小。传统的环保理念，并未跳出该窠臼，依据仍是人本位和自保原则，只不过多了一腔忧患和悲天悯人。“动物权利”，则拆了这道围墙，其精神起点，并非自我牺牲和单向度的善，而在于承认动物的自然权利和物种平等。它的全部奥秘在于：人类通过割让利益、克制欲望，精神上变得更廉洁、更有尊严和懂得自我器重，进而滋养了人与人的关系，把境界升至一个新高度。人，是该契约的真正受惠者和被营养体。

借助对另类的态度，以修缮对同胞的态度，这绝非减法和亏损，而是加法，是精神上的进项。如果说这是利己，则是伟大的利己和美德上的自我贿赂。

但常会发生这样的事：人被自己的行为犒赏了、反哺了，他却蒙在鼓里，只当自己是个光荣的施主，是个甘愿吃亏的慈善家，是个菩萨心肠的柔情人士。

利益委屈和自我牺牲情结，往往是道德隐蔽的敌人。这也是学雷锋行为和圣徒自然行为的区别。

有一种人，对世间的贡献即其生活本身。那是一种修士般的、聚精会神、每分钟都在自我完善的生活。他改变不了太多事实，却在精神上提升着“人”的定义和灵魂成就。

诺贝尔和平奖得主史怀哲医生，其美德不仅在于人道主义，还在于将人道主义引向所有的生命体：

> 除非你能拥抱并接纳所有生物，而不只将爱心局限于人类，不然你并不真的有怜悯之心。
>
> 伦理不仅与人，也与动物有关。动物和人一样渴求幸福、承受痛苦和畏惧死亡，若我们只是关心人与人的关系，那我们即不

会真正文明起来，重要的是重视人与所有生命的关系。

他不是斗争意义上的英雄，是和平意义上的英雄，是医生和护士意义上的英雄。

05 +

一只麻雀被曙光惊醒，向着未来的食物起飞。

一队蚂蚁扛着行李，抢在暴雨之前匆匆搬家。

一个婴儿啼哭的同时，一只雏鹰拱出了蛋壳。

每个生命都有自在的意义和进程，都有它分分秒秒的愿望，都有和人生一样的故事和戏剧性，若我们无视或歧视该意义，否决这些故事的尊严，任意染指它、篡改它，那人类的意义又由谁来指认呢？

若万物意义皆失，只剩人类自己的意义，那这意义无论怎么描绘，都像一桩阴谋和丑闻。

事实上，已没什么别的生命形式妨碍人类事务了，唯一对手，即自身欲望。

人类，有些财产是不合天意的，其体重和行李太庞大。

人类应重新核对并部分割让，以削减精神的脂肪和欲望的臃肿。

在别的生物眼里，人的角色肯定是“敌人”，因为他从事了超越正常成员的掠取，其资源范围远远超越了食物，他洗劫了其他生物的配置，消耗了大自然太多库存。更可憎的是，人类不仅是敌人，还是恶人，其很多活动是不良的，属于恶性毁坏和糟蹋，动摇了大自然的根基。

或许，人类的前途应该是：只当有限的“敌人”，不当“恶人”。

敌人，是生物角色。恶人，是道德角色。

2012 年

一条狗的事业

01 +

日本“3·11”地震中，福岛老人大江五郎痛失爱犬Aya，紧急逃难时，它被割舍了。此后，老人愧疚不已，两度冒险返寻，未果。八个月后，灾民还乡，远远地，老人惊呆了，自家的报废车旁，有个影子静静地趴着，是Aya！虽瘦弱不堪，无力跑向主人，但它活着！它一直守着家的残骸。

东京涩谷车站有座犬的铜像。1924年，一条叫八公的犬随主人迁来东京。每个晨昏，它都在这座车站迎送主人。某天主人未归，他上班时突发心脏病去世了。此后九年，该犬每天准时蹲候于此，风雨无阻，直至终老。1987年，诞生了一部著名电影，《义犬八公的故事》。

这些伟大举止，其实只是一条狗的平常事业。

狗的特质在于：它需要家。

一条狗，天生即有归属，它直奔人而来，它是来投亲的。

它以儿童身份，闯入人的亲情体系，成为一名四条腿的家庭成员，成为一个没有血缘的孩子。

如皮筋，狗黏人，其一辈子的嬉戏跳跃，皆以主人膝盖为圆心，以主人唤声为半径。人类从狗身上获得的，正是父母在儿童身上获得的。

幼儿会长大，会叛逆，会用复杂覆盖简单、以深刻替换纯真，狗不，它是永远的蒙童。其心智稳定，不求深奥、不改伊始，你见过一只狗用智力欺负另一只狗吗？即便发生冲突，也仅在体力上进行，这正是儿童特征。

人不仅做家长，更是狗之偶像、狗之宗教。一个人，无论社会角色多卑微，在膝下狗眼里，都是伟岸的，是神明、是唯一和全部。狗之仰，会让一个乞丐成为富翁，让一个流浪汉成为国王。

此等崇拜，不单是骨头的贿赂，更与狗的基因和禀性有关，与狗的世界观有关。

执着、依恋、从一，耳鬓厮磨、情大于智，这是狗身上最迷人的东西。

亦正是儿童的品质。

每条狗，都有一双手抚摸它的头。它用摇尾和皮毛的温情来回报。

唐人潘图有诗，形容了落魄之人的还乡："归来无所利，骨肉亦不喜。黄犬却有情，当门卧摇尾。"

有幅照片，拍的是纽约街头的一个男人和一条狗：理查森，男，1984 年起连续投资失败，2007 年破产，妻子离弃，亲朋远之，唯有一条叫 Jooy 的狗寸步不离，陪之街头流浪。从 Jooy 恬静的睡姿中，可见它对主人的信任和对现状的满足。

这样的忠诚度，大概唯影子可比。

精神上，或许每个人都需要一条狗，以弥补同类之间缺失或断裂的那种关系。

02 +

苏格兰爱丁堡，一位病重的老人请流浪狗巴比吃了顿饭，老人去世，送葬队伍前往墓地，巴比一路紧随，驱之，无效。此后十四载，除去觅食，巴比一直蹲守墓旁。为瞻念，当地人在广场立了座巴比雕像。

日本有家养老院，专门收留退休后的导盲犬，每只犬去世后，都有一座小小墓碑。它服务过的盲人或亲属常来扫墓，带来鲜花和它喜欢的玩具。

这些故事的启示是——

仅靠同胞之间产生的情感，在类型、成分、配方和营养上，也许是不够的。人与动物往来的价值即于此，尤其是性灵动物，人在其身上的投入和彼此交换的内容，定会反哺自己，使人更加像“人”，此即宠物的诞生原理和美学意义。人在宠他中体验被宠，在被需要中实现自我需要，在被器重中学习自我器重。

但双方并不完全对等。动物美德，会无遗地赠与人类；人之美德，只是部分地、有条件地对异类开放。

2008 年 5 月 12 日午间，四川北川县，一只叫小花的狗忽然狂吠，拼命叼人衣脚，众人惊惧，随之离屋。俄顷，地动山摇，房舍成墟。地震一周后，为防疫，政府颁灭狗令，小花被绞杀，毫无逃避之意。

狗从不怀疑主人的召唤，任何时候，都会径直奔来。

人陶醉于这份信任，而自己却常常撕毁它、辜负它。

重庆西南政法大学的校区，有只整日徘徊、神情凄然的狗。据附近店主说，它叫大黄，主人是名学生，两年前毕业时抛下了它，过去，主人傍晚即带它沿此溜达，这曾是一只快乐的狗。

它不知发生了什么，只嗅得出这条路的意义，它行走在往事里。

我在微博上说："这是一条狗的《寻人启事》。可怜的孩子，这么早就开始回忆了……"

一个辜负了动物信任的人，很容易辜负他的同类，撕毁人间契约。

03 +

我曾多次被问：何以反对吃狗肉？何以鸡杀得，狗杀不得？

我问：你会围剿一只老鼠，但你会侵害一只米老鼠吗？你会面无表情地宰一只鸭子，而当一只唐老鸭跑过来时，你还下得去手吗？

是"熟人"的身份震慑了你。

这份难度和阻力，就叫文明。此即动物眷属的含义。

不忍，不愿，不敢。

因为它的社会性身份，因为它已被充分人文化、人格化了，因为你热爱这个童话里的精灵。无论它住在卡通积木里或大摇大摆地走出来，你都会垂怜有加。

它们是老鼠、鸭子，但却是另个版本的老鼠和鸭子。

于是全变了。

狗也一样。它离人太近、太贴身。每只狗都被主人赋予了唯一性，都有一个让之随时竖起耳朵的昵称。在生活角色、情感地位和彼此给予上，它已逼近人类自己的位置了。

狗不再是洪荒年代的狗，人也不再是山洞里的猿。

这就是进化，这就是狗的殊遇之由来。

世上有一种权利，只有当它普遍被弃用时，我们才深切感到：人，配得上更多的授权。

吃狗肉，即这样的权利。

04 +

米兰·昆德拉说："狗是我们与天堂的联结。在美丽的黄昏，和狗儿并肩坐在河边，犹如重回伊甸园。"

狗，是一种幸福的意象，它象征着人烟、故里、守望、伙伴、记忆、天伦、安居乐业……中国古人对此作了淋漓尽致的描绘：

> 暧暧远人村，依依墟里烟。狗吠深巷中，鸡鸣桑树颠。
>
> 柴门闻犬吠，风雪夜归人。
>
> 老夫聊发少年狂，左牵黄，右擎苍……

天地之间，人和狗相认，是何等缘分！

上苍造人，接着造的，一定是狗。

人在荒野里捡到了它，带回家，取个男娃或女娃的名……它回报主人的，是一生的童年和相濡以沫。

如果你身陷绝地，仍不觉孤单，那是因为，你有一条狗。

如果你家徒四壁，仍不觉惨淡，那是因为，你有一条狗。

如果你膝下无嗣，仍不觉苍凉，那是因为，你有一条狗。

2012 年

乡下人哪儿去了

私以为，人间的味道有两种：一是草木味，一是荤腥味。

年代也分两款：乡村品格和城市品格。

乡村的年代，草木味浓郁；城市的年代，荤腥味呛鼻。

心灵也一样，乡村是素馅的，城市是肉馅的。

沈从文叹息：乡下人太少了。

是啊，他们哪儿去了呢？

何谓乡下人？显然非地理之意。说说我儿时的乡下。

上世纪 70 年代，随父母住在沂蒙山区的一个公社。逢开春，山谷间就荡起“赊小鸡哎赊小鸡”的吆喝声，悠长、飘曳，像歌。所谓赊小鸡，即用先欠后还的方式买新孵的鸡崽。卖家是游贩，挑着担子翻山越岭，你赊多少鸡崽，他都记在小本子上，来年开春他再来时，你用鸡蛋顶账。当时，我脑袋瓜儿还琢磨，你说，要是欠债人搬了家或死了，或那小本子丢了，咋办？赊小鸡的岂不成冤大头？

多年后我突然明白了，这就是乡下人。

来春见。来春见。

没有弯曲的逻辑，用最简单的约定，做最天真的生意。能省的心思全省了。

如今，恐怕再没有赊小鸡的了。

原本只有乡下人。

城市人——这个新品种不知从哪儿冒了出来。他们擅算术、精谋略，每次打交道，乡下人总吃亏。于是，进城的人越来越多。

山烧成了砖料、劈成了石材，树削成了板块、熬成了纸浆……田野的膘，滚滚往城里走。

城市一天天肥起来，乡村一天天瘪下去，瘦瘦的，像芝麻粒。

城门内的，未必是城市人。

城市人，即高度“市”化、以复杂和厚黑为能、以博弈和争夺见长的人。

20世纪前，虽早早有了城墙，有了集市，但城里人还是乡下人，骨子里仍住着草木味儿。

古商铺，大清早就挂出两面幌子，一曰“童叟无欺”，一曰“言不二价”。

一热一冷。我尤喜第二幅的脾气，有点牛，但以货真价实自居。它严厉得让人信任，傲慢得给人以安全感。

如今，大街上到处跌水促销、跳楼甩卖，到处是喜笑颜开的优惠卡、打折券，反让人觉得笑里藏刀、不怀好意。

前者是草木味，后者是荤腥味。

老北京有一酱肉铺子，名“月盛斋”，其“五香酱羊肉”，火了近二百年。它有俩规矩：羊必须是内蒙古草原的上等羊；为保质量，每天仅炖两锅。

某年，张中行去天津，路过杨村，闻一家糕点店有名，兴冲冲赶去，答无卖，为什么？没收上来好大米。先生纳闷，普通米不也成吗，总比歇业强啊？伙计很干脆，不成，祖上有规矩。

我想，这规矩，这死心眼的犟，即“乡下人”的含义。

重温以上旧事，我闻到了一缕浓烈的草木香。

想想乡下人的绝迹，大概就是这几十年间的事罢。

盛夏之夜，我再也没遇见过萤火虫，也是近些年的事。

它们都哪儿去了呢，露珠一样蒸发了？

北京国子监胡同，开了一家怀旧物件店，叫“失物招领”，名起得真好。

我们远去的草木，失踪的夏夜和萤火，又到哪儿招领呢？

谁捡到了？

我也幻想开间铺子，就叫“寻人启事”。

或许有一天，我正坐在铺子里昏昏欲睡，门帘一挑——

一位乡下人挑着担子走进来。

满筐的嘤嘤鸡崽。

2009 年

人生的深味

醋、米饭、海鲜、菜蔬，它们抱成团，即成了日本最得宠和平易的食物：寿司。

纪录片《寿司之神》，描述了一家“值得用一生去排队”的餐厅，铺面很小，不及十座，除了大麦茶和热毛巾，只提供寿司。它位于东京银座地下一层，连洗手间也没有，但它两度被“美食圣经”《米其林指南》评为三星，这是全球餐厅的最高荣誉。

“不好吃，就不能端给客人。”87 岁的小野二郎说。

他是店主和主厨，也是餐厅的灵魂和标志。当他站在你的餐位前，全神贯注地捏一只寿司，然后捧给你时，你会油然升起一股庄严感，犹如坐在寺庙的蒲团上，甚至因崇敬和幸运而有点紧张，因为老人身上那缕光阴的平静，因为他手上散发出的修行的光芒。因为眼前这个人，用了六十年来做眼前这件事，而每一次，都是在重复的基础上诞生新作。

“这么简单的东西，味道怎会如此有深度？”食客们用幸福的语气问。

“每种食材都有最美味的理想时刻，要把握得恰到好处。”二郎说。在他的店里，为使章鱼口感柔软，不似橡胶那么僵硬，要对之按摩四十分钟；为呵护米饭的弹性，其温度要贴近人的体温；做学徒，要先练习拧滚烫的毛巾，随之是用刀和料理鱼，大约十年后，你才会上台煎蛋……

“我一直重复同样的事情以求精进，我总是向往能有所进步，我会继续向上，努力达到巅峰，但没人知道巅峰在哪里。”老人说。

追求技艺的完美，对细节一丝不苟，在重复中精益求精，此即日本传统文化推崇的“职人”生活。“职人”，社会身份即手艺人、匠人，但它同时也是一个精神身份，意味着一种成就、修养和品格。在《留住手艺》一书中，日本作家盐野米松写道：“他们就是这样：了解素材的特性、磨炼自身的技艺、做出好的东西。这是他们的生活本身，是他们的人生哲学。”

让人感叹的是，这种劳动的认真和严苛的自律，不仅是市场和竞争的需要，更是“职人”内在的生命要求，是精神驱动和自我修行的结果。他们执行的是自己的尺度，而任何一丝松懈或作弊，都会让其失去自我器重。

70岁前，餐厅食材由二郎亲自挑选，他每天骑车去菜场，从最信任的商贩那儿领取属于他的东西。纪录片里，有一组在菜场的场景，商贩们说：“有些米只供给二郎，因为只有他知道怎么煮。”“若有三公斤野虾，那就会留着，直到他来。”“好东西是有限的，要交到最好的人手上才行。”

这是一种带体温的商业。其实，和二郎一样，这些商贩在自己的领域亦是行家、权威和伯乐，亦是有理想主义倾向的人。他们知鱼懂米、惜物识人，除了逐利，他们有额外的准则和希冀，他们重视自己的下家，惦念着物的前途和归宿，他们追求完美的流程，渴望成为“正果”的一部分。

最好的鱼贩，最好的虾贩，最好的米贩……最好的使用者，这是一个由“最好者”缔结而成的链条。在贸易上，这是一种联盟式的高度信赖和共栖关系；而在精神上，又何尝不是一种知音式的彼此惜怜和偎依取暖？

这是敬业、敬物、敬人，也是敬天地、敬生命、敬自我。

正因为这种人和人生、这种行为风格不是孤立的，它才有生存和繁衍的可能。所以，小野二郎并不孤单，他是一个群的成员。这个群，在追求一种内容和气质相近的生活：专注、执着、严谨、诚实、身心并赴、内心充满安宁和纯粹的喜悦……

二郎说：“你要爱你的工作，你要和你的工作坠入爱河。”

用修行的方式对待自己的劳动，追求平淡里的深味、简易中的精致、清素下的高贵，这是大部分人都有机会采摘到的人生，而命运，也很少辜负这种选择，尤其是在精神回报上。

2013 年

女织

去雁声遥人语绝，谁家素机织新雪。

——（唐）施肩吾《秋夜山居》

01 +

古人的生活图景，一语概之：女织男耕。

“夫是田中郎，妾是田中女。当年嫁得君，为君秉机杼。”孟郊在《织妇辞》中写道。

田夫蚕妾、牛郎织女，乃最典型的人生单元，亦是最完美的衣食组合与温饱设计，堪称天意。

“一夫不耕，或受之饥；一妇不织，或受之寒。”

华夏先民的栖息史，五千年的村野炊烟，就这么飘飘袅袅，在“锄禾日当午”的挥汗和“唧唧复唧唧”的织声中，走到了20世纪。

恐怕谁也没想到，突然，它像滴空了水的漏钟，停了。

这个朴素的生活方程、貌似永恒的家务公式，逻辑解散了，使命结束了。

城市，彻底步入男不耕女不织的“大脱产”时代。乡村，耕虽依旧，织却销匿。这是技术飞跃和社会分工之果，无可非议。

我想说说“女织”，从人生美学的角度。

对“女织”的蒸发，我略感惋惜。我指的不是生产力和生产关系的她，我看重的是“织”的情感内容和性别审美。抛开古织，说个我们熟悉的情景吧——

当一位女性在为恋人、丈夫、孩子织一件毛衣、围巾或袜子时，她用手指和棒针、用密密麻麻的经纬和几个月的聚精会神——所完成的仅仅是一个物吗？

当然不，这更像一场无声的抒情。她用温婉和柔韧，用细腻和漫长，用遐想和劳累，实现了一桩女性独有的心愿。每一针、每一线，都是一记笔画、一个字母，她把所有心思都织了进去，融入这件最贴身的东西里去了。

这比花要美，比甜言蜜语要动听，比珠宝首饰要贵重。

为此，她的手可能会磨茧，但她不在乎，心里甜。

我记得年少时，中国女人的怀里都有一团毛线，须臾不离，像抱着婴儿。即便在我青春时，这个情景仍随处可见。那会儿，机器造羊毛衫已铺天盖地，但她们仍不放弃这事业，当时杂志也纷纷开辟“针织”版，印象中《八小时之外》《黄金时代》等，每期都有大量插页和彩图。

那是个不嫌“慢”的时代。

那是个用手工抒情的时代。

那个时代的女人，都会留下一枚标志：食指和中指的上部略显糙厚。

她们是美丽聪慧的女人，多情而勤奋的女人，懂得“织”的元素和成分，懂得“亲手”的含义，懂得用“烦琐”、“辛苦”构造一件贴身之物意味着什么。她们享受这个过程，感动别人，也感动自己。

02 +

多数时候，“男耕女织”一词，让我想起的并非劳动分工，而是“相濡以沫”、“其乐融融”、“夫唱妇随”、“琴瑟相伴”之类的温暖与忠诚……我被一股天然的伴侣之美所熏染，所感动。

一梭一缕一寸痴，丝丝编就阳春意。如果说，上天派给男性的差事是果腹，那女人的角色则是暖身。除了生育，“织”即成了古代女子最大的事业，乃社会事业、生计事业，亦是婚姻事业、情感事业。

织的背后，你总能隐约看到那个字：情。

无论春染梢头的豆蔻、贤妻良母的人妇，还是离愁黯景的痴妾、发婚姻牢骚的怨女，手中都有一情感道具：飞梭、织机或绣针。

迢迢牵牛星，皎皎河汉女。纤纤擢素手，札札弄机杼。

调梭辍寒夜，鸣机罢秋日。良人在万里，谁与共成匹。

而在《孔雀东南飞》中，有一段自白：“十三能织素，十四学裁衣，十五弹箜篌，十六诵诗书，十七为君妇。”这是一个普通少女的成长简历和才艺档案。蚕、织、裁、缝、绣——乃天下女子的技能必修课，即便家境优渥、凤娇名媛，顶多免去蚕纺之苦，绣针之灵则不可少。换言之，即削弱体力劳动，深化脑力劳动。

我不以为此乃封建糟粕或性别压迫，我觉得这是人生美学，乃女性的主动选择和天赋所赐，乃女性灵魂之闪光。

织的衣、纳的袜、绣的巾，可浸的是情、是意，是对生活的憧憬和幸福感。密密麻麻的线脚、纤巧灵盈的游走，织就的是女子的美和美德。

所以，以织品传情递意，作媒介和信物，即成了女子专利，成了流传几千年的红颜技巧。直至上世纪 80 年代末，我在乡下还遇见过那种瑰丽的手绣鞋垫。按说，鞋垫这种深藏不露的东西，即使满载鸳鸯牡丹，又有何用呢？

当然有用。

03 +

我一直觉得，女子一生总该织点什么，否则有遗憾。

不为别的，就因她是妻子、是母亲，一个男人、一个孩子身上若无一件由家中女性亲手完成的衣物，至少逊了一份温馨。对敏感的体质来说，灵魂会觉微凉罢。

过去常用一词夸赞女子：心灵手巧。

现代女性心灵绰绰有余，手却未必巧了。

逢搬家或整理橱柜，总会翻出几件旧时的毛衣，皆母亲所为。每次太太都赞叹：织得真好，像工艺品！虽穿的机会少，可总舍不得扔。我知道，这些东西再难复制了。母亲很聪明，儿时总变着花样给我们兄弟添毛衣，每年的流行款和图案，只要大街上有，她瞅几眼就会了。

母亲这辈子织了多少件衣物？数不清，几百件吧。

母亲年龄大了，眼花了，织得便少了。几年前，春节回家，母亲说，这是她最后一件毛线活了，留给孙子们。第二年春节，母亲却还在织，她说再织几件。

04 +

有一个母织的故事，曾让我泪流满面。也是我作此文的动力之一。

这是 2006 年的一则新闻，题目是：《骨癌妈妈临终为儿子织好 25 岁前所有毛裤》。

吉林白山一位家境贫寒、以烙煎饼为生的母亲，得知自己患绝症后，在 15 个月里与死神赛跑，终于为 9 岁儿子织完了 25 岁前需要的所有毛裤。

看着那幅照片，一个小小的孩子守着遗像，床上一排排长短不一的毛裤，我流泪了。

也许，这位母亲想的是，等儿子 25 岁时，就能穿上另一个女人织的衣物了罢。

2009 年

周 际 摄

那些消逝的歌

01 +

“很多歌消失了。有些歌只有极少人唱，别人都不知道。比如一些学校的校歌。”

这是汪曾祺《徙》的开头。接下来，他提到了一首家乡校歌，很感人。当时我就想，后人再也写不出这样的歌了。

“县立第五小学历年毕业了不少学生。他们多数已是过六十的人了。他们中不少人还记得母校的校歌，有人能一字不差地唱出来。

西挹神山爽气，东来邻寺疏钟。
看吾校巍巍峻宇，连云栉比列其中。

半城半郭尘嚣远，无女无男教育同。
桃红李白，芬芳馥郁，
一堂济济坐春风。
愿少年，乘风破浪，
他日毋忘化雨功！

每天上课前的‘朝会’，放学前的‘晚会’，开头照例是唱‘党歌’，然后唱校歌。一个任司仪的高年级同学高声喊：‘唱——校——歌！’三百来个孩子，就用玻璃一样脆亮的童音，拼足了力气，高唱起来。好像屋上的瓦片、树上的叶子都在唱……

小孩子很为自己的学校骄傲，觉得它很了不起，并相信别的学校一定没有这样一首歌。到了六年级，他们才真正理解了这首歌。毕业典礼上，老师讲过了话，司仪高声喊：‘唱——校——歌！’这是他们最后一次聚在一起唱这支歌了。他们唱得异常庄重，异常激动。唱到‘愿少年，乘风破浪，他日毋忘化雨功’，大家的心里都是酸酸的。眼泪在乌黑的眼睛里发光。”

02 +

这是首了不起的歌，区区几十字，竟把学校地理、风物美景、男女平等的新潮、传统师道、成长励志和抒情——全收进去了。用今天的话说，即是爱本校、爱故里、爱国家、爱传统、爱时代……远近虚实，一首校歌应有的精神之义，尽在其中。

我尤看重两点：

这是真正的校歌——本土本校之歌。它说的全是自家那点事，不越位、不空泛。我甚至想，一个外国人若懂汉语，单凭此歌在中国找到这家小学是可能的。汪先生说："学校东边紧挨一个寺，叫承天寺。'神山爽气'是该县'八景'之一……'爽气'是什么样的气，小学生不知道，只是无端地觉得很美。"

不懂词没什么，重要的是唱，唱它时的那股劲——那股昂首挺胸、热血沸腾的劲儿，那种亢奋和鲜美的精神状态。我想，那个叫汪曾祺的孩子在大幅度张合嘴巴时，或许常抬望天边的云，想象在很远很远之外、很久很久之后，自己和世界会是什么样子……总有一天，你会明白那词儿。你会怀念它、感激它。

再者，乃其升旗一样的仪式感。它天天唱、人人唱，春夏秋冬，风雨无阻。这种秉持，就是熏陶和浸染，就是隆重地、一遍遍告诉你——你是谁，从哪里来，到哪里去……

一首天天住在嘴边、响在耳畔的歌，终究是一粒种子，会在幼小的心里长出什么来的。就像江苏高邮的县立第五小学，孵出了汪曾祺。

歌的作者是谁呢？汪先生说，乃该校一国文教员，早年中过举人。

03 +

你是哪个小学毕业的？

这问题有意义吗？从前有，现在几乎没了。不光小学，就连拿中学试问，意义也不大，因为校校皆同，你只需说是中国小学或中学就行了。

我是从汪先生的文中，才知道中国小学曾有校歌。最重要的，那是真正自己的歌，有个性标榜、有独特的精神气象，内容、曲调都不同于别家。只要你一唱，人家即知你读的是哪所学校，你大概能学到些什么。

《徙》作于 1981 年，讲的是 1925 年的事。我读小学是 1976 年，没唱过校歌；念中学是 1981 年，没听过校歌；上大学是 1987 年，也未遇过校歌。我问过很多人，大部分摇头，偶有大学校歌者，也不怎么唱，或不会唱。

歌声走远了，替它的是校徽、校服、校铭。

这些后来的东西都差不多，似乎没人在上面动脑子。比如校铭，不外乎“学高为师，身正为范”，“积极、奋发、进取”之类。没有人想和这些词语发生关系，也发生不了关系，它们矗在那儿，像木桩。

走遍全国都一样，所有校园都是一个校园。面孔一样、气质一样，课程、考试、标准、任务都一样。像是彼此抄袭的结果。

我想，我的孩子再也遇不到汪曾祺儿时那样的歌了，再也使不出吃奶的劲儿唱什么了。

心变了，人也懒了。大人成了乏味的大人，孩子成了无趣的孩子。

这个时代，虽不乏伟大的创意，但唯独少了一些伟大而幼小的灵感。

少了为孩子服务的才华。

04 +

偶遇一首民国初年的中学校歌。

如果说汪先生的歌透着稚气葱茏，那这首歌则壮志凌云、激情浩荡了。犹如前者，它也重本土的风物和典故，只是更凸显了大时代的讯号和本校学业理念，并援引乡贤为激励。

明山佳气郁葱葱，甬江如带水流东。
跨西城一角，楼观凌空。
海内共和伊始，看多少担簦人士读书谈道其中。

是社会中坚分子，是国家健儿身手，正宜及时用功。
深宁考据，谢山掌故，足启我童蒙。
愿共守先正遗训：
言忠信，行笃敬，
效实储能齐努力，破壁出飞龙。

此歌隶属浙江一所私立学校——宁波效实中学。词者魏友枋，清举人，曾任北大教授。曲者张谱六，该校音乐教师，后任上海美专校长。

“明山”、“甬江”，说的是本土地理；“深宁”、“谢山”，代指王应麟和全祖望。前者号深宁，宋元学人，《三字经》作者。后者字谢山，清代史学家，以著述乡邦文献闻名。该校创于 1912 年，正值共和初始，此先，当地名流办“效实学会”，旨在“以私力之经营，施实用之教育，为民治导先路”。“效实”二字，出自严复所译的赫胥黎《天演论》，其中有“物竞天择，效实储能”之语。

正像名字所标榜的，该校推崇实学之风，尤重数理化和外语，教材多用外语原版。据说，从 1917 年起，该校毕业生即免试升入复旦大学、圣约翰大学。当代科学家童第周等 13 名院士即出身该校。

可以想象，无数少年便是在这歌声的沐浴中完成了身心发育，交上了立志答卷。

05 +

某天，读一网帖，里面抄录了六十多年前四川两所中学的校歌。提供者为一位叫邹顺田的老先生，邹老 1926 年生于犍为县，先后在老家犍为中学和成都甫澄中学念书。歌词如下——

犍为中学校歌

山苍水碧拥犍阳，喜有群英共一堂。
涵我以学业，华我以文章，健我身手好腾骧。
向前途，进取共将相。
各敬业，仁不让，努力！任重致远唯吾侪。

甫澄中学校歌

昭烈跸宫丞相祠，蓊蓊郁郁庐舍傍屋脊。
劝学从仕，学季堪追；例比十二儒行，会此五百昌期。
文翁邈矣，高振继之；均平既如，相如为师。
望古承昨，养气随时。
大业能经国，危瞻赖扶持。

以邹老生年算，今已逾 80 鹤寿，想必不会亲自发帖，但其中录入了老人一段心语："尽管时光已过去六十余载，耄耋之年的我，迄今犹记当年唱过的两首校歌……犍为中学的校歌作者不知何许人也，甫澄中学是由军阀刘湘所办，甫澄即刘湘的字。校歌是一个叫周虚伯的老先生创作的。而今看来，两首歌虽显古奥，但以乡贤为号召，激励后生奋发向上、报效社会的精神仍值得嘉许。"

恐怕没有一个民族发生过这样的事：一百年前的语言，现今竟需要翻译（语文课里不是专门有"文言翻译"一项吗）！

上述歌词以今人的国语水平而论，确显晦涩。但我想，若这两所学校至今尚在，倒不妨沿袭这两首歌。单就领略词语之美、家乡典故，也是好的。

我向邹先生默默致意并祝福。从其只言片语间，我已感受到了那歌声留下的儒古之秀、清风之薰。

一栋学庐，一乡子弟。

一阕校歌，一部青春。

岁月如歌，这话总是不错的。“愿少年，乘风破浪，他日毋忘化雨功！”这些徘徊在简陋操场上的歌声，皆让我想起了梁启超说的“少年中国”。

那时的儿郎，真是闻鸡起舞，意气风发。

那时的中国，竟有那么多的精神美少年。

06 +

邂逅汪曾祺的歌后，我即有个心愿，能否再遇几首老的小学校歌？从而让汪先生“玻璃般的童音”不那么孤单。我想给它配上几位“发小”。

我不刻意寻访。我喜欢某种东西突然跳至眼前的感觉，就像蟋蟀从草丛里跃起。

不久前，去江苏海门，此地是鼎鼎大名的张謇故里。

张謇，何许人也？清末最后一位状元；晚清立宪运动的骨干；《清帝退位诏书》的起草者；民国政府的实业总长及农商总长；农工商俱全的大生资本集团之老板；大量慈善公益机构和数百家学校的捐资人……

此次海门行，我最大的惊喜是与几首校歌不期而遇。当地名士袁蕴豪先生赠我一册他的大书：《潮流——张謇在海门》，其中竟藏有张謇撰写的部分校歌。

大江东下海潮上，潮潮涌进青龙港。

港中有三镇，常乐居中央。

二十八圩同社仓，小学校开兼教养。
父老不愁荒，儿童勿忧伧。
大家爱国先爱乡，常乐之校真堂堂。

该词作于光绪三十年（1904）。张謇家住海门常乐镇，1903年，张謇东游日本，归来后深感教育之重大，即在家门口辟出几十间房，创办了“常乐公立初等小学”，设修身课、国文课、算术课、图画课、手工课、体育课等。

该词通俗易懂，朗朗上口。和上述诸歌一样，它先要传递一个信息：你的家在哪里？咱们学堂位于华夏何处？试想一下，百年前的中国乡下，对不识一字、未出村口的穷娃子来说，明确自己身在何处是件多么伟大和激动的事！歌词开头，关于常乐面江眺海的描绘，让小学堂平添一股雄阔之魄和潮头之势。歌词最后，是安慰孩子安心读书，对家乡有信心，对本校有信心。

07 +

张謇的实业之举，最艰辛的属围堤造田。南通一带多不毛盐碱，为争取粮棉，1901年，张謇组建了中国首家股份制管理、资本化经营的大农业拓荒集团——“通海垦牧公司”。眷顾佣工子弟的成长，张謇不惜重金，于荒滩上创办了“垦牧乡高等小学”。在袁先生的赠书中，我读到了该校校歌——

噫艰哉恳牧乡，
苇蒿螺蛤兮粢梁……
崛兴兮千辛而万苦，

相劝兮日就而月将。
耕田读书兮百世良，
海有旭兮校有光。

这首词很美，既有沧海桑田的今昔对照，又有“梅花香自苦寒来”的劝学励志；既激越明亮，又不失忧患和督导。可谓贫贱之上的高贵，荒野之上的雅风。

“教育为母，实业为父”，乃张謇一生的精神向导。他曾经计划：南通每方圆25里内必建一所小学，如此，一个孩子每天最多走10里路。后来，一次泥泞的跋涉让其深感学童之苦，于是他将目标改为：方圆16里内设一所小学。他一生为家乡地图留下了多少校址呢？三百多处。

狼之山，青迢迢，江淮之水朝宗遥。
风云开张师范校，兴我国民此其兆。
民智兮国牢，民智兮国牢，
校有誉兮千龄始朝。

这首在南通传唱了百年的歌，隶属于我国第一所民立师范学校——诞生于1903年的通州师范学校，作者即张謇。南通位于江淮之畔，狼山则于城南，显然，此歌也是先回答“身在何处”，但和前面的歌相比，除“少年中国”的使命感，它更强调了“师范”与启智的关系。

百年来的南通教育，直接受益于这栋孕育师资的母体。王国维曾在此授国文，陈师曾、欧阳予倩曾来此教绘画和曲艺。杨乐、李大潜、巢纪平、吴慰祖、施雅风等数十名院士，王个簃、赵无极、袁运甫、袁运生等艺术家……便是在这歌声的熏风中成长起来的。

08 +

再说张謇的宏业。

他不仅重视基础教育，还倡导职业技术培训，先后办了大生纱厂职工专科学校、纺织专科学校、铁路学校、吴淞商船学校，此外，还设女子学校、幼稚园、盲哑学校。其实，张謇还有着更大的乌托邦梦想，即把南通建成一个理想社会的试验区，用其自己的话说是“新新世界的雏形”。为此，他筑桥清淤，完善城市水利系统和交通设施，创办博物苑、图书馆、气象台、幼儿园、公园、医院、慈善堂……他不仅成了南通的精神领袖，还扮演起了最高公务员一职。梁启超曾赞叹：“南通是全国公认第一个先进的城市，其教育之先进、价值之高、影响之大，国人共知。”

这么大的开支从哪儿来呢？自然是实业，1922年，张謇70岁时，大生集团有四个纺织厂，资产达九百万两白银，纱锭16万枚，同时还拥有近二十家盐垦公司，这些都充当了他那些伟大构想、高尚事业的提款机和孵化器。

在接受海门电视台采访时，我忍不住感慨：“就生命能量、精神魅力和社会担当而言，张謇太让人惊叹，那简直不像一个人做的事，而该由一群人、由时代最优秀的精英群体来实施，可又的的确确发生在一个人身上，太不可思议了！自古以来，中国人往往不是太实就是太虚，要么只顾坐而论道，要么忙于低头走路。文人往往思想力很强，行动力太弱……而张謇不，他知道怎么赚钱，知道为什么赚钱，知道怎样把钱花得精彩……他是穷人的榜样，是富人的榜样；他是文人的榜样，是商人的榜样；他更是理想主义者的榜样！”

有人说过，一个伟大时代的到来，最需要三种人：改革派、实干家、梦幻者。这几种生命身份，竟一并在张謇身上汇合了，他兼任并出色地完成了所有角色。

可惜，只有一个张謇。

09 +

那晚，当地朋友陪我乘船夜游南通城，一路桨声，导游不断地指指点点，每过一个桥孔，每逢一处旧式建筑，她都会轻轻说出那个人的名字……

不错，这座城市，是一个人的作品。

深夜，回到下榻的宾馆，打开央视新闻频道，看我工作的栏目《24小时》，看时代的今天又上演了什么。不出所料，依然是诡异的股市、疯长的房价、城市拆迁和钉子户、城管商贩冲突、民工讨薪跳楼秀、和高考有关的争吵……

关掉电视，当世界的喧哗变回一面安静的黑屏，我突然特别怀念那个人——张謇。

有些人不该在光阴中消逝，有些歌不该在空气里失踪。

打开窗，海风特有的清凉袭来，楼下是万家灯火，是被张謇叫做“新新世界的雏形”的后来。

离开海门前，当地报纸采访：您对海门有什么建议？

我笑笑说，希望海门的每所中小学，都有一支自己的校歌，好一点的校歌。那种在风雨操场上天天唱的校歌，那种成为精神功课、晨钟暮鼓的校歌……

2009 年

日子你要一天一天地过

光阴尺码

北京电视台有档周播节目叫《七日》，其广告词这么说："生活，就是一个七日接着一个七日。"我也做电视媒体，按同行眼光，这句话堪称神来之笔，既行云流水般地勾勒了百姓过日子的状态，又将岁月和节目画了等号，自恋了一把。

可我老觉得哪儿不对，似乎某根神经被偷咬了一口，后恍然大悟：它在光阴上的计量单位——那个"七日"刺疼了我，它等于是在说，人生即一周加一周加一周……

这尺码太大、太粗放了。它把生命密度给大大冲淡、稀释了。

若央视"春晚"给自己打广告，会不会说成"生活，就是一个春晚加一个春晚”呢？如此生命换算和记忆刻度，简直恐怖。

在地铁里，忽听一女孩感慨：你说哎，日子真快，眨眼又过年了，不就看了几部剧，听了几首歌嘛，我夏天裙子还忘了穿呢……

是啊，我们对光阴的印象愈发模糊，时间消费上，所用尺码也越来越大，日变成了周，周变成了月，月变成了年……日子不再一天一天地过，而是捆成大包小包，甩手即一周、一月。打个比方，从前是步枪瞄准，现在则像冲锋枪，突突一梭子，点射变扫射，准星成废物。

一把尺子，毫米取消了，只剩公分。

“今天几号啊？”这声音无处不在。

我自己也常想不起日子，甚至误差大得惊人。那天，我寄一份文稿，末了署日期，竟将“2009”落成了“2007”。我明白，这不是笔误，是心误。

时间的粗化，意味着人生的恍惚、知觉的紊乱。

我们有自己的时间吗

在光阴意识和时间心理上，除计量单位被大大膨化外，其标志符也越来越笼统、虚脱。

有位老兄，并非球迷，但四年一届的世界杯，场场不落，且备好啤酒，郑重地邀我陪绑，他总是感慨：“还记得吗？咱俩第一次这样看世界杯是 20 岁出头，可现在……人活一辈子，能看几届世界杯啊？所以要看，看仔细喽，否则都不知自个儿多大了。”

他说得很动容、很悲壮。

是啊，我们记录历程、测量岁月的凭据是什么？当然是人生的标志性事件。可事实上，除了集体式、广场化、社会性的仪式盛典和娱乐运动，我们有个人的尺度和砝码吗？一届奥运会够你亢奋四年，东道主则够你消遣十年——申报、筹备、演练、热身、火炬、金牌、送行、庆功、余热……而寻常日子里，一年到头，也就靠几部影视剧、几首流行歌、几桩名人绯闻和一台春晚给撑着。

再放大点说，几项大政方针、几桩新闻事件、几条娱乐路线，外加几十张明星脸，就是一个时代，就是一个时代的全部皱纹和消费内容。就是一个人从青春到中年，从风华正茂到双鬓染霜。

一岁一枯荣，我们不知自己身上哪儿荣、哪儿枯，哪儿发芽了、哪儿落叶了。我们遗失了自己的光阴，没有个体原点和重心，没有私人年轮和纪念物。

裹挟在时间洪流、公共意向和运动人群中，我们不知该为人生准备哪些“必须”，找不到自己的细节和脉络，找不到自己的星座和北斗，找不到独立而清醒、僻静且坚定的私念和价值观……每个人都兴高采烈地被推搡着、绑架着，无人情愿和能够出局。

替我们纪念人生、标注身世的，全是举国如何、普天如何，全是集体意识和无意识……说到底，此乃“游行式”人生，鬼使神差，围着广场或磨盘绕了一圈又一圈，像蒙眼的驴子。

我们没有自己的注意力。精神注意力和心灵注意力。

我们没有自己的时间。无论社会时间还是生物时间。

我们被替代、被覆盖、被代表了。

我们被忽略不计，也索性对自己忽略不计。

生物时间

谁还记得时间本来的模样？

最朴素的生命知觉，最正常的光阴感应，如何获得呢？

或许，人忘了自己的真实身份——生物。

这个身份和公鸡没什么两样。

我一直觉得，既然生命乃自然赋予，光阴也源于自然进度，那么，一个人要想持有清晰、纯粹的时间印象，即必须回到大自然——到这位天时的缔造者和发布者那儿去领取。

我们要靠冰的融化、草根的发芽、枝条的变软来感知早春；要凭荷塘蛙声、林间蝉鸣、旷野萤火来记忆盛夏；我们的眼帘中，要有落木萧萧和鸿雁南飞，要有白雪皑皑和滴水成冰……

最伟大的钟表，捂在农人怀里。

大自然的时间宪章，万余年来，一直镌刻在锄把上、犁刃上、镰柄上。立春、谷雨、小满、芒种、寒露、冬至……光阴哲学上，农夫是世人的导师，乃最谙天时、最解物语之人。错过节气，即意味着饥荒，颗粒无收。

时间恍惚，人的神思即陷入浑浑噩噩。

我们沉浸于街道、橱窗、商场、文件、电脑中，唯独对大自然——这位策划光阴、分配光阴的神——视而不见。我们忘了“生物”本分和血液里的钟声，像个逃学者，错过了神的讲座和教诲，也错过了赐予。

看日期，不能只看表盘和数字，要去看户外，看大自然。

它以神的表情和语言，告诉你晨昏、时辰、节气和四季。

大自然从不重复，每天都是新的，每秒都是新的。细细体察，接受它的沐浴，每天的你即会自动更新，身心清澈，像婴儿。

牢记一条：我们是生物。首先是生物。

若生物时间丢了，即丢了大地和双足。

老日历之美

日子需一天一天地过。

如此，才知时、知岁、知天命。

时间危机，即人生危机。没什么比握紧光阴更重要。

有一天，突想起儿时的日历本，即365页的那种撕历，一天一页，平日乃黑字，周末为红绿，除公历日期，还有农历节气。记得每逢岁末，父亲总要去新华书店买本新历回来，用纸牌固定后挂墙上。早晨，父亲头件事即更新日历，他从不撕，而是用铁夹子将旧页翻上去，所以一年下来，还是厚厚一本。我最喜红绿两页，不仅颜色漂亮，更意味着可罢学了。

许多年了，我未见这种老历，总是豪华的挂历和台历。本以为它消失了，可去年逛厂甸庙会，我竟然遇上了，兴奋至极。

从此，我恢复了用老历的习惯。

和父亲一样，我也舍不得撕它，只是一页页地翻。

和父亲一样，这也是我每天起床后的第一道功课。

像精神上的广播操。

那感觉很神奇，端详它，就像注视一个婴儿，欣赏一片刚出生的树叶。

一页页地迎接，一叶叶地告别，日子变得清晰、丰腴、舒缓。

它还每天提醒你，户外——遥远的大自然正发生着什么：雨水、惊蛰、白露、夏至、霜降、秋分、小雪……

我又恢复了“天时”的感觉，光阴“寸寸缕缕”的感觉，日子“一天一天数着过”的感觉。

生活，不再是条粗糙的麻绳，而是一串不紧不慢、心中有数的念珠。

老日历，是我保卫生活的工具之一。

你不妨也试试。

2009 年

做一个有“祖”的人

——王开岭教育讲座摘录

我曾说，无论教育再现代，都别漏掉一点：培养孩子的“身世感”！即在精神、文化、情怀和风物记忆上，做一个有“祖”的人。具体地说，即做一个有“祖国”的人，做一个有“故土”的人，做一个有“家传”的人。

你从哪里来，你是谁，你到哪里去……一个人，只有打通了时间，找到自己与历史、个体与族群的联系，他的生命方可定位，方有“来龙去脉”和坐标系，他对自己的生命角色才能有完整感受，才能“立身”并持有生命的身份证。

“山一程，水一程”……你身在何处？你到了哪一程？这就是“身世”。大的身世，即民族的文化传统和国史；小的身世，即我们的家族谱系和故乡史。所谓“家国”，蕴意于此。

给中学生做讲座，我问台下，回到过你们的祖籍地吗？知道祖父外祖父曾祖父们的故事吗？摇头，大部分连名字都不知。

我笑着说，你们都是“孙悟空”啊，是从石头缝里蹦出来的。

日前，我的央视同事做了一档节目，叫“客从何处来”。这是一档名人寻根的节目，第一季有易中天、陈冲、马未都等人。他们从一点线索开始，寻访祖辈们的生活轨迹和命运细节。这虽然在外壳上借鉴了国外的真人秀节目，但在我看来，它对国人的意义尤为重大。在文化和精神上，它更有理由成为正源的本土节目，因为没有比传统中国更推崇“认祖归宗”的了，它可以帮我们做好“中国人”——那种骨子里默认的“中国人”。我在评点易中天那集时说：“这是一条探亲的路。这是几百年的亲，这是几千年的路。不谙身世，生命即缺少出处，即来历不明，犹若孤儿，我们的灵魂即无舍可守、无枝可栖……这样的人生不仅尴尬，而且虚无。易中天著作等身，不过是立言，今乃立身。”

中国人需要一条“回家”的路。这条路，曾经熙熙攘攘，如今人迹稀冷，这就叫“人心不古”。不久前，有媒体发起了“中学生历史写作大赛”和“微家史”征集活动，其实质即精神上的“问祖”、“探亲”。

我问孩子们，什么情形下你会想到自己的“祖国”？通常答：升国旗、奏国歌的时候，卫星发射成功的时候，奥运健儿夺冠的时候……

我说是，但我更多是在如下情形之下：坐飞机俯瞰山河的时候；儿时翻地图册的时候，尤其是五颜六色的地形图；过长江三峡、观黄河瀑布的时候；爬泰山、游晋祠、登长城的时候……我觉得这就是我的“祖国”，它太美了，我没理由不爱它。还有汶川地震时，这个民族承受着大苦难，所有人缔结成一个命运共同体，我会不由自主地想到“祖国”这个词。我被大地的裂口震撼，我为它疼痛、为它祈祷。

有首老歌，叫《我的祖国》，作者首先描绘了我们的母亲河——长江："一条大河波浪宽，风吹稻花香两岸，我家就在岸上住，听惯了艄工的号子，看惯了船上的白帆……"我觉得这段词写得特别好，几句话一出来，即会油然而生"祖国"之感，热爱之情也随之涌至。是啊，这就是我们的祖国，这才是我们的祖国，世世代代的祖国。也只有这样肥沃清洁的山河，才能使我们在"祖国"的情感上与之相认。

我认为"祖国"一词，其重心在"祖"上。支撑它的，是那些古老和永恒的东西，是在"变"中坚持的"不变"的东西，是我们祖祖辈辈赖以生存的最信任的东西。有句话我们常挂嘴边，叫"在这片古老的土地上"，但若没有了"祖业"，若没有了祖上的山水、文化、遗存，若没有了祖上的文章、语言、习俗、礼仪，甚至连祖坟都没了，"祖国"何以安身？

国庆节，随处可见这样的标语："热烈庆祝伟大的祖国诞辰××周年！"我们的祖国至少有五千年的文明史啊！显然，它忘"祖"了。一旦抽离了"祖国"的丰富含义，"爱祖国"即为一种空洞的情感，一种虚无主义和形式主义的政治献媚而已。

做一个有"祖"的人——这是当代中国人的精神功课！我们需要文化的国籍、美学的国籍、灵魂的国籍，并在此基础上诞生真正的"爱国者"。

只有深谙了祖国的身世和奋斗史，读懂了那些理想主义的先贤们，我们才会明白这个民族需要怎样的未来，才能续写好它的新史。

2014年

做一个有“故乡”的人

——王开岭教育讲座摘录

“一方水土一方人”，这方土，就叫故乡。

它是人生在清晨出发的地方，也是黄昏时最想回到的地方。

它收藏着我们的童年和身世。它不决定我们的能力，但决定我们的秉性和气质。一个人最重要的生命特征，和它有关。

“我回到故乡即胜利。”俄国诗人叶赛宁说。

沈从文也说：“一个士兵要么战死沙场，要么回到故乡。”

沈从文一辈子都在写故乡。我去湘西，看的不是凤凰城，是沈从文的故乡。我认为这两个概念是不同的，眼里的东西也不一样。凤凰城早已脱胎换骨，而沈从文的故乡依旧。他的墓在那儿，他的魂魄和气息在那儿。

故乡文学，盛放的不仅是风俗史、文化史，更是一部情感史、心灵史，老舍的北京、沈从文的湘西、陆文夫的苏州、陈丹燕的上海、于坚的昆明……

阅读故乡，不仅是著述的任务，更是生活的任务，是每个人的精神课题。否则，我们有什么底气说自己是苏州人、西安人、长沙人、泉州人呢？

哪怕物理意义上的故乡已经死去，一个人也要在记忆里收藏自己的故乡，在精神上复活自己的故乡。

曾问一位语文老师：现在孩子们的作文还写不写“故乡”？答，几乎不写。也难怪，现在的孩子，你能让他把朝阳区、海淀区当故乡吗？其生活空间或许仅是某个区的某个小区。至于城市本身，由于体积巨大和令人眼花缭乱的变化，孩子们已无法完成整体性和稳定性的消费，难以与这个地点发生深刻的感情和行为联系了。

我写过一本书，叫《每个故乡都在消逝》，其中说：“当一位长辈说自个儿是北京人时，脑海里浮动的一定是由老胡同、四合院、五月槐花、前门吆喝、六必居酱菜、小肠陈卤煮、王致和臭豆腐……组合成的整套记忆。或者说，是京城喂养出的那套热气腾腾的生活体系和价值观。而今天，当一个青年自称北京人时，他指的大概是户籍和身份证。”

我继续说：“故乡不是一个地址，不是写在信封和邮件上的那种。故乡是一部生活史，一部留有体温、指纹、足迹——由旧物、细节、各种难忘的人和事构成的生活档案。”

现代人，越来越成为故乡的陌生人。他们甚至在一个地方住了几十年，都未对它做过认真的打量，既不熟悉它的容颜，也不熟悉它的脉络和肌理。他们从未走进它的时光深处，遇见它的灵魂，并成为它真正的孩子。

我想起自己儿时的作文，写“故乡”恐怕有十几次罢，这样的命题方式，虽然机械和懒惰，但在这种重复中，也包含一种努力，即从精神上走近故乡，去亲近故乡的灵魂。所以许多年过去了，我对故乡的模样记忆犹新。无论这世界多么大，无论去过多少地方，总有一个地点，让我刻骨铭心，它收藏着我的童年、我的成长。我是它的人，我仍在寻找和它的精神联系。

毋庸讳言，当代社会，“家”的内涵发生了重大变化，它渐渐疏离了家族、身世、故乡等意义，正越来越物理化、数据化，越来越接近“住宅”、“地址”、“户籍”等概念。它越来越薄，如一纸证书。

在《城市的世界》中，作者安东尼·M.奥罗姆说了一件事：帕特丽夏和儿时的邻居惊闻老房子即将拆除，立即动身，千里迢迢去看一眼曾生活的地方。他感叹道：“对我们这些局外人而言，那房子不过是一种有形的物体罢了，但对于他们，却是人生的一部分。”

这是对故土的感情，这是对身世的感情。

这种反应，来自美好的心灵，来自真正懂得人生的人。

我们的教育、我们的语文，应培养这样的情怀，培养这样的人和人生。

2014 年

做一个自然之子

——王开岭教育讲座摘录

曾多次向师生推荐俄国作家巴乌斯托夫斯基。

我说："酷爱大自然，几乎是所有俄国作家的共同品质，而像《金蔷薇》这样执着地描述文学与地理、精神与自然的关系，则不多了。"

在我的心目中，他是最有安徒生气质的散文家。读其书，就像森林里的一场美学散步。

在《洞察世界的艺术》中，他转述了一位画家的话："每年冬天，我都要到列宁格勒那边的芬兰湾去，您知道吗，那里有全俄国最好看的霜……"

你识别过不同的"霜"吗？

这是眼睛的区别，更是心灵的区别。这是艺术家与普通人的区别，更是诗意人生与物质人生的区别。甚至，也是儿童与成人的区别。

每个人都曾是诗人和画家，因为他们都曾是孩子。孩子的感官，那未蒙翳之前的清澈与敏感，使之早早成为原始的艺术家。而大自然，也是一切童话诞生的摇篮，是孩子最亲密的伙伴，是其最好的心灵保姆和美学导师。安徒生和法布尔的使命即于此，他们把大自然重新授予了孩子。巴乌斯托夫斯基说："对生活，对我们周围一切的诗意的理解，是童年时代给我们的最伟大的馈赠。如果一个人在悠长而严肃的岁月里，没失去这个馈赠，那他就是诗人或者作家。"

这是个重要提示，尤其是对工业时代、数据时代的人和教育。

他还有段话是这么讲的："假如雨后把脸埋在一大堆湿润的树叶中，你会觉出那种沁人心脾的凉意和芳香。只有把自然当人一样看，当我们的精神状态、喜怒哀乐与自然完全一致，当我们对往事的沉思与森林有节奏的喧哗声浑然一体时，大自然才会以其全部力量作用于我们。"这最后一句，我在读书时，在它的下面重重地画了线。

大美在自然！艺术在自然！浪漫、诗意、力量、幸福感，都离不开自然！

读当代文学作品，常觉得少点儿什么，就像一个人待在封闭的屋子里，觉得胸闷气短、氧气不足，后来我明白了：写作者们的确是憋在书斋中面壁写作，无论视野或内心，皆无大自然。他们的状态，恰恰是我们厌倦的状态。他们的焦虑，恰恰是我们熟悉的焦虑。他们注定提供不了我们最需要的东西。

那种辽阔的"户外写作"基本上断代了。

而"户外"精神，正是经典文学的特征之一。且不说中国古典诗词曲赋，罗曼·罗兰的《约翰·克利斯朵夫》第一句就是，"江声浩荡，自屋后上升"；且不说托尔斯泰、屠格涅夫这些扎根俄罗斯大地的作家，读沈从文的《湘西散记》，你都能处处感受到那种清澈和敞亮的呼吸、那种河水般的灵魂流淌……所谓快感、美感，所谓表达的自由，盖源于此。

这正如巴乌斯托夫斯基所说：“大自然才会以其全部力量作用于我们。”

如今，我们的身体、精神居住在钢筋水泥的缝隙里，悬空、不接地气，像被吊起来的囚徒。它给我们留下的后遗症是严重的。

从何时起，我们成了大自然的陌生人？我们的栖息空间、故事场景中，我们的生活美学、人生哲学里，不见了长河落日、大漠星空，不见了莺飞草长、林荫虫鸣……

十多年前，我写过一篇文章，叫《古典之殇》，大意是：当我们大声朗读古诗词时，殊不知，那些美丽的乡土风物、那些曾把人类引入曼妙意境的物境，已荡然无存；在现实空间里，我们找不到古人的精神现场，找不到对应物……古诗词，成了大自然的悼词和殇碑。

后来，《古典之殇》从一篇单文变成了一本书。我说：你知道古人取什么水煮茶吗？江河水！《茶经》中，它的名次排在井水前！我说你耳朵里还住着寂静吗？你读“长安一片月，万户捣衣声”的感受是什么？那会儿的夜真静啊；我说你有多久没再见萤火虫、没遇到真正的黑夜了；我说这些年，你见过一只登堂入室的燕子吗……

中国古典诗词曲赋，全是“户外写作”的结果，全是物境和心境的交合。若无对大自然的细致体察和呼应，文学就丢了魂，文人就丢了魂。在《古典之殇》的书封上，我写道：“这是一部追溯古典、保卫生活、怀念人类童年的书。这是一部唤醒记忆、修复现代感官和心灵美学的书。”

现代人注重养生，而养生的本质，即还原身心的本真状态，即修复生命运行与自然运行的原初关系。

如今的孩子，能说出多少草木的名字？

我问一名中学生：老师有没有布置过写时节、光阴或天气的作文？摇头。我遗憾，因为这不仅意味着人与自然的一种交流，更是记录生命里程和进度的一种方式。大自然，是时间最古老、最生动的尺子，要提醒孩子们，别丢了这把尺子。我曾说，语文课本应保留朱自清的《春》这类文章，不要嫌弃它，可以替换，但要留位。阅读自然是人类永恒的生存习性和生活美学，农人仰天是为了种田，文人仰天是为了种心。读前辈文章，你会发现对自然时空和风物的大量描写，而“80后”、“90后”的作者，罕有这类贴肤的体察了。

今人的生命注意力出了问题。

有外界和物变的原因，也有心性和灵魂之故。

《诗经》记录的是中国文明史的纯真年代。马克思曾说，世上有早熟的儿童，也有正常的儿童。他把中国人列入“早熟的儿童”。我想，若马克思读过《诗经》，即发现中国也有一个正常的儿童期。

在我眼里，《诗经》乃性灵之书、自然之书、童话之书。它的伟大，孔子看得很透：“一言以蔽之，思无邪。”作为教书匠，孔子总不忘唠叨：“可以兴，可以观，可以群，可以怨…… ”末了，又对小儿说：“多识于鸟兽草木之名。”

这也是我酷爱《诗经》的一大隐由。它是一部生物百科全书。《毛诗草木鸟兽虫鱼疏》作了详解，计草本 80 种、木本 34 种、鸟类 23 种、兽类 9 种、鱼类 10 种、虫类 18 种，动植物共 174 种。

这才是上苍配备给人类的大自然。孔子的育儿经，包含一个大道理：向大自然学习！情怀、人格、心性、美德、智慧的发育，大自然都是最好的母体。

在香港，遇见一栋小学，其特色课是种草药。最让我赞许的，乃其初衷。它这样做，并非出于知识的目的，而是意在激发孩子对草木的热爱与感恩。

去阅读大自然吧，感动于它的美，感动于它的恩，感动于它的力量和永恒。

做个自然之子。本来如此，理应如此。

2014 年

做一个有“文化”的人

有知识不等于有文化，知识教育不等于文化教育。

“经史子集”是国学文化，但文化不拘于此。文化比文本要大得多，其真正的载体是生活本身，是生活哲学、生活美学、生活习俗和生活细节。

文化的用途，不是用来考试的，而是用来生活的，是陪你度过整个人生的。

木心先生有首诗，叫《从前慢》，“记得早先少年时，大家诚诚恳恳，说一句，是一句。从前的日色变得慢，车、马、邮件都慢，一生只够爱一个人。从前的锁也好看，钥匙精美有样子，你锁了，人家就懂了”。

在今天看来，这些令人惊奇的细节叫“美”，叫“诗意”，但在另一个时间，它就是一种生活方式、一种朴素至简的生活契约，就是“过日子”本身。“诗意”是后来的事，是光阴让其有了锈迹一样的诗意。作者写它，我们读它，就是温习那份生活，温习其中的那份常识，并向那古老契约和自觉精神致敬。

其实，这就是文化，文化的背影。

所谓“文化”，在我的眼里，即祖祖辈辈积攒的那点家业，即光阴深处的那股静气和定力，即历经淘洗留下的那套规则和标准，即万变不离其宗的“宗”。正是这个“宗”，给我们提供了一种身份认同。没有它，我们即不知自己是谁，即没有身世和渊源，即缺少基因支持，即不知“从哪里来，到哪里去”。

较之俗称的“发展”、“前行”，文化即拖时代后腿的那股定力、那条尾巴。它是一种反向力，是一种制约盲目、防止脱缰的力量。汽车有加速和油门系统，更有减速和刹车装置，文化即后者。它类似松鼠的尾巴，拖着你、纠正你，给你压阵。没这尾巴，你的跑、跳、变向、稳定性，都有问题，你会没有前途。

文化的特征，一是老，二是慢。老就是古老，它帮我们收藏光阴和记忆。有个词很贴切，叫“古稀”，越古的风物越稀少，岁月把它们遮蔽了。老建筑、老村落、老街区、老字号、线装书、繁体字、长者、古董、碑帖、祠堂、族谱、习俗……都是“老”的载体。我们现在的问题是不够老，老东西太少，超乎寻常得少。我们的很多“老”都是非正常死亡的，“破旧”、“反封”、“割资”把无数的“老”扔进了火堆。如今，城乡乱改造也是这个悲剧的重演，很多“古”被篡改或清空。

慢，即舒缓、耐心、从容，即对细节的迷恋、对节奏的维系、对秩序的遵循。纸质阅读意味着慢，鸿雁传书意味着慢，笔墨纸砚意味着慢，手工馒头意味着慢，长篇小说意味着慢……现在的问题是太快、太匆忙、太日新月异，人们来不及停驻、来不及凝神，一切都进入了快餐年代。那种慢慢读一本书、慢慢写一封信、慢慢爱上一个人的生活，正越来越远。

木心那首诗，留恋的就是这种生活。留恋，不是折返、不是退回去，而是珍惜，是为一路走来却丢了家传、丢了贵重物品而遗憾。

我在一篇文章中说："变和巨变是一种意义，不变和少变也是一种意义，甚至蕴藏巨大的未来价值。"文化就是那种不变和少变的东西，它意味着某种稳定和永恒的指向性。

现代教育，不仅要培养知识人，还要培养文化人，培养热爱文化且用文化来生活和走路的人。

如今"国学"盛行，不少小学和幼儿园也开始"诵经"，甚至读了《三字经》就被要求给父母洗脚。必须留意的是，我们常借文化消费之名来行知识消费之实，常把文化当文本来传授、当课业来考试。尤要警惕的是，莫把"国学"当教旨，莫把它的全套价值观当成严苛的道德律令和训诫。要知道，在现代语境下，国学不需要"立威"，它应该是朴素、简明、温和的，而非深奥严厉、让人生畏的。它所有的价值观内容，都应以价值观选项的形式出现在孩子们面前，而不再是权威，更非宗教和新意识形态。

传统文化应给现代人提供更多的精神舒适性和心灵自由度，而非相反。

对于未来世界，多年前朋霍费尔曾预言："在文化方面，它意味着从报纸和收音机返回书本，从狂热的活动返回从容的闲暇，从放荡挥霍返回冥想回忆，从强烈的感觉返回宁静的思考，从技巧返回艺术，从趋炎附势返回温良谦和，从虚张浮夸返回中庸平和。"

这是很乐观的憧憬，但愿别辜负它。

2015 年

在蓬莱，想一想神仙

01 +

闻蓬莱，缘于儿时痴迷的电视剧《八仙过海》。待身临其境，已人至中年，早丢了腾云驾雾的念想。

日前，友人电话，蓬莱有笔会，可否成行？

去，一定要去的。

蓬莱是什么？神仙的故居啊，海市蜃楼之乡啊，云蒸霞蔚、亦真亦幻的乌托邦啊。

忽闻海上有仙山，山在虚无缥缈间。（白居易）

东方云海空复空，群仙出没空明中。（苏轼）

中国的地名，若论气质和姿色，“蓬莱”居首。这俩字，一经嘴里吐出，即像一朵荡漾的烟圈，飘飘袅袅，如坠雾中。同样美貌的，还有“香格里拉”，藏语“心中的日月”，虽栖居大西南，却是借了欧洲人的小说才兴起的（詹姆斯·希尔顿《消失的地平线》），论及对中国人的影响，晚了两千年。如果说，后者乃神秘的浪漫主义，前者即浪漫的神秘主义。

后者年轻、时尚，像一支巴黎唇膏或香水，以芳泽诱人。尽管美，但属于“看山是山，看水是水”，美在肌肤和姿容。而蓬莱，似酒，其魅惑在于“看山不是山，看水不是水”，让你恍惚之间，两腋起风，人影幢幢，有虚幻玄迷之感。

蓬莱最适于一类人前来，即灵魂有酒意者、精神有浮想者，诸如“竹林七贤”、李白、杜牧、苏轼…… 无论如何，他们都会满载而归。

果然，一到蓬莱，即闻东坡居士在此任职五日。没错，是五日。前后调令相隔俩月，而他在前来的路上，就走了快俩月。

来去匆匆，仙踪也。

02 +

沈括在《梦溪笔谈》中道：“登州海中，时有云气，如宫室、台观、城堞、人物、车马、冠盖，历历可见…… ”

蓬莱的缥缈，蓬莱的仙气，蓬莱的传奇，全由这种叫“海市蜃楼”的幻景携来。

蜃，大蛤也。之所以称“蜃楼”，是因为古人认为这种海上的楼市，是大蛤吐气所致。《史记·天官书》里说：“海旁蜄气象楼台；广野气成宫阙然。”

晚餐吃海贝时，我有一丝敬畏，直觉那闪闪发光的扇门，似要吐出云雾来。

想想吧，蓬莱、方丈、瀛洲……那是古代人的“诗和远方”啊。

“自威、宣、燕昭使人入海求蓬莱、方丈、瀛洲。此三神山者，其傅在勃海中，去人不远……盖尝有至者，诸仙人及不死之药皆在焉。其物禽兽尽白，而黄金银为宫阙。”（《史记·封禅书》）

想必每个抵达蓬莱的人，皆会共用一个动作：伸长了脖子，极目远眺。

这也是折磨徐福、累坏了秦皇汉武的那个动作。

今人和先人的区别在于，咱们是观望，是憧憬，人家却是寻觅，是动了真格和真情的。

今人更聪明，乃成年人的聪明，理性者的聪明，头脑严肃，不做傻事，但有遗憾。这遗憾就仿佛是一个滴酒不沾的人，或一辈子没遇见酒的人。

古希腊和华夏先秦，何以同为神话繁茂、人神共舞的时代？

我想，大概和人的精神体质有关。那是人类的童年期，正值大脑最空缺、心性最清澈的时候，也是灵魂最缥缈、想象力最发达的时候。对于儿童，“想入非非”是本能，“异想天开”是禀赋，童年的幸福和乐趣也在这儿。打个比方吧，若你去通知一个孩子，这世上压根儿没有外星人，什么后果呢？孩子会悲痛大哭。此举既无趣，又残忍。

记得儿子上幼儿园时，我问，恐龙和奥特曼有什么区别？答：一个是动物，一个是人。我不甘心，还有呢？再答：一个是生活在亿万年前，一个是生活在现在。我忍不住了，赶紧说：一个存在过，一个不存在。儿子反问：你见过它“不存在”吗？我哑然。儿童的脑海是绚丽的，是彩色的、美术的，而成人的脑海是黑白的、物理的。神仙之于先民，仿佛这“外星人”或“奥特曼”。

“神仙”，是飞掠古代天空的一道彩虹，给苍生带来的是惊艳，是爱抚，是莫大的鼓舞。

一个没有超人的童年是不及格的，一间没有神仙的尘世是不堪忍受的。

从《山海经》《九歌》到《述异记》，从异兽鬼巫到神灵仙说，中国人的精神浪漫和迷离，是从对“超人”的瑰丽想象开始的。这不仅是迷信，更是生活美学和生存哲学，以之对抗生命的泥实和悲苦，对抗世界的沉闷和枯瘦。

尼采在考察了古希腊之后说，真理不是最高的价值标准。希腊人的快乐，与日神和酒神有关。

人类太孤独，人生太短限，人世太潦草，所以神仙来襄助。

神仙，既是超人，又是邻居。它是人类童年的发小。

03 +

忽闻海滩上导游喊：请大家注意啊，这“八仙”不是神，是仙。

她没再往下说，似乎只是捍卫称谓的尊严，就像强调教授和博士不一样。

这无意之语却提醒了我，是啊，虽同为超人，神与仙还真是不同。

神来自封授，是先天的、命定的，也是冷漠的，让人望尘莫及，有隔绝感。仙与人的关系则亲密多了，他始于俗身，有着人间的位置和体温，是靠了修为，靠了世事参悟或苦难锤炼，由凡体羽化而来。也就是说，仙是一种更高级别的人，是超越性的人，较之神，他更朴实和生动，更具人气和接地气，更能满足世人对自身的想象与虚构热情，从而更令人鼓舞。总之，神凭的是出身，是血统和基因，有不劳而获之嫌，仙靠的是密码，是修炼，是后天的努力和人生积分。

蓬莱的盛大，是因为它的客厅，是因为某年某月某日来了一群客人，一群组团来的客人。如果说，“竹林七贤”是中国俗世最精致、最高贵的一个“朋友圈”，那“八仙过海”，则堪称中国仙界最豪迈、最江湖的一个“朋友圈”了。他们不仅来自五湖四海，还来自历朝历代；他们不仅是时间的代表，还是社会各阶层的代表。若来一次现场直播的话，主持人恐怕要如此介绍了，“现在入场的是：铁拐李，春秋人氏，药剂师；汉钟离，东汉人氏，现役军官；吕洞宾，唐朝，资深高考落榜生；何仙姑，唐朝，农家寒门之女；张果老，唐朝，宗教界人士；蓝采和，唐朝，江湖音乐人；韩湘子，唐朝，青年学生；曹国舅，北宋，皇室成员……”

“八仙”的性情气质和生涯故事，虽形色各异，但有一点略同，那就是：代表弱势对强势说不！代表理想向浊世说不！崇尚人身和精神的高度自由，不向权力和体制低头，不向习俗和规则让步。“成仙”的潜台词就是：鄙视你们，不和你们玩了。这性子，这活法，颇似魏晋风度的转世。

“八仙”为何风靡民间？除了个性魅力，除了社会关怀和匡扶正义，根本原因尚在于：它空前地照顾到了“集体”，照顾到了“所有人”，其成员组合覆盖了中国社会的阶级构成，无论贫富贵贱、男女老幼，每个人都从中找到了自己的代言人，找到了自己的命运替身，这个人人平等的局面太温暖人心了。作为人间的潜伏者，“仙”可以是你身边的任何一个人。

由社会各界共同组建一个乌托邦，这是何等大胆、何等肆意、何等欢乐的想象力啊。

这想象力不仅归功于艺人，更来自世世代代的中国百姓。与其说是才华，不如说是社会夙愿，是共同体理想，是一场关于人类大解放的自由梦、翻身梦。

此乃“八仙过海”的最大精神价值，它太亲民了，它提升了百姓的自信心，它激励着民间集体的进取欲望，超越自我、解放命运的欲望。

当然，这欲望是成仙，而非成神。

04 +

一般来说，西方文化倾向于尊神，东方文化倾向于崇仙；权力者更拥戴神，老百姓更爱慕仙，因为前者崇拜基因，后者仰仗后天。

华夏之初，往往“鬼神”领衔，但渐渐地在民间叙事中，“仙”的出场次数越来越多。

某种意义上，“仙”表达着人的自信，显示了民间叙事能力的增强。一方面，人找到了通往仙阶的晋升之路，界面被突破；另一方面，人仙之间渐趋平等，比如“牛郎织女”“白蛇传”，彼此保持了情感的互敬和精神的对等。而“聊斋”故事，则把这种自信夸张到极致，女仙们争先恐后爱上了俗人，且爱得备受折磨、死去活来。

进入唐宋强世以后，随着人力、人欲的涨升，世俗与“神”即愈发疏远了，因为“神”不具操作性，没有参与感。而成于元明的“八仙过海”，更表达着人的集体自信，三教九流、贩夫走卒，皆有望晋阶仙班。

那么，何谓“仙”呢？“仙”的气质是什么？

我觉得，是自由，是逍遥和任性，是灵魂中的酒意，是精神飘逸感，是快乐能力，是乘风踏歌的欢愉，是扔掉行李后的生命轻盈。

“仙”，是慢慢活出来的，是从“人”蛹里升起来的另一个人，像蝶，像云，像花，像月光……

这得力于天赋和秉性，更取决于苏醒和选择。

“八仙”故事中，他们都要在某个人生关口，做出重大选择。

仙与人的区别在于选择，人与人的区别也在于选择。

“眼前沧海难为水，身到蓬莱即是仙。”

这是句安慰话。对焦虑的现代人来说，仙的启示不在于道术和修炼，而在于对“活法”的选择，对“自由”的领悟，对“灵魂”的照料。

05 +

蓬莱的碑刻辞章繁多，入我心者却寥寥。

登上蓬莱阁，注视云天苍茫时，脑海里驶来一行诗：

“小舟从此逝，江海寄余生。”

不知苏东坡立于此崖时，是否也想起了自己的这句。

蓬莱的波涛，让人有一去不复返的冲动。

06 +

到蓬莱，看什么呢？

看云，看空，看无，看沧水，看浩淼，看隐约……

告别蓬莱，飞机腾空而起的时候，耳畔突然响起了那首《斯卡布罗集市》。

我慢慢回忆它的歌词——

“您要去斯卡布罗集市吗？

欧芹，鼠尾草，迷迭香和百里香，

代我向那里的一位姑娘问好，

她曾经是我的爱人……”

唱这首歌，灵魂上须有些酒意才好，唱出它的忧伤和辽远，像海市蜃楼……

海市蜃楼里，定有爱情居住。
否则不值得看，更不值得往。

2018年10月12日

周 际 摄

一个守墓家族的背影

——纪念一部绵延三百年的遗训和一个濒临失传的词

一个苍凉的词：忠义

如果有人问：你目睹过“忠义”吗？货真价实、恒久不渝的“忠义”？你可能犹疑，因为它是罕见的、有被逐出现实之虞吗？

是，无论“忠”或“义”，都越来越显苍凉，古意越来越浓。

在“忠”之事上，宗教信徒或是最深沉的实践者，皈依和膜拜，乃其日常的精神和行为规范。所以，谈论宗教语境的“忠”并无意义，我们只有将目光投向世俗生活。在世俗领域，政治和权力堪称“忠”之最踊跃的招募者、最激烈的竞争者，比如君王、党魁、主义。这类“忠”，多吸附于意识形态腋下或狂热的蒙昧之上，多是靠嗓子、口号和宣誓，靠精神驯化和集体运动来进行的，且伴以盛大的政治祭祀或仪式。这类“忠”，虚虚实实、亦真亦幻，或犬儒使然，或迷信所致，个别者确乎脱胎换骨、身心俱付，更多者则为滥竽充数的脸谱化投入，即便对“国家”、“民族”这般庞然大物，“忠”也是有条件的，一旦须以性命和大额私利相抵，背叛起来并不难，所以，政治上的“表忠”、“献忠”、“效忠”，虽每每声势威猛、震耳欲聋，但可疑性最大。这类“忠”的逻辑往往是：从一致的献媚到一致的唾弃。

若说极权下的“忠”确属愚忠——弃之不惜，那其余情形呢？日常生活中，对婚姻、友谊、承诺、托付、信念、职守，当代人有多大底气实践“忠”？我们的精神行囊里还能检索出这个古老的字吗？

撇开儒家伦理，单从生命类型和精神美学上看，“忠”，反映着一种人格的稳定结构和执着状态，就像一株大树，透过茂盛枝叶，你会感受到它有一股垂直、敦厚、沉实的定力，由此奠基了不动荡、不易撼的品格。人亦如此，忠诚者精神上底盘重、根须深，有着强烈的守护意识和稳固能力。

现代人的精神轮廓，越来越不像树，多呈颗粒状或粉末状，日日夜夜处于失重、懈散和悬浮态，随遇而安、随波逐流、随物赋形、随行就市……灵魂难以成型、成器。现代人的一大特点，即脑子活泛，没有边界、纪律和敬畏，很少和自我发生契约，变通、摇摆、伸缩、进退，优游自如。

“义”，更是个越来越像古董的字，随着乡土文明和江湖时代的结束，随着乡绅伦理、士子文化和侠客精神的消隐，它正渐渐退出世俗生活。按现代人的价值眼光，“季布一诺”、“屈原沉湘”、“不食周粟”、“赵氏托孤”、“岳母刺字”、“士为知己者死”、“宁玉碎不瓦全”等古义，不仅是非混乱，还意味着道德上的鲁莽和霉尘，有迂腐、刻板、僵硬之嫌。

世上没有哪块土地像华夏这样盛产“忠义”。凡古代偶像，其精神底座上都刻有“忠义”二字，叔齐、伯夷、屈原、季布、聂政、荆轲、苏武、岳飞、文天祥、史可法……《三国演义》里的“桃园结义”，《水浒传》里的“忠义堂”，更是把这一道德脸谱渲染到极致。尤其是关羽，因义薄云天被推上道德圣殿的首席，由之衍生的关帝崇拜，催生了乡土中国最具人气的世俗宗教。除了关公庙，他还是儒、释、道三家庙堂共邀的客座神。

“忠义”，乃中国传统文化和古典人生的关键词。

有一次，和从事“非物质文化遗产”工作的朋友聊天，我半开玩笑地说：忠义精神，应进入国家“非遗”保护名录才是。朋友当真，急切地问：那传承人呢？谁是它的标志性载体？总不能是全体国人吧？他问得很专业，按世界“非遗”确认章程，该项目除了珍贵和濒危，还要有当世传承人才行。我怔住，是啊，哪儿找这样一个活在当下且古意十足的人生标本呢？但很快，我眼前一亮：北京崇文区的佘家——袁崇焕的守墓人！

2004 年夏，我参与的央视《社会记录》播出了四集纪录片《佘家故事》。这是个深深触动我的故事，一个家族和一座古墓默默厮守 370 年，只为一记祖训、一句承诺。这个家族的精神基因，即“忠义”。

在曲阜孔林，圣冢旁有处景点，叫“子贡庐墓处”。孔子死后，学生子贡守墓六年，后人立碑颂之。因子贡为孔墓所植皆楷树，世人便发明了“楷模”一词，表彰这位圣徒。佘家守墓已过 370 个春秋，墓主非比圣人，历史亦不会予佘家如子贡那般的荣耀，但意义也就在这里：这是一个朴素的百姓故事，这是一户淡定的市井人家，它孤独、安静、隐蔽，它习以为常地去做一件事，它把美德兑现为常识和习性，演绎成一种碌碌无为、朝朝暮暮的生活。

说真的，若为“忠义”申请“非遗”，这是我迄今所知唯一有资格的传承人了。当然，这足以令世人蒙羞，故可行性为零。

那个被吃光的人

袁崇焕（1584—1630），字元素，祖籍广东，明万历进士，初任福建邵武知县，但他心系天下，有拯世之志。此时的大明，纲纪废弛，佞人当道，颓象毕露。而北方的后金，像一条粗犷而饥渴的巨蟒，在努尔哈赤的激情领舞下，血气高涨，飞沙走石，大有吞象之势。据史记，当时明将闻金胆战，逢出征，竟号啕恸哭，哀己不幸。1622 年，13 万明军覆没，崇焕请缨，以书生之躯担武将之职，镇守宁远孤城。1626 年，努尔哈赤猛攻宁远，崇焕血书立誓，将老母妻儿迁至城中，奋战三日，以万卒破十倍之敌，努尔哈赤亦为炮火所伤，此役乃其平生唯一败仗，他不久郁亡。皇太极为父报仇，率兵再攻宁远，败归。崇祯元年（1628），崇焕被授兵部尚书兼右副督御史，督师蓟辽。

崇祯二年（1629），皇太极从内蒙古绕道，偷袭京城。崇焕星夜驰援，风雪行军三昼夜，于城南与敌激战。崇焕身先士卒，“两肋中剑如猬，赖有重甲不透”，皇太极知难，悻悻退兵，自此未再犯京师。

此时的袁崇焕，已成大明残局唯一有效的棋子。本来，这枚棋子若运筹得当，至少可以让双方在战略推手上多几个来回。可惜，史上那令人吃惊的一幕又上演了：皇太极略施小计，一项“私下通敌”的暗网自天而降，缚住的不是别人，正是心无旁骛、一心抗金的袁崇焕。罪名轻易成立，崇祯三年九月初七，崇焕被“寸磔”于西市。寸磔，即凌迟，即千刀万剐。“皮肉已尽，而心肺之间，叫声不绝，半日方止。”（清 · 计六奇《明季北略》）

崇焕死了，死在崇祯上吊前的第 14 个年头，死在他拼命维护的社稷手里。细究死因大概多余，谗言、构陷、昏帝、个人清高与过度自负……这些元素和程序，在忠烈生涯里皆可找到，几成公式。

死因不赘，死状却耐人寻味。

除了看客的喝彩，那一片片血沫飞溅的皮肉，也被当场竞拍，嚼一口，啐于地，呸一声“汉奸”……爱国者即这样被另一群爱国者给分食了。应该说，这样的场面确让我们——“人民群众”的后嗣们尴尬，因为虽同为铮骨，但来自民间的待遇却不一样：于谦就义，百姓哭泣，冒杀身之祸去祭奠；岳飞赴死，街民流泪相送，诅咒奸佞；熊廷弼下狱，市井流传歌颂他的抄本和绣像……无疑，这些精神答谢是对英灵最好的抚慰，如此的民心确给“人民”概念添了光彩，也隐隐旁证了那句——“群众的眼睛是雪亮的”。崇焕的遭遇又如何解释呢？那份悲凉与绝望，恐怕只能以“深渊”来喻之了。没有响应、声援，没有体恤、同情，历史上的同类在临终前多少都会找到一点的精神依傍和温暖（那点温暖足以让一个死囚带着足够的尊严和对未来的信心，从容地告别这个世界），在他这儿，真是片鳞半爪也没有。除了袁崇焕，谁会冤得这般痛彻？谁被抛弃得这般赤裸？基于此，崇焕之死在史学上有“第一冤案”之称。

这一回，“人民”真的失察、失聪、失明了。

其实，此般历史悲情从未拂袖而去，几个世纪后的今天，我也没觉得有什么特殊力量能把这两类“人民”、两款“爱国”拉扯开。想想吧，在罪证如山、众口凿凿，只有一个信息源和舆论调门的前提下，你有何理由不跻身于那“正义”合唱？比如“反右”、“文化大革命”，比如“将某某永远开除出党”的大会上，有谁落后过？据史载，崇焕死后，“暴骨原野，乡人惧祸不敢问”，那颗死不瞑目的血颅，终日悬于杆上，忍受空荡荡的落寞和暴晒。

黑夜里的黑影

接下来的事，是我真正要说的。

“寸磔”后不久，某月黑风高夜，一身手矫健的黑影偷偷攀上了城杆……一大早，守卒发现，崇祯朝最重量级的头颅不翼而飞了。这可是惊天大案，朝野惶惶、巷语纷纷，皆不得其踪，它神秘蒸发了。

明亡后，因抗清之故，袁崇焕继续以“国家公敌”的名义被列入讳语。清乾隆四十九年（1784），不知何故，这位文治武功的天子突然挂念起那个被祖辈构陷的宿敌，唏嘘之余，颁诏曰：“袁崇焕督师蓟辽，虽与我朝为难，但尚能忠于所事，彼时主暗政昏，不能罄其忱悃，以致身罹重辟，深可悯恻。”

悲悯也好，钦敬也罢，这份来自敌营的尊重，总算给了崇焕一个重见天日的机会，也让一户人家走进了历史的视野。

原来，那黑影乃崇焕旧部，姓佘，名不详，后世称“佘义士”。盗得头颅后，他将之葬于自家后院，从此隐姓埋名，守墓至终。去世前，他嘱咐家人将己埋在主公旁侧，并要求子嗣做到三件事：永不为官，勤于读书，世代守墓。

这份口嘱，为一部长达 370 年的家族故事作了奠基。

袁崇焕，这个流浪的冤魂，终于有了人间的地址。

该址的现代描述是：北京崇文区东花市斜街 52 号。

我的同事为拍摄《佘家故事》，跟踪数年，留下了丰富的影像资料，也使我得以邻近地感受这个家族。

某天，我特意走了趟那个地方，下车才发现，那儿竟毗邻广渠门。广渠门，不正是崇焕与清军最后交锋的战场吗？事实上，墓园的气象出我意料，非但不见恢宏，反而幽僻得有点落寞：青砖矮墙的小院，水泥箍成的馒头坟，碑刻“有明袁大将军墓”，正前有石案，一束枯花散落；将军墓旁有个更小的坟，主人即那位冒死盗颅的佘义士了，佘碑低矮，中有裂缝，显然被修复过。小院二十多平方米的样子，收拾得很利落。

正是这种简朴和冷清，让我确信置身于一家私人墓园。这是纯正的百姓领地，是人住的地方，从草木到瓦片，皆透着一股民宅的生活气息。供养它的是人之血脉、体温和炊烟，而非意识形态和权力资本。官方纪念馆的豪华修饰和政治油漆味儿，这里是没有的。

小小墓园有双重身份：将军墓和义士冢。至此凭吊者，也有了两个瞩目点：忠烈英德和侠士高义。

物换星移，370个春秋，佘家后裔共17代人恪循祖训，栖息在远离祖籍的皇城根下，守着先人，守着先人守着的东西。佘家的生涯故事和崇焕墓的命运沉浮，就像屋檐和瓦草，早已融为一体。人和墓，不是隶属与管理，而是一种亲情，互偎互依、相濡以沫的亲情。某种意义上，将军墓乃佘家的另一座祖坟，精神祖坟。

墓，是佘家的人生基石，也是全部家当。

墓，即宅。守，即业。死，即生。

家难国殇

纵观佘家墓园的命运，有一现象颇值深思：当时代将之忽略和完全遗忘时，它是恬静和安适的；一旦社会和权力有染指企图，哪怕施予宣扬和彰显时，它反陷入危机与挣扎。

和墓的寂寥一样，这个家族的人丁并不兴旺。

如今，佘家嫡传只剩下一位白发老妪：佘幼芝女士。她今年64岁，退休前是一家小仪器商店的售货员。半个多世纪来，她已成墓园最亲密的见证人和叙事者。纪录片《佘家故事》中，佘幼芝反复念叨这样一段话："反正先祖临死的时候，就是这么交代的，要辈辈守墓，不再回南方了，袁将军是广东东莞人，我们家是广东顺德人，都不回了……"

墓园所在的位置，过去不叫东花市斜街，老北京称"广东义园"或"佘家馆街"。民国初年，康有为领头，各界人士捐资在墓旁修了将军祠，康有为题联："自坏长城慨今古，永留毅魄壮山河。"

1949年后，小院里来过一些大人物，周恩来、宋庆龄、朱德等，都曾在清明来祭扫。1952年，市政府拟把城里的坟墓全部外迁，有四位名流给毛泽东写信，吁请善待崇焕墓。他们是叶恭绰、柳亚子、李济深、章士钊。信是5月14日写的，16日，毛亲笔复函："明末爱国领袖人物袁崇焕先生祠庙事，已告彭真市长，如无大碍，应予保存。"

据佘幼芝回忆，她小时候，家有十几间瓦房。1955年，崇文区建第59中学，征用佘宅，另给佘家找了房。为了守墓，佘家没搬，大伯一家住袁祠的南屋，幼芝随母搬进从前羊圈改的房子。大伯和母亲去世后，幼芝就在这间房里结了婚，时值1964年。不久，"文化大革命"开始，袁墓被扒，祠堂倾毁，将军碑陈于荒草，义士碑被垫了台阶，佘家收藏被付之一炬，唯一幸免的是幼芝父母与外婆的一张合影。很快，原本狭小的院落，又挤进多户异姓，并纷纷盖起私房。

终于，浩劫结束，一项拾遗补缺和物归原主的政策开始了。

从1978年起，佘幼芝四方奔走，吁求修复墓祠。这一求就是十几年：无财无物、无权无势，仅凭一张妇人嘴在各个道场笨拙地游说，尤其要就"公——私"、"家——国"的动机质疑作各种澄辩，其尴尬和涩苦可想而知。

这个以冢为宅的家族迎来了和平年代最大的考验。第17代传人和先人一样，有股犟性子，佘幼芝发誓：一日未复墓祠，一日不剪头发！此间，她因病住院，无助时写过一首自勉诗，其中有一句："苦守灵园三百载，谁知我氏心中情？”

首先，崇焕墓面临一个“职称”问题。在中国这个官文化主宰的道场里，凡有价值的物件，无不渴望一件类似“黄马褂”的身份标签，这不仅决定日常待遇，更涉关其自保能力和安全系数，涉关它在危机时所能筹集到的外援。尤其在政治大一统、私产没有庇护的年代，来自权力系统的鉴定和封号极重要。佘家小院也一样，经了那么多风雨惊悸后，它想为自己求一张门神了，算个小小的护身符罢。1984 年，在佘幼芝的呼吁下，崇焕墓被定为市级文物，职称不高也不低。但就在此时，老问题又来了：拆迁。第 59 中学为扩建，欲把墓迁往龙潭湖公园。佘幼芝急了，几百年了，这墓可从未动过啊……眼瞅着老太太气喘吁吁到处求告，小院的其他住户不满了：旧居不拆，安得新厦啊。冷嘲热讽、奚落挖苦扑面而来。幸好，第 59 中学的提案被驳回，墓址不动。

天不负人，在社会各界的响应下，崇焕墓开修。

1992 年 4 月 5 日，清明这天，修葺一新的将军墓迎来了首批祭访者。那一天，佘幼芝换上新衣，剪去了长至腰间的发辫。那发辫早已霜白。

墓修了，佘幼芝最大的心病消去了。若说还有啥指望，即崇焕祠了。慢慢，事情有了眉目，2002 年初，北京市文物局拍板：重修崇焕祠，兼设纪念馆。

谁知，对佘家来说，有史以来最大的坏消息骤然而至：52 号院的 19 户居民全部迁出，另予安置，佘家也在其列。

晴天霹雳。它意味着，宅与墓、生与死、家与国——这场延续了 370 年的精神组合，即要被剥离开了。纪念馆无疑是更时尚、更现代化的做法，但它却是对“形影不离”、“朝夕相处”的粗暴拆解。于佘家而言，这是骨和肉的拆分。

这等于把崇焕墓的保姆给驱逐了，把300年前那个伟大的遗嘱给杀死了。它光大了崇焕的名位和声望，却把崇焕墓赖以生存的土壤给剔除了。也就是说，两份同栖共生、浑然一体的东西，它抽取其一。在我眼里，这甚至有“买椟还珠”、“杀鸡取卵”的味道。我把守墓这个“活”的精神行为看得比墓地更贵重，更有心灵的光辉和文化的延续价值。

无处安放的祖业

当然，官方并未把佘家完全撇开。作为答谢，作为装饰，拟聘佘幼芝为纪念馆顾问。这份荣誉，与栖息意义的“守墓”已有质别，它意味着佘幼芝及其后人，不能再以生活的方式进入祖宅，只能以客人的名义“回家”。

这算什么呢？文化拆迁？精神征地？

这不仅是个不平等条约，还是个缺少理性和智慧的设计。

佘家，不仅是为崇焕墓服务最久的生活佣人，更是其最天然、最权威的精神法人。佘家的忠义、崇焕的忠烈，还有什么比二者更能彼此诠释、互为注脚的吗？还有比这更完美的精神组合吗？明明是一家人，为何硬要将之拆散呢？

为方便旅游吗？为弘扬文化和促成更大范围的公共消费吗？

那就更应维护资源的完整性啊。佘家故事，本身即一种独立的精神资源、一道罕见的灵魂风景，在当代，它比遗址更稀缺、更有资质成为“名胜”。如果说，墓是物质遗产，那守墓即“非物质文化遗产”，是活着的遗产。

我实在不理解那个政府行为。难道仅仅为了易主？为了让墓地回归人民群众的怀抱？这样的物质归属和户主变更有意义吗？莫非在对方眼里，崇焕墓只是一处地产？

有段影像记录了这段日子的佘幼芝，画面中她泣不成声，伤恸至极。我理解老人的悲愤，她的人生就要变了，这个家族的人生就要变了。

老人一次次交涉、哭诉，希望奇迹发生，希望政府有所动摇。遗憾的是，对方与她一样，所有的耐心都基于一个固执的目的：说服。

我们的编导，用镜头见证了双方的一次对话，下面是一段语音场记——

接待人："时代变迁了，我们的思想是不是也能变一变呢？"

佘幼芝："别人的先祖都给子孙后代留下什么房子、地、金银财宝，我的先祖却不是……这个忠义精神，我要把这个守好了，这是祖先留给我的遗产。"

接待人："住和看墓，不要给它混在一起，这个不矛盾。您可以天天来这里，晚上回家住，这儿有值班的，您也改善改善住房条件，别一辈子老住那个平房，您是不是也享受一下现代化的东西呢？您就是终身荣誉馆长。"

佘幼芝："地是国家的地，房子现在也成了国家的，这个墓非要换给别人守，行不行呢？当然也行，但我的看法是，那样它就失去了一种意义。"

接待人："咱们目的都一样，您今天来谈这个，也是为了把祠修好，咱们要方方面面考虑。第一它作为文物，现在是市级的，将来可能是国家级的，文物有文物法规定……将来要是修出来，里头绝对是不能生火、做饭的，不能这么去生活。"

佘幼芝："如果说您让我搬走的话，那就意味着不在这守墓了，什么叫守墓呢？形影不离，是吧？一直在这儿，我们先祖死的时候就这么跟后人说的。我们要辈辈守墓，一代传一代，也不回南方老家了，先祖的遗志到现在，已经第 17 代了，时时刻刻在我们心里面。祖先不让做官，17 代了没人做官，但祖先让我们读书，为什么读书？读书好明白事理。”

……

搬迁，已是板上钉钉。考虑佘家有困难，文物部门用佘家应得的补偿款三十万元，又贴了四万两千元，帮其买了套房子。2002 年 5 月 22 日，佘幼芝一家离开了 52 号，去了几公里外的一个新区。

焦平，佘幼芝之子，2003 年 6 月遇车祸身亡，年仅 29 岁。这位佘家第 18 代人的不幸，竟然又和守墓有关。2003 年，广东东莞建袁崇焕纪念园，邀请佘家派人守衣冠冢，也许想弥补在京不能守墓的遗憾，焦平愿意前往。当时他在苏州打工，若去守冢，即意味着要在广东定居，正谈恋爱的他，希望和女友同去，于是决定先赴吉林拜见女友的父母，不料此行却踏上黄泉。

2004 年初，纪录片完成前，编导再次探望佘幼芝，也许刚经历了丧子之痛，老人情绪非常激动，她说了这样一段话——

我现在心里特别激动，别提这事，一提这事，我心里就控制不住我自己了……他们说，房子、地是政府的国家的，但是守墓是我自己的遗产啊，他们不能剥夺我这个权利。我要求不高，我要求一点也不高，我要求在附近，哪怕给我一个半平米的小房，叫我离那儿近一点就行，我天天能看到它……（语音场记）

被充公的精神私产

不错，历史的主语是人民群众，但要说所有的精神资源都是从“人民”这个大蛋壳里孵化出来的，那也太夸张了。许多民间精神的主体，并非人群中的多数，而是少数，甚至是极少极少的零星和异端。

今天的督师墓园，至少有三层文化含义：袁崇焕的政治操守；佘义士的行为伦理；数百年的家族守墓。以上含义已构成三份精神资源，既各自独立，又彼此注解、互为知音。而且，其主体皆个人和私家，与“人民群众”扯不上，和时代主流及世俗群像也格格不入。它们是以精神个案的身份被历史存档的。

三者同栖一檐、相依为命，共同塑造着一个大大的词：忠义。且一个比一个更递进、更有难度和挑战。尤其是后者，那个绵延三百年的承诺故事，那场 17 代人的誓言接力，更像个精神孤本（前者的孤独，只是时代的孤独，史上并不乏同类）。另外，在角色和功能上，后者还是前者的收养者和叙述者。

私以为，墓园至少应有三块碑：将军碑、义士碑，还有一块，我最看重的一块——守墓纪事碑。显然，当代官方是惯于“抓大放小”的，它对大人物，即第一块碑更器重。换言之，它对有形的古董更热心。

或许，它觉得家族守墓之行为意义不大，太陈腐、太务虚；或许，它觉得世上并无什么精神私产或文化自留地，一切美德和事迹皆属“人民”，应挂于“群众”名下，登记在“集体”的功劳簿上；或许，它觉得由政府来收编民间遗存，才是文化的福音和正途，更符合现代逻辑和社会职能……

真是典型的“人民主权论”，不仅实物充公，精神也要充公。在我看来，它至少疏忽了几点：首先，那份精神从来即“非公”的，根本谈不上回收，所谓的“收”，只能是征收、没收；其次，能被充公的只有物理的东西，精神可不是随随便便能被易主的，除非想让那精神死掉；最后，它忽略了那精神依然活着，尚未断气，却急于以“烈士”和“遗物”的名义将之草草入殓、掩埋。

说得专业点，它眼里只有废墟和石头，只有物质文化遗产，没有“非物质文化遗产”。

从最实际的馆藏角度看，把佘家剥离，等于流失了一支活着的进行时态的精神资源，等于把园里最有魅力的景致给剔除了。残剩的，只是两座僵硬的坟头，只是文化的历史段落和物质部分，其活性标本和当代章节没有了（三个故事变成了两个）。如此，这个生机勃勃的园子将变成纯粹的遗址，将成“断脉”的风景，只有坟头，没有人生和炊烟。

这样的眼光和决策让人沮丧。它不懂得放养蝴蝶，只会定制标本——用来裱墙。

退一步讲，我宁愿看到佘家对精神领地的主动捐献或弃守（虽令人遗憾，但毕竟体现了主权和自由），而非公权理直气壮、毋庸置疑的收缴——这自信和傲慢吓我一跳。在“私”转“公”的整个过程中，我没看到充分的商榷和平等的谈判，面对佘幼芝的央求、无力和叹息，公家似乎在做一件完全可控、毫无悬念的事，仿佛在宣布一项组织决定。彼此的“高姿态”和“低姿态”都刺痛了我。

官家真是太热衷“公有制”和“国有化”了，太喜欢用“人民历史”、“人民创造”、“人民归属”来覆盖一切了。只要“人民”看上的东西，总要想法子弄来，重新注册和署名。经过这样的产权变更，人们往往最终发现，那东西缩水了很多，价值流失了很多，要么变质了，要么蒸发了，要么失窃了。

是的，人民也会贪污，也会被贪污。

没了体温和炊烟，生活馆变成了纪念馆。

活的，成了死的。纪念馆往往是炫耀馆，炫耀我们中间曾分娩过某类人物、某种精神。殊不知，那些人和精神，往往都是自己时代的反面，是人群中的另类、异端，不仅备受“民意”的排斥和奚落，甚至直接为其所害。

崇祯三年（1630）九月初七的刑场，“民意”是这样参与历史的——

> 遂于镇抚司绑发西市，寸寸脔割之。割肉一块，京师百姓从刽子手争取生啖之。刽子乱扑，百姓以钱争买其肉，顷刻立尽。开膛出其肠胃，百姓群起抢之，得其一节者，和烧酒生啮，血流齿颊间，犹唾地骂不已。拾得其骨者，以刀斧碎磔之。骨肉俱尽，止剩一首，传视九边。（张岱《石匮书后集》）

这等于说，袁崇焕有两重死：一是死于权力，一是死于民意。

假如历史再给人民群众一次同样的机会，又能怎样呢？

其实，鲁迅的《药》和“人血馒头”，已给出了答案。

特殊情势下，一个人要想做对一件事，须依赖几个条件：一是信息来源的可靠；二是独立判断的能力；三是承担风险和牺牲的勇气。

尤其是后两者，最为稀有。它们能帮助一个人在舆论黑夜里、在缺少信息的情况下——即使“摸黑”也能作出良知判断和选择。

佘义士的价值就在这。他凭的不仅是“忠”，不仅是对主公的旧情私谊，更有公共伦理的大义。在信息机会上，他和那些道听途说、迷信御告的百姓几乎平等，可贵的是，他使用了自己的见解，在群目失明之下，他有一种不盲从、不随众的判断力，可以说，他是史上第一个在精神上给袁崇焕平反的人。最难得的是，在独立判断之后，他还有一种决绝的行动能力，不仅想，更要做。要知道，聪明人从来不乏，思考者也总有些许，而愿担风险的勇为者就不多了，何况灭门诛族的大风险。

最缺少的，即独立思考之后的行动者。

所以说，佘义士做的不是一件私事，而是公事。这件事，多多少少替历史挽回了一点面子。即便如此，若说佘义士代表“我们”，代表群众的“大多数”，那也让人汗颜，说明“我们”的脸皮太厚了。既然风险是一个人的，荣誉也应是一个人的。

佘义士是寂寞的，其家族更是寂寞的，非主流的。像其人丁一样，数百年来，这支队伍没有被壮大和扩充过，孤苦伶仃，形单影只。

我们既不是它的同道和亲戚，更不是它的母体和孵化器。

唯一的可能是：我们是它的对立面。

问世间，义为何物

在电视片《佘家故事》中，我加了这样一段点评——

> 我们见过无数表白出来的忠诚，高呼出来的忠诚，但你见过三百年默守一座墓的忠诚吗？一个怎样的家族才能胜任这桩孤独而坚忍的事业？要知道，除了风险和无名的寂寞，命运和历史从未向他们许诺过什么；除了一份悄悄的心灵荣誉和自我器重，根本没什么犒劳和表彰在路边等着——任何事到了这份上，恐怕也就无人去做了。

做一件事不难，难的是做上几百年，难的是世世代代和一件事生长在一起。何况袁崇焕不仅是旧朝罪人，更是新朝宿敌，替这样的人守墓，堪称刀尖上的事业，前景黑得一望无际，实无出头之希望……

我相信，单凭理念和信仰做不到这点，因为这最终不是一个认识问题，而是对生命本色和行动能力的考验。从认知到行动，有着漫长的路。认知或许能促成一件事，禀性往往轻易即促成一件事。而更多时候，会有这样的情形：一个人的思想和智慧越深刻、复杂，解释能力越强，其疑虑和犹豫即越多，做事所需理由即越多，选择空间和弹性亦越大，反而难以生成定力。

我想，在这件事上，起决定作用的恐怕是最简单的性情和家族传统，即被称为“基因”的那种东西。佘家血脉里，应有这样一些元素：虔敬而专注的天性，不疑和务虚的气质，遵守规则的本能，自我定义的价值观，目不斜视的埋头精神……这是一种有“原则”的活法，它单纯而谦卑，对认定的事物不放弃。它需要荣誉和动力，但不是来自外界，而是源于内心的自我肯定。或者说，它自身携带荣誉和动力，精神上自给自足。

相反，一个太务实、太骚动的人，一个东张西望、参照系太多的人，一个审时度势、算术力强的人，是很难做到这点的。他太容易变卦和易辙，太容易魂不守舍，太容易被诱惑和勾引。

几百年生涯里，你觉不出这个家族的焦虑，它在心理上是平静、安详的。你不觉得它在等什么、盼什么——连“平反”、“翻案”，似乎都不在其心思内（“等待型”、“眺望型”的做事，往往都是有条件、议价式的，一旦条件得不到满足，即会放弃、改道甚至背叛）。它的生存姿态不是“等”和“盼”，而是“守”和“护”，是一种稳定的秉持、保养、延续。不变，即它的使命，即它的福分和生活。几个世纪里，它似乎只对自己提要求，从未对世界提要求。

它唯一的要求，也是最后的要求，即请求权力别让自己离岗，别让先人的诺言毁在自己手里，别让祖祖辈辈的活法在今天结束。

佘家，一个弥漫着古意和苍凉的家族。

如今，这古意将被驱散，这苍凉将被现代的烈日蒸发。

我们失去了什么呢？

片子播出前，我给分集结尾添了这样的话——

随着袁墓的交接，随着私人守墓的角色被公共职能取代，这个古老家族的使命，就有了某种终结的意味。对于文物和遗址，时代有了更好的保养，但我也隐隐在想，是否我们就有了相应的守护能力呢？毕竟，修缮和守护、物质能力和精神能力是两回事。愿我们和我们的后人，再去拜谒袁公墓时，不会只看到一座死去的坟，不会只看到碑石上的美德，而忽略那些与之相濡以沫几个世纪的东西。

若后世是公正的话，我想，任何时候，它都应该向那些参与过历史留存和延续的个体——投去感激的一瞥。没有那些情谊的呵护，没有那些无名尘土的覆盖，再伟大的墓碑也会死掉的。

这些，是我克制了个人情绪之后的话，算是媒体立场和个人立场的平衡。

2004 年

图书在版编目（CIP）数据

古典之殇：美文版 / 王开岭著. — 太原：山西教育出版社，2020.5（2025.3重印）

ISBN 978-7-5703-0920-7

Ⅰ.①古… Ⅱ.①王… Ⅲ.①散文集－中国－当代 Ⅳ.①I267

中国版本图书馆CIP数据核字（2020）第039659号

古典之殇（美文版）

GUDIAN ZHI SHANG（MEIWEN BAN）

出 版 人　李　飞
选题策划　孙　轶
责任编辑　任小明
复　　审　邓吉忠
终　　审　康　健
排版统筹　许艳秋
编撰助理　袁　景
装帧设计　王春声
印装监制　蔡　洁

出版发行　山西出版传媒集团・山西教育出版社
（太原市水西门街馒头巷7号　电话：0351-4729801　邮编　030002）
印　　装　山西人民印刷有限责任公司
开　　本　720×1020　1/16
印　　张　20
字　　数　250千字
版　　次　2020年5月第1版　2025年3月山西第3次印刷
印　　数　40 001—45 000
书　　号　ISBN 978-7-5703-0920-7
定　　价　49.00元

如发现印装质量问题，影响阅读，请与山西教育出版社联系调换。电话：0351-4729718